À PROPOS DE L'AUTRICE

Dans ses romans, Michelle Styles nous fait découvrir sa passion pour l'histoire grâce à des récits qui mêlent avec art, véracité historique et souffle romanesque. D'origine américaine, elle vit actuellement en Angleterre, où elle partage son temps entre sa famille et l'écriture de ses romans.

Leçon pour une débutante

MICHELLE STYLES

Leçon pour une débutante

Traduction française de
PIERRE ALEXIS

Les Historiques

HARLEQUIN

Collection : LES HISTORIQUES

Ce roman a déjà été publié en 2019

Titre original :
AN IMPULSIVE DEBUTANTE

HARPERCOLLINS FRANCE
83-85, boulevard Vincent-Auriol, 75646 PARIS CEDEX 13
Service Clients — www.harlequin.fr
ISBN 978-2-2805-1543-6 — ISSN 1159-5981

Édité par HarperCollins France.
Composition et mise en pages Nord Compo.
Imprimé en décembre 2024 par CPI Black Print (Barcelone)
en utilisant 100% d'électricité renouvelable.
Dépôt légal : janvier 2025.

FSC
www.fsc.org
MIXTE
Papier issu de sources responsables
FSC® C159065

Pour limiter l'empreinte environnementale de ses livres, HarperCollins France s'engage à n'utiliser que du papier fabriqué à partir de bois provenant de forêts gérées durablement et de manière responsable.

1

1847 Haydon Bridge, Northumberland

— J'ai tenu ma promesse, dit Tristan Dyvelston, nouveau Lord Thorngrafton, en posant la main sur la tombe de son père.

Et ses doigts rencontrèrent, sur la pierre, le marbre noir et lisse qui en traçait le nom.

Il baissa les yeux vers les herbes qui avaient presque envahi le monument.

— Votre frère est mort et je suis rentré pour prendre le titre, reprit-il sur un ton solennel, se référant au vœu que, dix ans plus tôt, il avait prononcé en ce même endroit. Tant que mon oncle a été en vie, j'ai fait le nécessaire pour qu'il pense le plus grand mal de moi. Et ce, dans le but de lui faire craindre le pire sur l'avenir de ce titre qu'il chérissait tant. Mais à partir de maintenant, ma conduite sera irréprochable.

Après avoir incliné la tête, Tristan se redressa. Il avait tenu la première partie de son serment.

L'espace d'un court et glorieux instant, le soleil de cette fin de matinée perça à travers les nuages, illuminant les ruines. Tristan eut aussitôt l'impression d'entrer dans un tableau de John Martin. Il serra sa canne entre ses doigts. Pourtant, même si le spectacle qu'il avait devant les yeux était admirable, il lui rappelait surtout l'étendue de la tâche qui l'attendait, tant le tombeau de ses parents disparaissait presque sous la masse des orties et des ronces enchevêtrées qui l'avait pris d'assaut. Depuis sa dernière venue, dix ans plus tôt, c'était d'ailleurs le cimetière dans son entièreté qui tombait en ruine, tout comme le domaine délabré de Gortner Hall, situé à une quinzaine de miles. Heureusement, maintenant que son oncle n'était plus là pour objecter, il allait pouvoir réhabiliter le domaine comme il l'entendait.

Du bout des doigts, il suivit ensuite le contour des lettres constituant le nom de sa mère. Comment les gens du comté allaient-ils accueillir le retour du *Fils prodigue* ? Il avait tant entendu parler des histoires que son oncle avait inventées de toutes pièces, de sa façon de déformer les faits et de répandre des ragots pour créer des scandales. Ainsi peu à peu, cet homme s'était débrouillé pour le spolier de tout sauf du titre, et du domaine qui, privé depuis trop longtemps de rentrées d'argent, partait à la dérive. Pour toutes ces raisons, Tristan prenait un plaisir extrême à contrarier enfin ses plans.

Le cliquettement de la grille du cimetière accolé à l'église l'interrompit dans ses pensées. Il se retourna d'un air irrité.

Une femme venait de sortir de l'église. Elle marchait sur la pointe des pieds, mais son air n'en était pas moins déterminé. Jetant autour d'elle un regard furtif, elle leva à hauteur de son visage un objet brillant qui capta immédiatement la lumière, la refléta et la fit danser sur les ifs. Tristan se détendit un peu. La visiteuse inattendue ne faisait pas partie des gens qu'il avait rencontrés dix ans plus tôt. Elle ne pourrait donc pas le reconnaître. Son regard demeura posé sur elle. Quelque chose dans la façon dont cette petite blonde tenait sa tête l'intrigua.

Fronçant le nez, elle tritura de nouveau l'objet qu'elle tenait à la main et poussa finalement un immense soupir de satisfaction.

— J'avais bien dit à cousine Frances que le verre teinté « clair de lune » fonctionnerait parfaitement ici, déclara-t-elle, et j'ai eu raison ! Il va falloir qu'elle ravale son affirmation autoritaire. Oui, sous le clair de lune, l'église pourrait se révéler romantique. Surtout si l'on ajoutait à ce tableau parfaitement réalisable une chouette qui hulule.

Tristan se raidit. Comment réagir à cette remarque ? Mais il fronça les sourcils en comprenant soudain que ce n'était pas à lui que la jeune fille s'adressait. Comme elle continuait à fixer avec intensité l'objet qu'elle tenait en main, il eut un petit sourire entendu. Il s'agissait là d'un *miroir noir*, glace censée embellir l'environnement et permettant à la personne qui l'utilisait de se projeter à différents moments de l'année ou à différentes heures de la journée grâce à de simples échanges de verres teintés. À présent, il comprenait mieux la raison de la présence de la visiteuse dans le cimetière de l'église. C'était en cherchant de nouveaux paysages qu'elle s'était aventurée ici. Tristan soupira. Avec un peu de chance, dans quelques minutes, il devrait endurer l'arrivée de quelques ladies toutes équipées d'un miroir noir et lançant de-ci de-là des *ahhh* et des *ohhh* extasiés.

Ces dames pouvaient d'ailleurs aussi bien s'être déplacées avec palette, pinceaux et peinture pour immortaliser ces ruines romantiques. Il pinça les lèvres. Dieu le protège des ladies en quête de culture, manipulant des miroirs noirs, s'indignant quand les autres ne partageaient pas leur vision du monde, et qui risquaient d'interrompre la première visite que, depuis dix ans, il pouvait rendre à ses parents pour leur manifester son respect.

Il redressa la tête. Empêcher une telle situation de se produire ne tenait pas de l'impossible. Il suffisait de réagir le premier.

— De combien d'autres personnes se constitue exactement votre horde ? demanda-t-il.

La femme se retourna. Avec sa bouche qui formait un O, ses yeux bleus, ses joues roses et son visage ovale, elle faisait penser à une poupée en porcelaine.

La luminosité de son teint, que rehaussait le bois mat de la porte de l'église, lui conférait un air angélique… Du moins *presque* angélique tant la sensualité de ses lèvres et la passion en sommeil au fond de son regard le démentaient. Sa robe de promenade, bien coupée et de bonne facture, laissait deviner une taille très fine et des courbes rondes. Une tentatrice, décidément. Rien d'un bas-bleu.

— Vous n'êtes pas censé vous trouver ici, décréta-t-elle en posant une main sur sa hanche et en faisant de l'autre un geste avec son miroir noir. Personne ne vient jamais dans cet endroit. Cousine Frances me l'a dit : « L'église de Haydon est toujours déserte. »

— Eh bien, votre cousine s'est trompée. Ma présence devant vous le prouve.

— Ma cousine déteste reconnaître ses torts. Mais, cette fois, elle va bien devoir s'y contraindre.

La jeune femme se masqua la bouche derrière sa main avant de laisser échapper un petit rire.

— Elle est tellement sûre que le fait d'avoir tout le temps le nez plongé dans un livre la rend plus savante que moi ! Pourtant, ses lectures ne l'empêchent pas d'être aveugle au monde qui l'entoure, à tous ces petits détails qui rendent la vie en même temps si intéressante et agréable.

— Et vous, n'êtes-vous pas aveugle au monde qui vous entoure ? Ne pensez-vous pas que le fait de le contempler à travers un miroir vous en donne une vue faussée ?

— En ce moment même, répliqua la jeune femme, je vous ferai remarquer que ce sont mes deux yeux que j'utilise pour considérer le monde.

Elle inclina la tête d'un côté.

— Mijotez-vous un mauvais coup ? Cousine Frances dit que l'on rencontre souvent des gens malfaisants dans les églises et les cimetières. En tout cas, c'est ainsi que cela se passe dans les romans qu'elle lit, raison pour laquelle elle refuse de visiter les cimetières.

— Ne venez-vous pas de me dire qu'elle avait déclaré l'église de Haydon *toujours déserte* ?

— La remarque ne concernait pas les désespérés. Êtes-vous désespéré ?

— Je suis venu me recueillir sur la tombe de mes parents.

— Vous êtes orphelin !

La femme claqua de ses mains gantées.

— Comme c'est excitant ! Je veux dire... C'est parfaitement tragique et tout ça, mais plutôt romantique. À quoi ressemble-t-on quand on n'est traversé par aucune considération familiale ? Quand on n'a aucune attente de cet ordre ? Se sent-on seul quand on est orphelin ?

L'excitation de la jeune femme tomba aussi brusquement qu'elle était montée.

— Ma question est stupide ! Si vous ne vous sentiez pas seul, vous ne seriez pas venu trouver un peu de réconfort sur la tombe de vos parents...

— Il y a de cela, répondit-il, écoutant le son de la voix de la visiteuse se déverser librement, agréable comme l'eau fraîche d'un ruisseau.

Son interlocutrice s'approcha. Le visage baissé, elle s'arrêta près de lui.

— Vous devriez entretenir leur tombe mieux que cela. Elle disparaît presque sous les orties et les ronces. Ce serait la moindre des choses. Un orphelin doit s'occuper correctement de la tombe de ses parents.

— C'est bien mon intention, mais je viens seulement de rentrer du continent après une longue absence, répondit-il sans cesser d'observer la jeune femme, son chapeau de paille sur la tête, l'arc de Cupidon de sa lèvre supérieure.

Pour autant, sa réflexion l'avait agacé. *La moindre des choses* ? Qui était-elle donc pour lui faire ainsi la leçon ?

— Cela explique tout, reprit-elle en le regardant sans deviner son nouvel état d'esprit. En votre absence, vous comptiez sur l'intervention d'une autre personne, mais celle-ci vous a fait faux bond.

La jeune fille lui adressa un sourire ému avant de poursuivre.

— Les orphelins ne peuvent se permettre de dépendre des autres. Ils ne doivent compter que sur eux-mêmes.

— Comme vous êtes perspicace !

— J'essaie. Les gens m'intéressent.

L'inconnue baissa les yeux avec modestie. Détachant alors son regard de la délicate ombre noire que les cils de la jeune femme projetaient sur ses joues, Tristan tira sur ses manchettes.

— Combien d'autres personnes vont venir troubler ma tranquillité ? demanda-t-il. Je parle de ces ladies munies de miroirs noirs qui ont la mauvaise habitude de voyager en paquets et sont déterminées à dévorer tout ce qu'elles rencontrent pour se gorger de culture et de pittoresque.

Les joues de Lottie se firent plus roses. Elle effleura le pavé sale de la pointe de sa bottine.

— Je suis venue seule. De toute façon, je ne me déplace jamais en *paquets* comme vous dites. À vous entendre, on dirait vraiment que les ladies de la haute société se conduisent comme des bêtes voraces qui empêchent les hommes de s'élever, alors qu'en fait ce sont elles qui produisent ce que la civilisation compte de plus fin ! Sans oublier qu'elles permettent, entre autres, aux communautés de s'épanouir et de prospérer. Quand je pense par exemple à toutes les...

— Seule ? répéta Tristan en accompagnant son interruption d'un geste de la main. Êtes-vous sûre que cela soit bien prudent ?

Bien que Haydon Bridge se trouvât dans la partie rurale du Northumberland, la femme qu'il avait sous les yeux ne paraissait pas du genre à pouvoir se permettre de se déplacer seule en toute liberté. Sa robe rose et blanc était trop bien coupée et son chapeau de paille à la fois trop neuf et trop fin. En même temps, elle avait, en parlant, un très léger accent du Nord-Est révélant que plusieurs gouvernantes s'étaient succédé à son service depuis son plus jeune âge.

— Je suis capable de m'occuper de moi toute seule et sais fort bien quel service peut rendre une épingle à chapeau bien pointue.

— Peut-être, mais vous ignorez le genre de personnes sur qui vous pouvez tomber.

— Nous sommes à la campagne ici. Non à Londres ou à Newcastle.

Les joues de Lottie prirent une nuance rosée. Elle baissa le ton jusqu'à ce que sa voix se transforme en soupir confidentiel.

— En ce moment, j'étudie une demande en mariage et j'offre mon aide pour lui permettre de se réaliser. Lors de telles situations, il convient en effet de se montrer positive et concrète, sans pour autant négliger les risques existants.

— Une demande en mariage ?

Tristan regarda par-dessus son épaule, s'attendant à voir quelque dandy ou fermier arrogant se diriger vers lui.

— Dites-moi où se trouve cet infortuné garçon, reprit-il. Que je batte en retraite au plus vite.

— Ce n'est pas moi que cette demande concerne mais ma cousine.

— Celle qui s'est trompée sur les églises et les cimetières ? demanda-t-il en s'efforçant de conserver son impassibilité.

À vrai dire, cette petite conversation superficielle le changeait de celles qu'il ne cessait de tenir sur l'état du toit de Gortner Hall qui fuyait, sur les champs en jachère et autres ravages que son oncle avait causés au domaine.

— Celle-là même, confirma la jeune femme avec sérieux.

Il émanait d'elle une sorte de confiance en soi. De celles que l'existence détruit vite et sans difficulté.

— Tout ce que se contente de faire Frances est de lire des romans de la Minerva Press et de soupirer après les yeux d'amadou de Mr Shepard ou ses douces manières. Mais à quoi bon soupirer si c'est pour rester à ne rien faire ? Ma cousine a vraiment besoin de secours et de conseils.

— Que vous lui offrez sans que l'on ne vous demande rien...

La jeune femme s'immobilisa brusquement et leva une main sans répondre. Son visage prit un air très intense.

— Là... Est-ce que vous entendez ?

La brise portait dans leur direction le son d'un faible cri. Tristan haussa un sourcil.

— On dirait que quelqu'un est en train d'étrangler un chat. Ce bruit vous concerne-t-il ? Voulez-vous que j'aille regarder de quoi il s'agit ?

— Inutile. C'est ma cousine Frances. En fait, elle se fait sauver du *Cruel Sykes Burn*.

Sans en dire plus, et l'oreille toujours tendue, Lottie inclina la tête sur le côté. Les commissures de ses lèvres se soulevèrent.

— Aucun doute possible. Il s'agit bien d'elle. Nous avons beau avoir répété ce cri ensemble une douzaine de fois, elle se débrouille encore pour se tromper. Normalement elle devrait le pousser avec douceur et saisir sans hâte le bras de Mr Shepard. Mais sans le lui agripper. J'espère qu'elle n'a pas fait cela ! Ce serait vraiment une erreur ridicule.

— Et tout ceci dans quel but ? interrogea sobrement Tristan.

— Son mariage avec Mr Kent Shepard.

La jeune femme prit une profonde inspiration au cours de laquelle Tristan apprécia la manière dont son corsage Vichy se tendait. Puis elle poussa un profond soupir. Il hocha la tête. L'inconnue savait très bien ce qu'elle faisait et devinait l'effet produit sur lui, c'était évident. Il s'agissait visiblement d'une débauchée qu'il devait laisser dans son coin. Une fille à problèmes. Il allait s'excuser et s'éloigner avant de se retrouver piégé dans quelque plan malavisé.

— Cousine Frances doit se marier, reprit-elle. Il le faut absolument. Toute ma vie en dépend.

Rongé par la curiosité, Tristan ne put s'empêcher de demander :

— Pourquoi cela a-t-il tant d'importance pour vous ?

— Parce que j'ai été bannie de Newcastle suite à une profonde injustice.

Les yeux de la jeune femme s'égarèrent dans le vide comme si elle revivait de lourds souvenirs.

— Qu'y pouvais-je, reprit-elle, si Miss Emma Harrison a embrassé Jack Stanton au vu et au su de tous les inconnus qui passaient ?

Tristan rit.

— Jack Stanton est parfaitement capable de s'occuper de lui-même, remarqua-t-il tout en songeant qu'il ne s'était décidément pas trompé.

Cette Lottie était le genre de femme dont il valait mieux demeurer éloigné si on ne voulait pas avoir de problèmes. Avec un grand P...

— J'espère que l'attitude de Jack n'a pas trop gêné votre amie. En tout état de cause, ceci prouve une seule chose : que Miss Harrison a choisi le mauvais homme à embrasser. Jack est un bon ami à moi et je sais qu'il saisit mal certaines subtilités des codes de notre société.

— Et vous... ?

— J'y parviens... si la situation le demande. Je suis né gentleman. Mais en ce qui concerne Jack, il est... à l'abri de ce genre de manœuvres. En tout cas, il est étonnant de voir jusqu'où certaines femmes sont capables d'aller.

— Tout s'est heureusement conclu entre eux. Par un mariage juste avant Noël !

Les yeux de l'inconnue flamboyèrent tandis qu'elle se redressait.

— À l'évidence, vous ne connaissez pas vos amis aussi bien que vous le pensez.

— Je suis longtemps resté sur le continent. Mais si tout s'est bien fini, pourquoi avez-vous été bannie ?

— Mon frère Henry était furieux. Je l'ai même vu devenir vert de rage. Pour m'éloigner d'ici, il m'a envoyée chez ma tante Alice jusqu'à ce que j'apprenne à tenir ma langue. « Lottie, m'a-t-il dit, tu n'as pas plus de bon sens qu'un moustique. » Ce qui était une remarque particulièrement méchante à mon égard.

— Y êtes-vous parvenue ? Je veux dire à tenir votre langue ?

— Oui.

Lottie Charlton considéra d'un air exaspéré l'homme habillé avec élégance qui la fixait, appuyé contre un if. Qui était-il avec ses yeux noirs et sa moue maussade pour la juger ainsi ? Ni son frère ni quelqu'un de sa famille. Pas même une relation.

Fermant le miroir noir d'un geste sec, elle prit une inspiration aussi profonde que le lui permettait son corset avant de répondre :

— Oui, mais Henry a refusé de répondre à mes plaidoyers passionnés. En fait, il m'a totalement ignorée. Quant à maman, ce n'est pas elle qui va m'aider. Inutile de compter sur son soutien. Elle a beau passer son temps à se plaindre de ses nerfs et des perturbations que créent les histoires au sein de la famille, de son côté, elle refuse d'intervenir en rien.

— Or, vous détestez que l'on vous ignore et bien davantage que l'on vous repousse, ajouta l'inconnu.

Elle éprouva toutes les peines du monde à conserver son sang-froid. Avec l'inconnu, ils ne s'étaient même pas encore officiellement présentés qu'il avait déjà mis en lambeaux le personnage qu'elle avait construit.

— Je tiens là ma seule chance de regagner Newcastle cette saison, je le sais. Quant à atteindre Londres, c'est un rêve qui s'est pour le moment évanoui. Malgré tout, il faut maintenir les apparences. Un jour, je sais que je visiterai les grandes villes : Londres, Paris, Rome ! Et que, là-bas, je deviendrai la coqueluche de tout le monde. Oui, c'est bien mon intention !

— Comment ferez-vous ? Haydon Bridge se trouve très loin des endroits que vous venez de citer.

L'homme haussa un sourcil, apparemment peu impressionné par l'éclat du projet qu'elle venait de lui révéler.

— Je connais ma géographie, répondit-elle en serrant ses mains l'une contre l'autre.

Il fallait à tout prix qu'elle demeure calme.

— Si je parviens à arranger ce mariage entre cousine Frances et Mr Shepard, tante Alice m'en sera reconnaissante pour l'éternité. Comme je vous le disais tout à l'heure, cela fait maintenant des semaines que Mr Shepard fait les yeux doux à cousine Frances. Or, les seules choses qu'elle réussisse à faire est rougir et ajuster son pince-nez.

— Tandis que vous, vous êtes experte en la matière..., dit l'homme tout en la détaillant du regard.

Elle s'efforça de ne pas rougir.

— Vous avez quoi..., poursuivit son interlocuteur sans la quitter des yeux, dix-sept ans ?

— Vingt ans dans un mois. Mon miroir noir est un cadeau un peu précoce de ma belle-sœur pour mon anniversaire. C'est un véritable engouement qui se produit en ce moment pour ces extraordinaires miroirs.

— Dix-neuf ans... Ce n'est pas beaucoup, déclara l'homme avec un sourire qui transforma son visage.

Sombre et beau. N'est-ce pas en ces termes, se demanda-t-elle, que les romans préférés de cousine Frances qualifiaient leur héros ?

— Vous comprendrez quand vous aurez mon âge, ajouta l'inconnu.

— Et vous avez... ?

— Trente et un ans. Soit un nombre suffisant pour ne pas

ignorer que les interférences en matière de cœur provoquent toujours des conséquences imprévues.

Ses mots prenaient, dans sa bouche, un caractère définitif. Fronçant les sourcils, Lottie décida d'ignorer la remarque.

— À Newcastle, l'année dernière, dit-elle, j'ai aidé à faire aboutir plusieurs demandes en mariage. Toutes étaient dignes et ne contenaient rien de déshonorant.

Elle marqua une pause, résistant à son envie de faire bouffer un peu ses cheveux, avant de reprendre :

— Je pourrais citer au moins sept unions réussies que j'ai contribué à mener à bien.

— Y compris celle qui vous amène ici.

— Si vous avez décidé de vous montrer grossier, je m'en vais, annonça-t-elle tout en relevant le bas de ses jupes, visiblement prête à s'éloigner sans délai.

L'homme avait réussi à faire passer ses projets de mariage tout à fait brillants pour un véritable crime, comme si elle avait décidé de causer la ruine de quelqu'un. Newcastle n'était pas Londres, mais il lui restait tout de même une chance de rencontrer un candidat disponible. De plus, tout le monde savait que c'était la ville la plus prospère de tout l'empire britannique.

— Vous pourriez vous abstenir d'émettre de pareilles remarques, dit-elle, car j'ai bel et bien apporté mon aide à ces unions. Du reste, Martha Dresser et sa mère m'ont couverte de compliments quand j'ai apporté du tabac à priser au major Irons.

— Je dis souvent ce que je pense, mais ne vous en souciez pas. C'est l'une de mes habitudes les plus irritantes.

Les commissures des lèvres de l'homme se relevèrent, lui donnant l'air beaucoup plus jeune.

— Votre projet me paraît plein de failles, poursuivit-il. En outre, je doute que vous sachiez faire la différence entre une demande en mariage et une vague proposition.

— Erreur. Je connais la question du mariage par cœur. Quand on possède une silhouette agréable, des boucles blondes et des fonds qui valent une petite fortune, on apprend vite ce genre de choses.

— En ce qui concerne vos fonds, je vous crois sur parole. Quant aux deux autres affirmations, je peux les vérifier *de visu* ici même.

Au fond du regard noir, une flamme dansa.

— Et je conviens qu'elles puissent faire à certains hommes le même effet qu'une concoction quelque peu entêtante.

— Je sais.

Lottie commença à compter sur ses doigts :

— Il faut faire attention aux incorrigibles qui se mettent à bafouiller des demandes en mariage devant la première jolie cheville venue, aux goujats qui essaient de vous entraîner dans les coins sombres pour vous voler un baiser, aux videurs de poches qui ne visent que votre fortune, et j'en passe. Comme vous le voyez, j'ai eu affaire à tous ces hommes-là. Mais je suis absolument décidée à me montrer sans pitié. Maman veut un titre.

— Un titre peut être difficile à trouver. Qu'est-ce qui vous rend aussi certaine de réussir à capturer un candidat au mariage qui en possède un ? Quel genre de piège à hommes avez-vous décidé de poser ? Se lancer ainsi à la poursuite de nobles nécessite beaucoup d'habileté et autant de ruse.

Quel être impossible..., songea-t-elle. Sa façon de raconter les choses la faisait maintenant passer pour une prédatrice. Relevant le menton, elle se prépara à porter le coup de grâce.

— Sachez que j'ai repoussé Lord Thorngrafton en personne. C'est pourtant d'un air suppliant qu'il a demandé ma main en novembre.

— Lord Thorngrafton ? Le vieux Lord Thorngrafton ?

L'inconnu s'était raidi tandis qu'une étrange lueur scintillait au fond de ses yeux. Autour de lui, l'air s'épaissit, semblant se craqueler.

— Pas si vieux que cela, répondit-elle avec un regard assuré, bien décidée à ne pas se laisser intimider.

Que s'imaginait cet inconnu ? Que les hommes titrés susceptibles de s'intéresser à elle étaient tous boiteux ou aveugles ?

— Il a environ votre âge, or vous ne me paraissez pas encore touché par la sénilité...

— Quand vous a-t-il demandée en mariage ?

L'homme se pencha en avant, donnant l'air de quelqu'un aux aguets, presque prêt à bondir.

— C'est si intrigant que j'aimerais en savoir plus, ajouta-t-il. Ainsi que je vous l'ai dit tout à l'heure, je ne suis revenu du continent que très dernièrement et j'ignore tout de certains des événements survenus ici.

— C'était un peu avant Noël, répondit-elle avec un léger haussement d'épaules en regrettant de ne pas avoir emporté son ombrelle pour pouvoir la refermer d'un geste sec et dédaigneux. Cela dit, je ne pense pas que la demande de Lord Thorngrafton ait été aussi authentique que l'a cru maman. À mon avis, l'homme est de ceux qui attendent à vous voir tomber dans leurs bras comme une pêche bien mûre, très agréable au goût mais vite oubliée.

— Vous avez probablement raison.

L'homme sembla soudain se détendre.

— Je pense en outre que Lord Thorngrafton n'a pas l'intention de se marier de sitôt. À votre place, je ne perdrais pas mon temps à utiliser sur lui mes stratagèmes.

— Connaissez-vous Lord Thorngrafton ? Fait-il partie des amis que vous avez oubliés pendant votre séjour sur le continent ?

À peine eut-elle posé sa question que Lottie la regretta. Pourquoi n'avait-elle pas tenu sa langue ? Plissant les yeux, elle réalisa que l'inconnu ressemblait à Lord Thorngrafton.

En même temps, il avait l'air plus sauvage. Au point qu'elle aurait juré qu'il devait se mouvoir comme la panthère de la Royal Zoological Society de Londres dont on lui avait plusieurs fois parlé.

— Vous avez d'ailleurs quelque chose de Lord Thorngrafton, dit-elle. Les yeux noirs comme lui et les mêmes cheveux. Sauf qu'il était plus petit et sa carrure moins large. Quant à ses mains, elles étaient courtes et ses doigts boudinés. Enfin, il zézayait un peu.

Un muscle trembla dans la mâchoire de l'inconnu. Lottie sentit sa nuque parcourue d'un frisson. Qu'est-ce que Lord Thorngrafton pouvait bien avoir à faire avec lui ?

— Nous nous connaissons, répondit-il alors. Disons que nous sommes des relations.

— Et personnellement, vous êtes... ?

Lottie serra son réticule contre elle. Pourquoi cette subite inquiétude ? L'inconnu ne s'apprêtait-il pas à répondre à sa question ? Cela aurait donc dû la rassurer. Or, d'une manière qu'elle ne s'expliquait pas, c'était le contraire qui se produisait. Même si cet homme connaissait à la fois Jack Stanton et Lord Thorngrafton, il n'y avait pas lieu d'être rassurée.

— Tristan Dyvelston, répondit-il tandis que son regard s'enflammait pour une raison qu'elle ne comprit pas.

Tristan Dyvelston... Le nom retentit de manière étrange aux oreilles de Lottie. Autour d'elle, les ifs géants semblèrent se resserrer et la cerner d'étrange manière. *Le fameux Tristan Dyvelston...*

Lors d'un de ses rares accès de bonne humeur, cousine Frances avait relayé des rumeurs le concernant, et quelques scandales restaient imprimés dans son sillage. Jetant un regard plus aigu aux tombes envahies par les herbes, elle parvint à déchiffrer le nom de Dyvelston. L'homme avait dit vrai. Du reste, pourquoi mentirait-il ? C'était d'autant plus inimaginable que, même dix ans plus tard, les restes d'un scandale plus important que les autres demeuraient attachés à son nom. Si important que même Frances ne le connaissait pas dans tous ses détails.

Lottie fit semblant de tirer sur ses jupes. La panique n'était pas bonne conseillère et aidait rarement à résoudre les petits problèmes de l'existence. Tout ce qu'elle avait à faire était de trouver le moyen de se retirer avec dignité. Car, en ce qui concernait Tristan Dyvelston, elle doutait que les règles de politesse en cours dans la bonne société aient le pouvoir de le contraindre en aucune façon. Quelque chose lui disait même que cet homme prendrait ce qu'il avait envie de prendre sans songer aux conséquences de son acte. C'était le seul travail de femmes d'assumer les responsabilités...

— Mais..., dit-elle, Tristan Dyvelston est parti sur le continent avec plusieurs maris furieux lancés à ses trousses.

Les mots lui avaient échappé. Elle s'humecta les lèvres, prit une profonde inspiration et poursuivit :

— Ne seriez-vous pas plutôt en train de vous moquer de moi ? Qui êtes-vous vraiment ?

— Tristan Dyvelston.

Un air amusé avait éclairé le visage sévère de son vis-à-vis.

— Je rentre vraiment du continent. Ma présence là-bas n'était plus nécessaire.

— Et...

Elle fit un petit geste de la main.

— ... Et le scandale ? Le honteux, le terrible scandale ? Ces pauvres femmes... Cousine Frances en était particulièrement gênée.

— La lady avec qui je suis partie savait ce qu'elle faisait. Et j'emploie le mot *lady* à bon escient, ajouta-t-il tandis que son sourire disparaissait et que son expression se faisait de marbre. Enfin, aucun mari ne me poursuivait. Je crois même que celui de la dame m'était tout à fait reconnaissant de l'avoir délivré de son épouse. Nous n'étions pas arrivés à

Calais que l'affaire était déjà oubliée. Aux dernières nouvelles, du reste, ladite dame aurait trouvé du réconfort dans les bras d'un comte italien.

Du coin de l'œil, Lottie estima la distance qui la séparait de la grille. Elle avait beau s'appliquer à paraître sophistiquée et indifférente aux yeux de tous, il n'en restait pas moins vrai que, si on la surprenait en compagnie d'un homme à femmes notoire, tout espoir de recouvrer une quelconque vie sociale disparaîtrait. Et alors, elle n'aurait plus qu'à consacrer le reste de son existence aux travaux de crochet ou à la garde des enfants de Henry et de Lucy. Décidément, il fallait qu'elle s'éloigne d'ici. Et sans délai.

— Un comte italien ? Voyez-vous cela... Vraiment, cela a été un plaisir de deviser avec vous, mais je dois partir.

— Moi qui croyais que nous menions une intéressante conversation.

Tristan Dyvelston avança vers elle d'un pas. Un certain sourire jouait à présent sur ses lèvres comme s'il avait parfaitement compris pourquoi elle s'esquivait.

— Je regrette de vous avoir dérangée, dit-il.

— Il n'en a rien été. J'ai eu le temps de voir tout ce que je désirais et je sais déjà que je reviendrai un autre jour avec mon matériel de peinture. Cet endroit a quelque chose de mélancolique qui me plaît.

Sur ces mots, elle fit un pas en arrière. Puis un autre.

Malgré sa prudence, une ronce s'enroula autour de sa bottine. Se penchant en avant, Lottie fit pour s'en libérer une tentative qui demeura infructueuse. La ronce en profita même pour s'accrocher au bas de sa robe. Sa nouvelle robe, bien sûr, celle à motifs Vichy, dotée des coutures les plus fines et les plus faciles à déchirer ! Lottie eut l'impression d'entendre les gloussements de Frances et les interminables soupirs de tante Alice quand les deux femmes constateraient les dégâts. Puis les explications commenceraient. Celles que, précisément, elle n'avait pas envie de donner. Alors, Carlotta se verrait de nouveau mise sur la sellette. *Carlotta*... Un prénom mieux adapté à sa tante d'Alnmouth qu'à elle-même.

Lottie frissonna légèrement et s'efforça de ne rien dire quand, remontant son gant, une épine lui piqua la peau. Le moment d'après, ce fut son réticule, dans lequel elle avait glissé son miroir noir, qui tomba à terre avec un bruit mat. Tout allait mal, décidément...

— Permettez-moi, Miss Lottie...

Tristan Dyvelston venait de se courber devant elle.

Il lui assura la cheville d'une main tandis que, de la seconde, il la libérait de la ronce. Enfin, ramassant le réticule, il le lui tendit. Elle enroula l'anse autour de ses doigts.

— Plus de peur que de mal, résuma Tristan Dyvelston. Les exclamations attendues, mais indignes d'une lady, ne seront donc pas nécessaires...

— Vous avez prononcé mon prénom..., remarqua-t-elle tandis que le réticule dansait dangereusement au bout de ses doigts.

— Normal, c'est vous-même qui l'avez dit tout à l'heure.

L'homme se redressa, mais ne s'éloigna pas.

— Vous devriez vous montrer plus prudente, dit-il.

— S'agit-il d'un avertissement ?

Le cœur de Lottie battait si vite qu'il résonnait dans sa poitrine. Dyvelston se tenait très près d'elle... Tout à l'heure, elle n'avait pas remarqué à quel point il était grand et fort, et elle se demanda comment elle avait fait.

Enfin, elle comprit pourquoi cet homme avait acquis une réputation aussi sulfureuse quand une question autrement plus étrange se posa à elle :

Quel effet cela lui ferait-il si Tristan Dyvelston la prenait dans ses bras ?

— Disons qu'il s'agit d'une observation émanant de

quelqu'un ayant déjà quelques années de plus que vous, répondit-il au même instant.

Sans cesser de la considérer, il ajouta :

— Il a pu m'arriver de rencontrer des femmes qui vous ressemblent. Elles ont en général besoin de prendre quelques leçons de l'existence.

— Que vous vous proposez bien sûr de me donner...

Lottie croisa les bras en veillant à se tenir bien droite, puis passa les mains dans ses cheveux pour leur rendre du volume. Avec Tristan Dyvelston, elle se retrouvait sur un terrain qui leur était à tous deux familier. Pour sa part, on lui avait déjà fait de semblables propositions. Même si cela n'avait jamais été de cette voix délicieusement chaude. Quant à Tristan Dyvelston, il devait, de son côté, posséder une certaine pratique. Et justement... Quelque chose en elle aurait clairement voulu que la belle voix de cet homme ne s'adressât qu'à elle.

— Voulez-vous que je m'exécute ?

Tristan Dyvelston avait posé sa question tandis que, dans ses yeux noirs, brûlait un feu intense.

— Pardonnez-moi, ajouta-t-il, mais il est dangereux de provoquer un homme à un moment où vous vous trouvez seule avec lui. Sans chaperon.

— Pardonnez-moi, Mr Dyvelston..., répondit-elle aussitôt en inclinant la tête sur le côté, mais nous évoluons dans des cercles fort différents ; pour autant, j'ai déjà reçu cette même proposition au moins quatre fois. Vous n'êtes donc pas le premier à vous en servir et je doute que vous soyez le dernier. Même si je vous fais l'effet d'une blonde idiote, ce n'est pas le cas. Oui, je peux me montrer aussi sophistiquée que d'autres tout en sachant, dans le même temps, m'occuper de mon aspect. Voilà pourquoi je n'ai pas l'intention de prendre des leçons de vie avec quelqu'un comme vous. Ni avec personne de votre genre.

Dyvelston arqua les sourcils.

— Vous vous exprimez de manière bien directe pour quelqu'un qui vient quasiment de quitter l'école.

— Les hommes comme vous sont des risques vivants, Mr Dyvelston.

Elle avait prononcé sa remarque tout en lissant les plis de sa robe d'un air tranquille, cependant qu'une colère froide l'habitait. Pourquoi les hommes s'attendaient-ils toujours à ce que les femmes défaillent dès qu'elles rencontraient un problème ? En ce qui la concernait, badiner ne lui en posait aucun. Malheureusement, il fallait toujours que les hommes poussent le jeu un petit peu trop loin.

S'éclaircissant la gorge, elle déclara avec un air de hautaine supériorité :

— La réponse est que la vie que je mène en ce moment me satisfait pleinement, que je vous remercie pour l'honneur que vous me faites, mais non ! J'attendrai de recevoir la demande en mariage parfaite.

Un nouveau sourire éclaira le visage de Dyvelston. Apparemment, il trouvait tout ce qu'elle lui disait très amusant. Comment osait-il tourner ainsi ses paroles en dérision ?

— Avec cela, lui dit-il, je suis probablement censé m'éloigner sans vous avoir prise dans mes bras. Est-ce bien ce genre de choses que l'on vous a enseignées ?

S'arrêtant de parler, Dyvelston effleura sa main gantée. Elle sentit des picotements lui parcourir le corps.

— Mais vous ? continua-t-il, préféreriez-vous que je vous fasse une démonstration ?

Une *démonstration* ! Le mot fit à Lottie l'effet d'un grincement. En même temps, elle se sentait partagée entre les convenances, qui la sommaient de fuir cet homme, et son envie de rester pour voir ce qui se passerait et ce qu'il ferait. La question devenait lancinante : que ressentirait-elle entre les bras d'un homme qui savait ce qu'il faisait ?

— Je ne souhaite pas que vous me démontriez quoi que ce soit, lui déclara-t-elle, hautaine.

— Vraiment ?

Ce petit mot tout simple s'enroula autour d'elle comme une corde en soie. Et la retint.

Elle secoua la tête avec lenteur puis, remarquant que le sourire de Tristan Dyvelston s'élargissait, recula de deux pas en tendant l'oreille. Rien... Sans doute s'était-elle trompée. Ce n'était pas le cri de Frances. Il venait de beaucoup trop loin.

— Je dois m'en aller à présent, dit-elle.

Tristan Dyvelston renversa la tête en arrière. Son rire jaillit aussitôt, rompant le charme et faisant fuir de son arbre un pigeon ramier. Pendant tout ce temps, comprit-elle alors, il avait juste tenté de l'effrayer. Elle aurait voulu que la terre s'ouvre et l'engloutisse. Sa naïveté avait dépassé les bornes.

— J'ai beaucoup de mal à voir ce qu'il peut y avoir d'amusant dans tout cela...

— Votre expression. On dirait un chaton outragé et plein d'épis.

Lottie opta une nouvelle fois pour le dédain.

— Je n'ai pas d'épis. On a d'ailleurs écrit une ode à ma chevelure et Lord Thorngrafton lui-même m'en a envoyé une à mes boucles dorées.

— Pas moi. Jamais.

La couleur des yeux de Tristan changea. Contrairement à ce qu'elle avait cru, ils n'étaient pas noirs. Ou plutôt si. Mais elle y découvrait à présent des lumières cachées, mouvantes, dansantes, jamais les mêmes et offrant un spectacle ensorcelant.

— Je n'ai jamais écrit d'odes, insista-t-il. Et j'espère pouvoir me passer longtemps de le faire.

En une enjambée, il franchit l'espace qui les séparait, et effleura ses boucles de la main.

— Pas d'épis, en effet, déclara-t-il en reculant. Je retire ce que j'ai dit.

— Oh...

Elle posa la main sur le bas de sa gorge. Son cœur avait repris son rythme accéléré. Quel effet lui feraient les lèvres de cet homme scandaleux s'il les posait sur les siennes ? s'interrogea-t-elle en fermant les paupières.

L'année dernière, on ne l'avait embrassée qu'à deux reprises et aucune des deux ne lui avait plu. Pour dire vrai, ces deux expériences lui avaient même procuré un véritable désagrément. Surtout quand elle avait appris que le lieutenant Ludlow avait tenté également d'attirer sous le gui Caroline, Leda et Diana.

Elle attendit, lèvres jointes.

— Les vierges vertueuses n'ont que peu d'attrait. Même celles aux lèvres rouge framboise, l'entendit-elle affirmer. Vous pouvez baisser la tête, Miss Lottie. Et la prochaine fois, montrez-vous plus patiente.

Rouvrant les yeux, elle baissa la tête tandis que le sang lui montait aux joues et qu'elle se sentait rosir. Les lèvres de Tristan Dyvelston s'étiraient en une petite moue moqueuse tandis que le reste de son visage demeurait aussi impassible que du marbre sculpté.

— Qu'est-ce qui vous permet d'affirmer qu'elles n'en ont pas ? s'enquit-elle sur un ton glacial tout en se redressant.

— Le fait qu'elles causent trop de complications et de préoccupations.

Sur cette considération, il haussa les épaules non sans une involontaire élégance.

Lottie vida ses poumons de leur air. Elle aurait dû être soulagée que Tristan Dyvelston la laisse tranquille. Pourtant, un léger regret ne la quittait pas. Sentir ses bras autour d'elle était une expérience qu'elle aurait voulu connaître.

— Merci... Grâce à vous, je me sens à présent dénuée de toute séduction et de toute beauté.

— Ce n'est pas cela... Vous êtes juste une jeune femme

bien trop consciente de ses charmes et qui joue à des jeux dangereux menant là où aucune des deux parties que nous représentons n'est prête à se rendre.

Dans les beaux yeux noirs, toutes les lumières cessèrent de danser. Tristan Dyvelston ajouta :

— Les femmes comme vous causent des tracas que n'importe quel homme sensé serait bien avisé de prendre très au sérieux s'il veut conserver son rang au sein de la société. Parmi mes semblables aussi règne un certain sens de l'honneur. Aussi préféré-je pour ma part la femme qui connaît les règles du jeu et qui les applique.

Lottie inclina la tête.

— Au revoir, Mr Dyvelston. J'ai passé avec vous un moment très instructif.

— À notre prochaine rencontre…

— Je doute fort qu'elle ait lieu.

— On ne sait jamais. Quand vous serez plus âgée peut-être…

Là-dessus, Tristan Dyvelston lui attrapa la main et la souleva. Comme la première fois, des lèvres douces l'effleurèrent à l'endroit précis où son gant s'entrouvrait et touchèrent sa chair nue pendant un instant extrêmement bref qui s'ancra pourtant en elle avec une force inouïe.

Lottie retira sa main et s'enfuit, poursuivie par l'éclat de rire de Tristan Dyvelston. Quelques instants plus tard, elle se heurtait à Frances qui cheminait sur le sentier avec un air de poule d'eau en colère. De son chapeau de paille gouttait un liquide boueux.

— Ah, cousine Carlotta, nous te trouvons enfin !

— J'étudiais la vieille église dans mon miroir noir, répondit-elle en soulevant son réticule avec un sourire.

Combien de fois avait-elle dit à Frances qu'elle détestait le prénom *Carlotta* ! Et combien de fois sa cousine avait-elle ignoré sa remarque ?

Son réticule lui paraissant étrangement léger, elle passa,

un peu inquiète, la main dessus et fronça les sourcils en comprenant que son miroir noir ne s'y trouvait plus. Elle avait dû le laisser tomber. Mais retourner vers les ruines était impensable. Pas aussi longtemps que Tristan Dyvelston s'y trouverait.

— L'aspect « clair de lune » procure un résultat très inhabituel, poursuivit-elle à l'adresse de sa cousine. Il faudra que je te montre.

— Maintenant ? repartit cousine Frances en portant les mains à son visage d'un air affolé.

— Impossible, chère Fanny. Car tu me parais quelque peu mouillée et je n'ai pas du tout envie que tu attrapes froid.

— Je hais le prénom *Fanny*.

Lottie eut un petit sourire.

— Je n'arrive jamais à m'en souvenir...

— Il y a quelques instants, nous avons eu l'impression d'entendre des voix, Miss Charlton...

La pomme d'Adam de Mr Shepard montait et descendait le long de son maigre cou. Lui aussi était mouillé et il avait tout du mouton égaré. Lottie tourna de nouveau les yeux vers Frances. Cette fois, le doute n'était plus possible : les joues de sa cousine avaient pris une teinte rosée qu'elle ne leur avait jamais vue.

— La vôtre, précisa Mr Shepard en poursuivant son idée, ainsi que celle d'une autre personne.

— En effet, renchérit sa cousine. Une voix masculine. Et à qui la tienne répondait.

Frances lui jeta un regard perçant.

— Se trouverait-il ici quelqu'un de ta connaissance ?

— Comment as-tu trouvé le pont de Cruel Sykes ? demanda-t-elle alors très vite sans répondre à la question.

Il fallait qu'ils s'éloignent tous trois d'ici au plus vite. Avant que Mr Dyvelston fasse son apparition avec, aux lèvres, un petit sourire sardonique. Quand Frances était de mauvaise humeur, tout pouvait arriver. Lottie se mordit la lèvre. Au moindre esclandre, elle pourrait dire adieu à Newcastle.

— A-t-il été facile à traverser ?

— Il était mouillé, répliqua drôlement Frances, très mouillé. Froid et glissant.

— Miss Frances est tombée, déclara alors Kent Shepard en bombant le torse, et j'ai dû personnellement lui porter secours.

Le discret changement de ton n'échappa pas à Lottie.

Au bout du compte, quelque chose de positif était donc tout de même sorti de cet étrange après-midi. Elle songea que Tristan s'était trompé et que son plan avait peut-être quelque chance de réussir… Les portes dorées de la société et le triomphe lui faisaient signe. Tout en se mordillant la lèvre, elle jeta un œil derrière elle au cimetière qui paraissait totalement vide. Sa chance pouvait revenir… tant que sa petite rencontre avec Tristan Dyvelston restait secrète. Et celle-ci *devait* demeurer secrète. Car personne ne croirait qu'un débauché notoire comme Mr Dyvelston était capable de se rendre à l'église ou au cimetière de son propre chef. Lui qui, selon cousine Frances, soupait avec le diable.

Pourquoi les hommes les plus attirants se trouvaient-ils toujours parmi les moins convenables ?

Comme la conversation roulait maintenant sur les banalités d'usage concernant le temps qu'il faisait, Lottie posa sans y penser sa main gauche sur son poignet droit à l'endroit précis que Tristan Dyvelston avait effleuré de ses lèvres. Un frisson lui parcourut le corps. Elle avait eu de la chance car Mr Dyvelston était réellement le danger fait homme. Et il ne fallait plus qu'elle l'oublie. Dorénavant, elle mènerait le genre d'existence que sa mère et Henry désiraient qu'elle mène. Pour autant que Henry lève son bannissement et l'autorise à réintégrer la civilisation à Newcastle. Là était son destin. Elle ne l'ignorait pas.

Tristan la regarda s'éloigner. Après avoir entendu son rire clair et écouté ses explications candides, il retourna sur la tombe de ses parents. Un petit objet capta alors son regard. Il l'attrapa et le glissa dans sa poche.

Aller retrouver Lottie maintenant n'aurait guère de sens. Tristan ferma les yeux. Il avait menti à la jeune femme en lui affirmant qu'elle avait des cheveux ordinaires car leur couleur dorée devait faire tourner la tête à bien des hommes. Mais il y avait en elle quelque chose d'autre. Quelque chose de bien plus important qui l'interpellait.

— Nous nous reverrons, vous et moi, Lottie, dit-il à voix haute.

Attrapant le miroir noir, il le dirigea vers le village.

— Et c'est moi qui fixerai les conditions de notre nouvelle rencontre. Mais avant, je dois découvrir *qui* est le faux Thorngrafton.

2

— J'avais espéré que ma sœur serait là...

Le timbre pompeux de la voix de Henry accueillit Lottie au moment où elle pénétrait dans la maison de tante Alice.

— Vous connaissez les méfaits dont Lottie peut se rendre capable quand on l'abandonne à elle-même, tante. C'est d'ailleurs précisément ce genre de problèmes dont je vous avais avertie.

La réponse que murmura tante Alice se perdit derrière la porte du petit salon.

Classique, se dit Lottie. La seule fois où son frère se décidait à entreprendre le voyage jusqu'ici, elle se trouvait dehors en train de courir les environs en compagnie de l'ingrate cousine Frances. Mais les choses auraient pu être pires. Si Frances l'avait repérée en compagnie de Mr Dyvelston par exemple... Heureusement, sa cousine manifestait un singulier manque d'intérêt pour ses allées et venues. Autant que pour sa visite à l'église et au cimetière. Et de toute façon, il ne s'était rien passé. Rien du tout. Ou presque.

Retournant son poignet, elle en explora l'intérieur. L'empreinte des lèvres de Tristan Dyvelston lui brûlait encore la peau. Qu'est-ce que cet homme possédait d'aussi spécial ? Le danger qu'il représentait ?

— Avez-vous la moindre idée du moment où elle pourrait réapparaître ? poursuivit la voix de Henry dont le ton prétentieux la ramena à la réalité de la plus désagréable façon. Mes affaires ne peuvent attendre. Je ne vais pas rester ici cent sept ans. Le train pour Gilsland part dans deux heures et, si je le rate, il n'y en a pas d'autre avant demain matin.

— C'est toi, Henry ? demanda-t-elle alors en ôtant son chapeau et ses gants de ses doigts tremblants. Lucy et maman sont-elles venues avec toi ?

Quelle raison avait poussé son frère à venir ici ? S'était-il passé quelque chose ? Quoi qu'il pût être arrivé, elle se montrerait courageuse.

— Ah, Lottie, te voilà enfin !

Comme Henry se détournait de tante Alice pour pivoter vers elle, elle resta abasourdie par le changement qui s'était produit en lui. Comme il avait grossi !

— Viens me dire bonjour. Qu'as-tu à dire à ton frère ?

Il avait l'air d'un chien savant trop bien nourri. Le moins que l'on pût dire était que les cinq mois qui venaient de passer l'avaient rendu à la fois plus élégant et plus gras. Elle remarqua aussi qu'il portait des vêtements normaux et non des habits de deuil. Lottie libéra un soupir de soulagement tout en remerciant le ciel pour les petits signes positifs qu'il lui envoyait.

— Si tu m'avais écrit un mot, j'aurais été présente.

— J'avais pensé te trouver installée à tes travaux d'aiguille ou en train de confectionner l'une de ces pelotes à épingles que toi et ma femme affectionnez tant.

— Pourquoi ? s'enquit-elle en refusant de se laisser atteindre par le refus de répondre de son frère.

Eût-il pris soin de la prévenir qu'il l'aurait bien sûr trouvée dans la maison de tante Alice, penchée sur ses travaux d'aiguille.

— À la campagne, reprit-elle comme il ne répondait toujours pas, le temps ne passe pas de la même façon. Je suis partie en promenade avec ma cousine. L'air frais d'ici est réputé bon pour toutes les constitutions. Tu devrais d'ailleurs essayer un jour.

Comme Henry prenait un air faussement offusqué, elle coupa court à sa tentative de mystification :

— Je ne vois pas le mal qu'il y aurait à ce que tu fasses tranquillement une promenade.

Puis elle ajouta sans reprendre son souffle :

— À présent, Henry, raconte-moi... Quelles sont les nouvelles ?

S'approchant de son frère, elle lui prit les mains.

— Comment vont maman et Lucy ? Nous avons reçu des lettres d'elles, mais rien ne vaut de vous entendre. Et les enfants ? Tout le monde me manque tant. Je t'en prie, dis-moi que tout va bien et que tu n'es pas venu nous annoncer une mauvaise nouvelle.

— Lucy t'envoie ses respects. Quant aux enfants, ils vont bien. Du moins, c'est ce que Lucy m'a dit.

L'expression de Henry s'adoucit.

— De son côté, maman est partie prendre les eaux à Gilsland.

Lottie se concentra sur les motifs du tapis turc de tante Alice. Elle tenait peut-être là sa meilleure chance de réhabilitation. Bien plus intéressante que les projets de mariage entre Frances et Mr Shepard.

Avant tout, il fallait commencer par prouver qu'elle avait appris et retenu quelque chose de son exil.

— Ma chère belle-sœur a-t-elle l'intention de quitter un peu Haydon Bridge ? Il y a de si jolies promenades à découvrir par ici ! Je pourrais lui raconter la légende du ruisseau de Cruel Sykes et elle pourra chercher des traces de sang dans l'eau.

— Oui, dit alors Frances en hochant la tête.

Les joues de sa cousine devinrent d'un rose soutenu.

— La promenade est agréable, poursuivit-elle. J'ai failli tomber dans le ruisseau, mais Mr Shepard m'a secourue.

— J'ignorais que Mr Shepard vous avait accompagnées,

intervint alors tante Alice d'une voix glaciale. Qui en a décidé ainsi ?

— Il ne nous a pas vraiment accompagnées, maman, répondit Frances. Nous l'avons rencontré en chemin et Carlotta a suggéré qu'il fasse quelques pas en notre compagnie.

— Il est en effet difficile de se montrer désagréable avec quelqu'un qui vous a officiellement été présenté, dit Lottie en cachant son malaise.

Peut-être aurait-elle dû attendre de mieux connaître les sentiments de tante Alice envers Kent Shepard au lieu de se baser sur la chaleur apparente avec laquelle il avait été accueilli à l'église.

— Eh bien, ma nièce, reprit sa tante en tapotant son éventail fermé sur le bord de la table, t'expliqueras-tu un peu mieux ? S'agit-il de quelque trouvaille de ton invention ? Pour quelle raison précise Mr Shepard vous a-t-il rejointes, ma fille et toi ? A-t-il rencontré des problèmes avec l'une de ses vaches ? Dieu sait si j'ai tenté de mener toutes sortes de conversations avec Mr Shepard. Mais rien n'y fait. Il revient sans arrêt à ses ennuyeuses histoires de troupeaux et d'élevage.

— Nos chemins se sont croisés, répondit sobrement Lottie en tentant d'éviter avec soin les informations susceptibles de faire réagir sa cousine.

Pour autant, l'air très en colère de tante Alice lui faisait de plus en plus penser qu'elle s'était fourvoyée. En fin de compte, celle-ci n'était guère désireuse de marier Frances. Du moins pas à Mr Shepard.

— Alors..., poursuivit-elle, je..., nous avons proposé à Mr Shepard de nous accompagner un peu. D'humeur joviale, il a semblé très désireux de s'exécuter.

— Oui, oui, renchérit Frances, c'est Carlotta qui a fait cette suggestion. Mr Shepard s'y entend très bien à secourir les gens, maman.

— Ah, t'a-t-il aussi aidée, Carlotta ?

Le regard glacial dont sa tante accompagna sa question lui fit aussitôt baisser les yeux.

Décidément, elle avait commis une erreur évidente d'appréciation sur la volonté qu'avait réellement tante Alice de marier cousine Frances à Mr Shepard, et comprenait qu'elle aurait dû mieux anticiper. Que répondre à présent ? Mentir était impossible, mais révéler toute la vérité mènerait au désastre. Pas question en effet d'évoquer Tristan Dyvelston et encore moins le baiser qu'il lui avait déposé sur le poignet.

— En fait, la vérité est que...

— Nièce, épargne-moi tes trouvailles, je te prie. Tu sembles avoir pris l'habitude d'en faire depuis que tu es loin de ta mère. Mr Shepard t'a-t-il ou ne t'a-t-il pas secourue lorsque tu as franchi le ruisseau ?

Tante Alice remonta ses lunettes sur son nez tandis que ses yeux semblaient pénétrer dans les profondeurs de l'âme de sa nièce.

— Ta peau est nettement moins mouillée que celle de ma fille... Et tes vêtements ne sont en rien froissés.

— Non...

Quand bien même Lottie parvenait à garder la tête haute, elle déglutit avec difficulté. Comment s'en sortir ? Où trouver une explication à peu près rationnelle, sachant en outre que Henry avait influencé leur tante et l'avait mise de son côté.

— Il ne m'a pas secourue.

— Il ne pouvait pas...

Frances poussa un rire strident qui satura la pièce.

— Elle n'était pas là !

En percevant le petit glapissement qui échappa à sa tante, Lottie souhaita que la terre s'ouvre sous elle et l'engloutisse. Pourquoi, pendant un moment, avait-elle pensé que cette journée avait des chances de bien se dérouler ?

— *Pas là* ?

La voix de sa tante avait les vibrations d'une cloche qui sonne le glas ou scande une marche funèbre.

— Et pourquoi *pas là*, Frances ? Vous êtes parties ensemble, rentrées ensemble, mais Lottie ne se trouvait pas avec vous au moment où Mr Shepard t'a si galamment extirpée de l'eau !

— Lottie ! tonna alors Henry en se tournant vers elle, que faisais-tu ? Serais-tu en train de renouer avec tes mauvaises habitudes ? Je t'ai pourtant prévenue !

— J'étais simplement partie étudier les ruines de la vieille église dans le miroir noir que Lucy m'avait offert un peu à l'avance pour mon anniversaire. Mais j'aurais juré que cousine Frances et Mr Shepard se trouvaient tous deux juste derrière moi.

Lottie avait écarquillé les yeux en parlant et prit la voix claire qu'elle adoptait dès que sa mère commençait à lui reprocher quelque chose.

— C'est seulement en arrivant que j'ai réalisé mon erreur et compris qu'ils avaient bifurqué en direction du ruisseau de Cruel Sykes. Puisque je me trouvais là, j'ai jeté un coup d'œil à l'église. Cousine Frances m'avait vanté son intérêt en tant que modèle intéressant pour... réaliser une belle aquarelle.

Sur ces mots, elle jeta un regard perçant à tante Alice et à Henry pour voir s'ils allaient donner foi, ou non, à son histoire. Pour sa part, cousine Frances avait émis de petits bruits encourageants lorsqu'elle avait parlé du miroir noir.

— Du reste, reprit-elle, ils m'ont vite rattrapée. Et voilà toute l'histoire. Il s'agit d'un simple malentendu.

Le sourire qui conclut son récit fut plutôt crispé.

— Carlotta Charlton ! tonna son frère, comment as-tu pu faire une chose pareille ?

— Nous étions juste derrière elle, confirma Frances. Sauf qu'à un moment nous aussi avons réalisé que nous nous étions trompés de chemin.

Frances faisait preuve d'une telle vigueur à la soutenir que

Lottie se sentit impressionnée. L'espace d'un instant elle se demanda si elle ne s'était pas trompée sur les intentions de sa cousine et si toutes deux ne pourraient pas devenir amies.

— Puis Mr Shepard a cru entendre des voix. Celles de Lottie parlant avec un homme.

Ce fut comme un signal. Tout le monde se mit à parler en même temps, Lottie plaça les mains sur ses oreilles et appuya pour ne plus rien entendre. Non, à l'évidence pas amies...

— Eh bien, voilà qui règle tout ! s'écria son frère d'une voix tonitruante qui recouvrit les autres.

— Quoi *tout* ? demanda-t-elle au milieu du curieux silence qui suivit.

— Il est clair que Haydon Bridge a échoué à te corriger de tes tendances rebelles et à te faire redresser le cap...

Une immense douleur s'abattit sur Lottie. Ses doigts se crispèrent.

— Je te trouve sévère, frère. J'ai mené une existence exemplaire. Demande à tante Alice et à cousine Frances.

— Carlotta Charlton, tu as commis un méfait, un grave méfait.

Henry agita son index dans l'air.

— Dès Noël, je t'avais avertie que j'étais plus que las de tes tours de friponne. Tu malmènes ta réputation en la traitant avec une indifférence méprisante. Or, une femme sans réputation ne gagnera jamais la reconnaissance des gens de la bonne société.

— Mais je..., je n'ai rien fait ! Je suis tout à fait innocente, répliqua-t-elle tandis que, les yeux ronds, sa cousine Frances ouvrait et fermait la bouche comme un poisson sorti de l'eau.

Lottie regarda autour d'elle, incertaine. Qui détestait-elle le plus en cet instant : cousine Frances, Mr Shepard ou Tristan Dyvelston ?

— Peu importe, dit Henry en ôtant à sa redingote une poussière imaginaire. Maman est déterminée à ce que sa fille épouse un homme titré. Et il est inutile d'essayer de la faire revenir sur sa décision. Tu sais comment elle est quand elle s'enthousiasme.

— Ce n'est pas à Haydon Bridge que je risque d'attraper un aristocrate.

— Ce n'est pas faux.

Henry soupira avec ostentation.

— Maman m'a longtemps rebattu les oreilles avec cela. Lorsqu'elle est partie prendre les eaux à Gilsland, j'avoue avoir espéré que son départ la distrairait de sa lubie. Mais son séjour et son éloignement n'ont fait que la renforcer dans sa décision. J'en veux pour preuve la suite ininterrompue de lettres qu'elle m'a alors envoyées sur le sujet. Il n'y avait quasiment pas une arrivée de courrier sans missive d'elle.

— As-tu l'intention de m'envoyer à Londres ?

Lottie eut l'impression que la pièce vacillait légèrement. En fin de compte, la journée ne se terminerait peut-être pas aussi mal que cela...

Elle s'efforça d'évacuer toute impatience de sa voix avant de poursuivre :

— Je sais que j'ai manqué le bal de la reine Charlotte, mais il reste beaucoup d'événements à venir pour cette saison. Sans compter que Mrs Fullen a répété qu'elle était prête à être ma marraine. Or, elle se trouve être la sœur de Lady Rowland et connaître les patronnesses d'Almack.

— Lucy voit les choses autrement. Selon elle, Mrs Fullen exagère le lien qui l'attache aux patronnesses.

— Lucy oublie sans doute ce que Mrs Fullen a fait pour Ann Mason pas plus tard qu'il y a deux ans. Quant à Lady Rowland, c'est une personnalité respectée de la haute société d'ici, Henry. J'ai découvert ses antécédents en lisant *Burke's Peerage*, ou *Baronetage and Knightage*. Alors, si elle se trouve à Buke's...

Henry leva la main.

— Je ne me sens absolument pas prêt à te laisser à Londres, Lottie. À peine aurais-tu posé le pied sur le parquet d'une salle de bal que tu serais déshonorée. Comme tu aurais d'ailleurs très bien pu l'être par un inconnu dans cette église déserte et à moitié en ruine. Tu n'as aucune idée de ce que sont les hommes, ma sœur.

— À Newcastle alors ? Tu me ramènes à la maison ?

Elle avait parlé sur un ton presque enjoué, censé lui faire oublier sa propre déception concernant Londres.

Newcastle n'était pas si mal. Et surtout, une fois de retour là-bas, elle pourrait faire pression sur sa mère. Celle-ci réaliserait alors l'importance pour sa fille de passer une saison à Londres afin d'être sûre de trouver un prétendant titré.

— À la station thermale de Gilsland où maman prend les eaux, asséna Henry.

— Gilsland...

Lottie se sentit sombrer.

— Mais qu'y a-t-il à Gilsland ? *Qui* est à Gilsland en cette période de l'année ? C'est bon pour maman de se trouver là-bas. Mais moi ? Aurait-elle l'intention de me marier à un lord harcelé par la goutte ou à un comte aux articulations qui grincent, l'un et l'autre originaires d'une principauté européenne parfaitement inconnue ?

— Lord Thorngrafton y réside régulièrement. Il a d'ailleurs loué une suite au Shaw's Hotel comme d'autres membres de l'aristocratie. Du reste, maman a envoyé la liste des hommes titrés y résidant souvent. Elle y découvre des perspectives qui l'excitent beaucoup et je dois dire que tout cela est assez intéressant à lire. Avant aujourd'hui, jamais je n'avais considéré la station thermale de Gilsland comme susceptible d'abriter un mari pour toi.

Son frère bomba le torse.

— Je me suis laissé dire qu'au cours du bal de l'automne dernier Lord Thorngrafton t'avait trouvée très intéressante.

Tante Alice poussa un petit cri que tout le monde entendit tandis que les yeux de Frances se mettaient à briller et que Lottie poussait un soupir de soulagement. Enfin une ouverture...

— Je croyais que les intentions de Lord Thorngrafton étaient plutôt moins honorables que le contraire, déclara-t-elle en s'installant sur le canapé de crin.

Elle croisa les chevilles et arrangea les plis de sa robe. Si elle parvenait à détourner Henry de l'attention qu'il portait à Lord Thorngrafton, peut-être pourrait-elle réintégrer Newcastle ? Cela dépendrait de sa capacité de persuasion et du degré d'insistance qu'elle pourrait se permettre. En tout cas, elle ne doutait pas de pouvoir faire céder son frère.

— Notre mère pense autrement. Il se trouve qu'elle a mené une conversation avec l'homme en question. Au cours de son échange avec lui, elle a découvert qu'il avait remarqué tes yeux et les admirait sans retenue.

— En novembre dernier, repartit Lottie, Lord Thorngrafton a passé le plus clair de son temps à parler à mon décolleté. Je ne crois pas qu'il ait remarqué mes yeux une seule fois.

— Carlotta ! s'exclama tante Alice. Ne dis pas de pareilles choses devant Frances ! Bouche-toi les oreilles, ma fille !

— C'est déjà fait, maman.

Lottie croisa les bras et la fixa d'un air furieux.

— C'est la stricte vérité.

— Dans sa missive, rétorqua Henry en plissant les yeux, maman dit bien que Lord Thorngrafton a beaucoup parlé de toi. Inutile de jouer à la plus fine avec moi, Carlotta. Je sais de source sûre que Lord Thorngrafton dispose d'une fortune plus que confortable. Il a compris les ouvertures qu'offrirait le chemin de fer bien avant moi, et est à la fois l'associé de Jack Stanton ainsi que son partenaire dans d'autres affaires. Or, tu sais combien Stanton est riche ! J'ai déjà fait quelques recherches.

— Rien de bon ne sortira jamais de Lord Thorngrafton,

riposta Lottie en s'assurant de la douceur de son sourire. Du reste, pourquoi un noble doté d'une confortable fortune chercherait-il à conclure alliance avec notre famille ?

À cette question, tante Alice se mit à activer son éventail à toute vitesse tandis que le visage de Henry virait au cramoisi.

— Explique-toi.

— J'ai idée qu'il doit se trouver de meilleurs endroits pour moi que la station thermale de Gilsland.

— Vraiment... ?

Henry agita le doigt dans sa direction.

— Alors, laisse-moi te dire ceci, Miss je-sais-tout-mieux-que-tout-le-monde : si tu t'avises d'échouer avec Lord Thorngrafton, je te marie au prochain qui te demande en mariage. En fait, ton dernier éclat me donne ni plus ni moins envie de le faire tout de suite. Je tiens d'ailleurs de source sûre que Mr Lynch est en ce moment même à la recherche d'une épouse ou, devrais-je plutôt dire, d'une nounou pour ses sept enfants.

Lottie fixa son frère avec horreur. Il ne pouvait pas lui faire une chose pareille ! Résistant de toutes ses forces à la panique qui menaçait de l'envahir, elle chercha sa respiration pour autant que son corset le lui permît.

— Où est maman ? Laisse-moi lui parler. Tu ne peux pas m'imposer cela ! Je l'interdis. Maman elle-même sera bouleversée en apprenant combien tu te montres méchant et peu charitable envers moi.

— Je t'ai dit que maman se trouve au Shaw's Hotel où elle attend ton arrivée. En ce qui me concerne et malgré les appréhensions de Lucy, j'estime pour ma part qu'il s'agit pour toi de l'endroit le mieux approprié. Tu sauras y attraper un mari titré, je le jure devant Dieu !

— Pourquoi fais-tu cela, Henry ? demanda-t-elle d'une petite voix. Pourquoi me fais-tu cela ?

— Le mariage de ma sœur est un sujet qui doit se traiter comme on traite une affaire. Tu as deux semaines, Lottie.

Je ne suis pas un méchant homme, mais c'est le temps maximum que je suis prêt à passer loin de ma famille. Toi et ta mère avez...

— Mais... Mais...

— Préfères-tu que je fasse convoquer Mr Lynch tout de suite ?

Lottie dévisagea son frère. À une époque, elle l'avait considéré comme un dieu. Mais à présent, elle savait qu'il n'était qu'un monstre dénué de douceur et de sensibilité, et se moquait bien de savoir si elle serait heureuse ou non avec l'homme qu'elle épouserait. En réalité, le mariage de sa propre sœur n'avait de valeur à ses yeux que s'il pouvait en retirer prestige et pouvoir, voire en profiter pour conclure de bonnes affaires. En d'autres termes, Henry ne s'intéressait qu'à la valeur marchande de sa sœur sur le marché du mariage... Malgré son envie de crier, elle se retint. Quant à pleurer, il n'en était pas question. Cela n'aiderait pas la situation à s'améliorer, elle le savait depuis longtemps. Pour commencer, il fallait au contraire rester calme. Et elle saurait y parvenir d'une manière ou d'une autre.

— J'irai à la station thermale de Gilsland, dit-elle dans un souffle.

— Bien.

Henry lui tourna le dos.

— À présent, tante, pourrais-je vous demander l'un de vos délicieux muffins ?

— Sèche tes yeux, Lottie, dit alors cousine Frances en accompagnant son exhortation d'une petite tape sur l'épaule. Pareilles choses ne cessent d'arriver dans les romans Minerva Press que je lis. Mais tout se termine toujours bien.

Lottie retint un petit hoquet. D'une manière qu'elle ne s'expliquait pas, la soudaine sollicitude de cousine Frances à son égard rendait la situation encore plus pénible.

— C'est l'heure de se lever, Lord Thorngrafton !

Tristan traversa la chambre plongée dans la pénombre, écarta les rideaux et laissa l'air frais pénétrer pour remplacer l'air vicié par des effluves d'alcool.

— Où devrais-je dire… *cousin Peter* ? ajouta-t-il. Je me doutais bien que ce serait toi que je découvrirais au Shaw's Hotel.

La silhouette étendue sur le lit poussa un grognement et marmonna quelques paroles incohérentes avant d'attraper un oreiller et de se le poser sur la tête.

— Allez-vous-en… Il fait encore nuit…

— Il est 15 heures, Peter. À cette heure de la journée, il fait plein jour. Fini de jouer !

Tristan avait du mal à contrôler sa colère montante contre son cousin germain.

— Et arrête de faire semblant, ajouta-t-il, ou tu vas vite le regretter. Qu'est-ce qui m'empêcherait d'appeler l'agent de police de secteur ? Peux-tu me fournir une seule bonne raison ?

Au mot *agent de police*, l'homme s'assit séance tenante dans son lit. De rubicond, son teint devint d'une extrême pâleur. De son côté, Tristan posa sur lui un regard neutre et dépassionné. Avec son cousin, il possédait un air de famille, sans plus.

— Tu… Tu étais censé te trouver sur le continent. Ou, mieux, même, mort au fond d'une ruelle.

La main de Peter trembla lorsqu'il se la passa devant les yeux.

— J'étais sûr que tu ne remettrais jamais les pieds en Angleterre. D'ailleurs, oncle Jeremiah me l'avait juré lorsqu'il a changé mon nom *Burford* en celui de *Dyvelston*.

— Changer son nom et se faire reconnaître en tant qu'héritier ne change en rien l'ordre de succession, Peter.

— Je sais, mais…

— Je suis revenu, cousin. Ainsi que je l'avais promis et à la différence de certains.

— Donne-moi quelques instants pour que je m'habille. C'est pour moi un véritable choc. Toi ici. En vie !

— Un choc moins grand que celui que j'ai éprouvé en apprenant que Lord Thorngrafton s'était rendu responsable d'actions variées et diversement bienvenues. Ce qui m'étonne le plus, dans tout cela, c'est ton impudence.

Son cousin se leva pour commencer à s'habiller et répondit :

— Ne m'en veux pas, Tris. Je te croyais mort. J'étais sûr que tu étais mort ! Et oncle Jeremiah aussi en était certain ! Il m'avait raconté que tu te trouvais à Florence. À moins qu'il ait parlé de Venise... En tout cas, et quel que soit le nom de la ville, tu étais d'après lui dans un sale état. Sérieusement malade... Je ne m'attendais donc pas du tout à te voir réapparaître !

— Les histoires circulant sur ma disparition étaient sans fondement.

Tristan s'interrompit et débarrassa le haut de sa redingote d'un brin de poussière.

— Et ne m'appelle pas Tris, je te prie. Jamais. Cela laisserait entendre qu'il existe de la familiarité entre nous. Or, il n'en est rien.

— Mais je suis ton héritier. Il n'en est pas d'autre et si tu mourais...

Peter se passa la main dans les cheveux.

— Reconnais-le, Tristan. La généalogie d'oncle Jeremiah fait que tout le monde pensait que c'est moi qui hériterais. Qui suis-je pour les en dissuader ?

— Et à qui vas-tu faire payer tout cela ? rétorqua Tristan avec un large geste de la main qui engloba l'immense pièce. La meilleure suite de l'Hôtel Shaw ! Elle est ruineuse !

— Ne t'inquiète pas. Je n'ai emprunté que le titre.

Peter secoua la tête.

— Pour accumuler de l'argent, il suffit de spéculer.

— Le fais-tu à bon escient ?

— Disons que j'explore les opportunités qui se présentent.

Peter lui adressa un sourire bien rodé avant de poursuivre :

— J'ai un projet concernant une mine de plomb. Il n'attend qu'un petit capital pour pouvoir se réaliser.

— Et il n'a bien sûr rien à voir avec la partie de cartes truquées qui a été arrangée chez Mump à moins d'un mile d'ici. Ni avec les deux veuves âgées que Lord Thorngrafton a, sans succès, poursuivi de ses assiduités le mois dernier…

Peter fit une petite grimace et se passa de nouveau la main dans les cheveux pour les redresser sur son crâne.

— On t'a parlé de cela…

— Dis plutôt que certaines personnes ne demandaient qu'à tout me raconter dans les moindres détails. Je ne suis pas sans amis, Peter.

Il fixa son cousin.

— Et je te préviens : l'actuel Lord Thorngrafton se montrera au-delà de tout reproche. Rien ne ternira son nom. J'ai l'intention de restaurer le domaine de Gortner Hall et de lui rendre sa superbe passée pour réparer les dégâts que notre oncle a commis.

— Mais le scandale te suit à la trace, Tristan !

Peter cligna plusieurs fois des paupières avant d'ajouter :

— C'est bien pour cela que tu as regagné le continent, non ? Parce que tu avais tué un homme !

— Il n'est pas parvenu à mourir.

— Tu lui as tiré dessus.

— Pour avoir triché aux cartes. De plus, j'avais trop bu et ma visée n'était rien de moins que nulle.

Tristan sourit froidement à son cousin.

— Mais elle s'est améliorée depuis. À présent, Peter, tes petits exploits sont terminés.

— Tu me rappelles de plus en plus oncle Jeremiah ! Même aptitude pour les phrases glaciales, même regard aussi perçant.

Tristan arqua un sourcil.

— Vais-je devoir oublier que nous sommes parents ?

— S'il te plaît, Tristan, au nom du bon vieux temps, laisse-moi mener mon projet à bien. Se trouvent présentes deux ou trois jeunes veuves à qui la simple notion de titre fait tourner la tête. Il y a aussi un homme d'affaires dont la mère est très impressionnée par les titres. Si je parviens à le persuader d'investir dans la vieille mine de plomb, j'aurai des retours au centuple.

Peter lui posa la main sur l'épaule.

— Quand nous étions jeunes, nous nous entraidions, tous les deux. Puis je t'ai aidé à fuir vers le continent, tu ne peux pas le nier. Tu me dois bien cela, Tristan. C'est moi qui vous ai aidés, toi et Suzanne ! Moi qui ai rendu les choses possibles !

Tristan considéra son cousin. Peter avait déjà commencé à épaissir. Même son visage s'était empâté. Sans prendre parti et même si les veuves et les hommes d'affaires ne méritaient pas forcément mieux que le sort que son cousin leur réservait, il ne parvenait pas à supporter la remarque que son cousin lui avait faite quelques instants plus tôt car, contrairement à l'affirmation de Peter, il n'avait pas du tout le même caractère que l'oncle Jeremiah !

— Il s'agit juste d'un malentendu, reprit Peter en levant les bras pour finir d'enfiler ses vêtements tout en poursuivant sur un débit très rapide : C'est ma meilleure chance de gagner de l'argent. J'ai passé du temps à converser avec la mère de l'homme d'affaires dont je te parle. Elle se trouve ici pour prendre les eaux et profite de l'occasion pour rendre visite à sa sœur.

— Sa sœur ?

— Elle possède une véritable petite fortune. Une semaine, Tristan. C'est tout ce dont j'ai besoin. Ensuite, je ne te demanderai plus jamais rien.

Le regard de Peter s'était fait rusé. Tristan lui demanda :

— Qui est cet homme d'affaires au juste ?

— Il s'appelle Henry Charlton et sa sœur est folle des titres.

Peter eut un petit rire.

— En novembre, j'ai essayé de la séduire, mais elle m'a filé entre les doigts. Ensuite, la mère a fait son apparition. Odieuse et bardée d'ambitions en tout genre. Au point qu'il ne lui a pas fallu longtemps pour me révéler sans ambages le montant de la fortune de sa fille.

— Au mois de novembre dernier, ce sont de nombreuses femmes que tu as tenté de séduire.

— Oui, mais elles le savaient.

— J'espère que, de ton côté, tu sais aussi ce que tu fais. En cas de faux pas, les jeunes filles vierges et leurs semblables peuvent créer des complications insoupçonnables.

Tristan s'interrompit.

— Partons maintenant.

— Tout de suite ! Mais... Il va me falloir du temps pour faire mes malles ! De plus, l'heure limite pour rendre la suite est passée depuis longtemps. Je vais devoir payer une journée de plus.

— C'est ton problème.

Peter recouvra son air et son regard rusés.

— Mais toi aussi, il va te falloir un endroit pour poser ta tête... Si tu restais ici cette nuit ? Une seule nuit et tu verras si je n'arrive pas à te persuader d'investir. En souvenir des jours passés. S'il te plaît, cousin...

Tristan scruta Peter, son expression implorante.

— Je ne veux plus de trahison. Tu devras te débrouiller pour faire les choses correctement.

— S'il le faut, dit Peter d'un air contrit.

Mais son visage montrait les signes d'un soulagement manifeste.

— Absolument. J'insiste beaucoup. Tu suivras mes instructions. Et ne tente pas de me doubler, Peter, car alors, j'oublierai que nous sommes parents.

— As-tu mémorisé la liste que je t'ai remise et qui te permettra de savoir avec quel gentleman danser, Lottie ? lui demanda sa mère en la saisissant par le bras alors qu'elles descendaient l'escalier du Shaw's Hotel. Quand tu t'adresseras à Lord Crawley, il faudra veiller à parler fort. Il est sourd comme un pot. Quant à Sir Geoffrey Lea...

— Maman, j'ai lu toute ta liste avec soin et je l'ai bien mémorisée, répondit Lottie en se retenant pour ne pas lever les yeux au ciel. Cela fait deux fois que tu m'en parles.

— Je sais à quel point tu peux te montrer distraite, Carlotta. Il s'agit là d'une affaire sérieuse et j'attendais ton arrivée avant-hier.

— Tante Alice vous a adressé ses excuses. Faire les valises prend beaucoup de temps...

— Pas quand c'est moi qui m'en charge.

Sur cette remarque, sa mère renifla avec force et marmonna quelque chose sur l'incompétence des belles-sœurs.

Quelques heures plus tard, au Shaw's Hotel, Lottie parvenait à la conclusion que ses options étaient en nombre très limité. Presque tous les gens qu'elle rencontrait depuis son arrivée avaient dépassé la cinquantaine ou étaient affligés d'un double menton, d'un regard larmoyant, voire des deux.

Lui vint alors l'idée de diriger les hommes vers d'autres femmes qu'elle. Si tous trouvaient une épouse à leur goût, elle se retrouverait libre !

— Maman..., dit-elle, ne vous semble-t-il pas aussi que les hommes présents ont davantage l'air de chercher une infirmière qu'une épouse ? Car je ferais une très mauvaise infirmière...

— Un homme veuf, jeune et titré est forcément très recherché, Lottie. Plus tard, tu pourras te remarier pour d'autres raisons qu'aujourd'hui. Mais pour l'instant...

Là-dessus, sa mère lui prit le menton entre le pouce et l'index, et lui fit plusieurs fois tourner la tête de droite et de gauche.

— Je pense que tu devrais garder le même physique pendant encore quatre-cinq ans. Ce qui te laisse encore du temps. En attendant, regarde vers l'avenir et répète-toi que j'aimerais te voir bien mariée.

Sur ces mots, sa mère entreprit la descente de l'escalier avec une totale détermination.

— Es-tu sûr que mon décolleté n'est pas un tout petit peu trop profond ? demanda Lottie à Henry tandis que tous deux emboîtaient le pas à leur mère. Maman semble avoir oublié de serrer le lacet. Peut-être devrais-je retourner vérifier ?

— Tu ne te souciais guère de ce genre de détails, auparavant, remarqua Henry. Pour ma part, je suis sûr que Lord Thorngrafton ou l'un des gentlemen présents vont beaucoup apprécier ta... robe. J'ajouterais que maman a eu raison : l'endroit comporte un grand nombre de veufs titrés.

— Ils ont tous au moins cent ans. Sauf Lord Thorngrafton. Or, rappelle-toi, Henry, que je t'ai mis en garde à son sujet.

— Tu sembles en savoir soudain beaucoup sur Lord Thorngrafton, dit Henry en fronçant les sourcils. Or il n'a pas encore fait son arrivée.

Elle hocha la tête.

— Nous nous sommes rencontrés au mois de novembre dernier. C'est Martha Irons qui m'a sauvée du désastre en tombant en pâmoison de manière très opportune.

Lottie baissa les paupières.

— Mais... ma question concernant mon lacet, Henry ? Le décolleté n'est-il pas un peu osé ? Cette robe date de deux saisons.

— D'où je suis, elle semble très jolie.

Une voix profonde et basse s'était élevée tout près. Son timbre submergea Lottie comme une vague. Elle sentit ses joues s'empourprer et devenir très chaudes. Tristan Dyvelston n'était pas censé être ici. À cette heure, il aurait dû se trouver tranquillement à Haydon Bridge où les débauchés passaient le plus clair de leur temps, mais certainement pas dans cette station thermale.

— Avons-nous été présentés, sir ?

La voix de Henry s'était élevée à son tour, glaciale.

— Tristan Dyvelston, dit celui-ci sur un ton détendu.

Puis, se tournant vers son cousin :

— Peter, s'il te plaît, serais-tu assez bon pour procéder aux présentations… ?

Peter Dyvelston, Lord Thorngrafton, avança et prit Henry par le bras sans cesser de regarder Tristan.

— Voici mon cousin, Henry. Tristan, je t'ai parlé de Henry Charlton et de sa charmante sœur, Miss Charlton. Où est votre délicieuse mère, Henry ? J'ai tant envie de lui parler de nouveau. L'autre soir, notre conversation a été si distrayante !

Lottie regarda le gentleman à la tenue impeccable qui se tenait près de Lord Thorngrafton. Son pouls se mit à battre plus vite. En repensant à Tristan Dyvelston, la jeune fille s'était plus d'une fois dit qu'il ne pouvait être aussi beau que dans le souvenir qu'elle avait gardé de lui.

Elle s'était trompée. Il l'était davantage.

Le noir de la redingote de Tristan Dyvelston contrastait avec la couleur crème du pantalon qui moulait sa silhouette.

Mais que faisait-il ici en compagnie de Lord Thorngrafton ?

La dernière fois, il lui avait donné l'impression de n'avoir pas grand-chose à voir avec le lord.

Elle serra davantage son éventail avec l'espoir silencieux que Tristan Dyvelston n'émît pas de remarques fâcheuses sur leur rencontre et leurs discussions impromptues dans le cimetière de l'église.

— Je suis enchantée de faire votre connaissance, Mr Dyvelston.

La formule était récitée. Lottie tendit ensuite sa main gantée en priant pour que Tristan ne l'effleure pas de ses lèvres.

Puis en priant pour qu'elles l'effleurent…

3

Tristan observa le trio qui se trouvait en face de lui. La mère et le frère appartenaient à une classe de la société à laquelle il était habitué et qui ne l'étonnait plus. Dans sa robe bleue, en revanche, Lottie Charlton était différente et splendide. Ses jupons dansaient autour de ses chevilles comme une vague d'écume blanche, et son corsage blousait autour d'une taille dont il se demanda s'il ne parviendrait pas à en faire le tour avec ses mains. Entre ses doigts, la chair de Lottie serait-elle aussi chaude que le poignet qu'il avait senti sous ses lèvres ?

Les pendants d'oreilles de la jeune femme se balançaient doucement et ses cheveux étaient relevés avec art sur le sommet de sa tête. Aucune dépense n'avait été épargnée. Il était clair qu'elle était venue ici pour harponner un mari. Parmi tous les hommes âgés présents dans la pièce, sur lequel avait-elle jeté son dévolu ? Et que se passerait-il si elle découvrait qu'il était lui-même titré ? Utiliserait-elle leur rencontre inopinée près de la vieille église pour se retourner contre lui ? Un brusque élan de colère le traversa. Pas question de se laisser piéger par le mariage.

— Je suis ravi de faire enfin votre connaissance, Miss Charlton, dit-il en s'inclinant profondément. Je m'interrogeais sur votre identité exacte.

Son souffle s'envola vers le fin tissu du gant et, si Lottie retira sa main avant qu'il ait eu le temps de la lui frôler des lèvres, il en eut juste assez pour voir, en se redressant, palpiter les narines délicates de la jeune fille.

— J'ai beaucoup entendu parler de vous par mon cousin, ajouta-t-il.

— Que faites-vous ici ?

— Lord Thorngrafton a réservé une suite qu'il m'a autorisé à partager avec lui, répondit-il.

Et il vit, sur le visage de Peter, que celui-ci commençait à comprendre.

La mascarade allait durer toute la soirée, en tout cas jusqu'à ce que la situation soit complètement éclaircie. La prudence n'était jamais vaine...

— Comment êtes-vous arrivé au Shaw's Hotel ? lui demanda encore Lottie avec, cette fois, une nuance de colère au fond de la voix. Quand je vous ai quitté, vous vous trouviez à Haydon Bridge en train de vous occuper de la tombe de vos parents et de regretter son triste état.

— Comment je suis arrivé ici ? répéta-t-il. Je pourrais vous poser la même question.

Son regard avait filé vers le décolleté généreux. Il s'y arrêta un instant avant de remonter jusqu'aux lèvres pleines.

— À la recherche de quoi êtes-vous venue ici ? De qui ? D'un mari ? Quoi qu'il en soit, votre robe est admirablement adaptée à ce genre de chasse.

Les lèvres de Lottie prirent un pli maussade et ses yeux un air buté.

— Vous avez vraiment la tête traversée d'étranges pensées, Mr Dyvelston. Donnez-vous ainsi vos petites leçons à tout le monde et souvent ?

— Mon cousin ne se trouve ici que pour une durée limitée, dit-il avec un geste vers Peter qui déversait de belles paroles sur le frère de Lottie à propos des vertus supposées d'une mine de plomb découverte dans les environs.

Complication imprévue, certes, mais qu'il avait l'intention

de retourner à son avantage. Si Lottie découvrait son titre, évoquerait-elle devant sa mère l'incident survenu dans le cimetière ? Mrs Charlton l'utiliserait-elle alors comme prétexte pour le contraindre au mariage ? En tout cas, il n'avait pas l'intention de courir le risque. De son côté, heureusement, Peter garderait le silence. Il avait tout à y gagner.

— Je ne pense de toute façon pas que mon cousin soit de la graine de bon mari, ajouta-t-il.

— Y aurait-il quelqu'un que vous recommanderiez ici ? s'enquit-elle alors sur un ton léger.

Lottie avait plissé les yeux et agitait son éventail avec une once de nervosité.

— Je ne me suis pas rendu dans ce lieu depuis trop longtemps pour pouvoir m'enorgueillir d'aucune opinion éclairée sur la question, répondit Tristan dont le regard se mit tout de même à chatoyer.

— Dans ce cas alors, abstenez-vous d'émettre autant de... conseils, riposta-t-elle en refermant son éventail d'un coup sec. J'ai déjà repoussé les avances de votre cousin avant Noël.

— En effet. J'avais oublié.

— Je me trouve ici uniquement parce que mon frère m'a amenée.

Elle risqua un regard vers le profil inflexible de Tristan. La réflexion qu'il avait émise sur le fait qu'elle fût accoutrée comme une chasseuse de mari l'avait irritée au plus haut point. Car, s'il en était aussi vite arrivé à cette conclusion, combien d'autres invités y étaient aussi parvenus ? Sa mère pouvait se montrer si indiscrète !

— Ma mère est venue prendre les eaux ici. Elle les considère comme un baume précieux pour ses nerfs. Mais elle aime aussi avoir de la compagnie.

— L'eau sulfureuse de Gilsland est aussi réputée que sa Pierre du Mariage, remarqua-t-il non sans ironie.

Elle serra les dents.

— Je viens de vous dire que ma mère avait envie de compagnie.

— Tout se passe-t-il pour votre cousine Frances comme vous l'aviez prévu ? lui demanda Tristan avec le même air aimablement moqueur. Votre tante se réjouit-elle de vos interventions en matière matrimoniale ?

Lottie se plongea dans l'examen des motifs du tapis. Puisque cet homme soulevait la question...

— Tout en gardant espoir, je réalise néanmoins avoir quelque peu méjugé la situation. De la même façon, je m'étais répété que je devais venir car maman avait envie de me voir, mais je comprends maintenant que je vais également devoir faire la belle au bal de ce soir.

— Et que l'on vous a fait venir ici pour vous mettre en relation avec des hommes qui...

Elle ne le laissa pas finir.

— Je suis venue prouver à ma mère et à mon frère que l'on pouvait me faire confiance. Plus tard, je laisserai ma trace à Londres.

— Pensez-vous que vous en serez capable ? Bien des jeunes femmes concourent à celle qui deviendra l'Incomparable, le Diamant de la saison. Mais une immense majorité se retrouve finalement réduite à faire tapisserie.

Levant les yeux, elle remarqua que les beaux yeux sombres étaient garnis de cils incroyablement longs, ce genre de cils dont un homme n'avait nul besoin d'être paré. Son regard, cependant, ne reflétait pas de méchanceté, seulement une sincère préoccupation. Elle se sentit saisie d'un inexplicable tremblement.

Ce parfait inconnu se souciait d'elle.

— Il me semble, reprit-elle très vite, que d'autres endroits seraient plus à même de me faire atteindre mon but.

— Qui est...

— De conclure un brillant mariage, répondit-elle sans ambages en rejetant les épaules en arrière.

Son regard s'illumina quand elle ajouta :

— Mais soyez tout à fait rassuré. Je n'ai aucune vue sur votre nom car maman insiste pour que mon mari soit titré.

— La précision me soulage à un point que vous n'imaginez pas, répliqua-t-il avec un petit rire.

— C'est bien ainsi que je le voyais.

— Qui pourchassez-vous ?

— Maman a établi un relevé de noms, mais je crains qu'elle ne soit pas très au fait des événements les plus récents et se retrouve en fin de compte déçue.

Lottie se frotta les yeux, soulagée de pouvoir exposer son problème. Au moins Tristan Dyvelston lui prêtait-il une oreille attentive. Peut-être même pourrait-il l'aider à trouver ce qu'elle cherchait ?

— J'ai distinctement entendu Lord Foster mentionner sa femme. Or, il se trouve cité sur la liste de maman en tant que veuf. Erreur ou inattention ? Je ne saurais le dire. Ce genre de choses peuvent arriver même dans les campagnes les mieux organisées.

Elle fit un petit geste de la main.

— De toute façon, cela n'a pas d'importance car, au bout du compte, je n'ai pas vraiment l'intention de me marier. Seulement celle de montrer à maman que je peux me conduire comme il faut. Nul scandale ne sera jamais attaché à ma personne.

— Les scandales éclatent parfois comme ça, que la personne éclaboussée le veuille ou non.

— Comment se sent-on lorsque l'on est exclu de la société, Mr Dyvelston ? demanda-t-elle en inclinant légèrement la tête sur le côté tout en lui délivrant un doux sourire.

Les yeux de Tristan devinrent d'un noir absolu.

— On entre dans un endroit morne et froid, Miss Charlton,

où vous ne vous sentiriez pas bien. Pourtant, les femmes s'y retrouvent bien souvent bannies. Trop souvent.

Elle resserra les doigts sur son éventail, s'efforçant de respirer malgré l'emprise de son corset.

— Je ne m'y sentirais en effet certainement pas bien, mais comme il est fort peu probable que je m'y retrouve un jour...

D'un geste léger, elle rendit à ses boucles un peu de volume avant d'ajouter :

— J'ai décidé de me situer au cœur même de la société. C'est ma place naturelle.

— Êtes-vous personnellement déterminée à épouser un homme titré ? Et ce malgré les obstacles ?

— Il est aussi facile d'aimer un homme titré qu'un homme non titré.

Après un bref regard derrière son épaule, elle baissa la voix.

— C'est l'un des dictons préférés de maman. Il signifie pour elle tant de choses ! Maman a beaucoup d'ambition.

— Vos espoirs se porteraient donc sur Thorngrafton malgré le soin que vous prenez à le nier. Aussi vous préviendrai-je pour la dernière fois, Miss Charlton : mon cousin n'est pas digne de confiance. S'il vous fait une offre, considérez-la longuement et avec une attention très aiguisée.

— Lord Thorngrafton a le titre de baronnet, l'un de ceux achetés en leur temps à Charles Ier. Du moins est-ce ce qu'affirme Henry.

Lottie tapota l'extrémité de son éventail fermé contre ses lèvres, soudain consciente d'être peut-être en train d'en dire trop.

— Ce titre est honorable, mais j'ai l'espoir de trouver mieux, poursuivit-elle néanmoins. Et pour cela, je dois parvenir à convaincre maman qu'une saison à Londres est ce qu'il me faut.

— Dans ce cas, pourquoi êtes-vous ici ?

— Parce que je dois avant convaincre mon frère.

Elle leva la main.

— Je sais comment vous me jugez en cet instant, Mr Dyvelston : sans cœur, insensible et obsédée par les titres. Mais puis-je vous rappeler que vous êtes plutôt mal placé pour juger vos pairs ?

— Je ne juge jamais les autres êtres humains, mes pairs en effet, Miss Charlton.

Une petite fossette apparut à la commissure de ses lèvres.

— Surtout quand l'être humain en question est aussi rafraîchissant que vous à l'exposé de ses intentions et projets.

Lottie sentit son souffle se suspendre. Si Tristan Dyvelston avait possédé un titre, comme elle aurait eu la tâche simplifiée ! Elle n'aurait pas repoussé son envie d'acheter un joli chapeau juste pour lui plaire... Oui, Tristan était excitant, différent et ne fondait pas devant le premier battement de cils venu. Plus important, il ne la considérait pas comme un objet inanimé et ne s'adressait pas à ses seins quand il parlait.

— Je ne vois pas l'utilité de faire semblant, Mr Dyvelston.

— Me réservez-vous une valse pour plus tard ?

Elle tourna le regard vers la corniche du plafond comme si ce geste pouvait l'aider à résister à la soudaine accélération des battements de son cœur. *Une valse dans ses bras.*

— Si vous voulez...

— Lottie, dépêche-toi, je te prie ! Lottie ?

Sa mère l'appelait.

— Il y a ici nombre de gens désireux de te rencontrer !

— Il faut toujours faire attention à qui l'on croise dans un hôtel, Miss Charlton, déclara alors Tristan.

Les yeux de Tristan Dyvelston abritaient quelque chose de mystérieux quand il ajouta :

— Car personne ne peut dire si la personne que l'on rencontrera sera un article authentique ou non.

— Il faut toujours faire attention à qui l'on croise dans une église plus ou moins désaffectée, Mr Dyvelston, repartit-elle aussitôt. Pour la même raison...

Relevant le menton, elle se prépara à s'éloigner. Mais avant qu'elle disparût, Tristan ajouta :

— Par bonheur, au Shaw's Hotel, on croise ce que la société compte de meilleur.

Sa voix contenait une note moqueuse qui monta en elle.

— Lottie, pourquoi lambines-tu ainsi ?

La voix de sa mère s'était de nouveau élevée, la rappelant à son devoir.

— Il y a ici quelqu'un qui insiste pour faire ta connaissance. Je suis sûre que tu vas le trouver extrêmement agréable...

— Ma mère m'appelle, dit-elle à Tristan. Elle va finir par se demander ce qui me retarde.

— Alors, ne me laissez pas vous retenir, Miss Charlton. Je n'ai aucune envie de provoquer un scandale.

— Je pensais pourtant que c'était ce que vous faisiez de mieux.

— Vous vous trompez sur moi. Ma vie scandaleuse est à présent loin. Je mène une existence sobre et sans histoires.

Elle inclina la tête sur le côté.

— Mr Dyvelston...

Et soulevant avec grâce le bas de ses jupes, elle se hâta en direction de sa mère... et s'arrêta net en apercevant l'homme ratatiné à côté duquel celle-ci était assise. Son cœur dégringola dans sa poitrine. *Sir Geoffrey Lea*. Sur la liste maternelle, son nom figurait fièrement sous celui de Lord Thorngrafton. Et il avait plus de soixante-dix ans. Comment sa mère pouvait-elle lui faire cela ?

Carrant les épaules, elle s'interdit de tourner la tête vers l'endroit où devait encore se tenir Mr Dyvelston.

Pourquoi les hommes comme lui étaient-ils toujours indignes et interdits ?

Tristan attendit son heure pendant la première partie de

la soirée, observant les invités qui se trouvaient au Shaw's Hotel. Ils étaient très mélangés et, pour autant qu'il pût en juger, leurs accents quand ils parlaient n'étaient pas ceux de personnes des environs. Cette mixité même expliquait mieux comment l'usurpation d'identité de Peter avait réussi.

Les hommes âgés et bouffis de suffisance représentaient la majeure partie des personnes présentes. Que Lottie Charlton eût dû être sacrifiée à l'un d'eux le désolait. Mais il devait faire confiance à la famille de la jeune fille qui ne saurait la marier contre son gré.

Il tourna la tête vers Lottie. Dans sa robe de dentelle bleu roi, elle attirait bien des regards. Quantité de mères accompagnées de leurs filles beaucoup moins dotées la fixaient. Pourtant, Tristan lisait une sorte de désespoir dans ses gestes et sa façon de se mouvoir. Et ce désespoir était aussi visible pour lui que la détermination qu'elle mettait à vouloir paraître s'amuser follement.

Un moment, la tentation l'avait effleuré de lui révéler la vérité sur son titre et lui dessiller les yeux. Mais il lui aurait alors fallu compter avec Mrs Charlton et, en cas de faux pas, prendre le risque de se retrouver enchaîné.

— Félicitez-moi, Thorngrafton !

Sir Geoffrey Lea, l'un des résidents les plus décrépis du Shaw's Hotel, s'approchait de lui.

— Mon cousin..., commença Tristan avec un geste en direction de Peter qui pérorait un peu plus loin sur sa mine de plomb auprès de qui voulait l'entendre.

— C'est lui, Mr Dyvelston, dit Sir Geoffrey en l'interrompant. Avoir été adopté ne signifie pas pouvoir hériter du titre.

Il se tapota le bout du nez.

— Malgré ce que certains peuvent dire et penser, je ne suis pas tout à fait dépassé. En fait, il m'a suffi de vous voir pour comprendre pourquoi je ne faisais pas confiance à Peter. Ajouté à cela que la plupart des gens ont oublié celui des deux cousins qui finirait par hériter. Cela en grande partie à cause de la préférence très marquée de votre oncle pour Peter. Personnellement, je n'entrerai pas dans ce jeu. Il ne me regarde pas et je n'y ai pas ma place. Mais une chose est sûre : votre cousin n'aura pas l'héritière Charlton. Vous pouvez l'en informer dès maintenant.

— Je n'ai jamais désiré qu'il en fût ainsi, répondit Tristan en serrant les mâchoires tant le vieil homme qui se trouvait devant lui parlait de Lottie comme si elle était un os pour lequel se battre.

Décidément, songea-t-il, il avait oublié à quel point le marché anglais du mariage pouvait se montrer déprimant.

— J'ai mes raisons pour avoir interverti nos identités, Sir Geoffrey. Respectez-les s'il vous plaît. Je vous le demande en tant que gentleman.

Il lui tendit la main. Après un moment, Sir Geoffrey la prit.

— Je garderai votre identité secrète aussi longtemps que vous résiderez au Shaw's Hotel, vous avez ma parole. Ne sommes-nous pas l'un et l'autre hommes d'honneur ?

— Merci.

— Entre vous et votre oncle, il y a eu trop d'animosité et d'inimitié. Cela ne devrait pas se produire ainsi dans les familles mais ce fut néanmoins le cas.

Sir Geoffrey Lea ponctua sa remarque d'un rire qui ressemblait à une sorte de râle. Ses yeux larmoyants se plissèrent pour mieux scruter Tristan.

— Vous me faites penser à votre père par bien des côtés. Mais je vois aussi votre oncle en vous. Faites attention, car vous savez de quelle manière l'existence l'a traité. Quelle pitié... Lui qui était si prometteur à Eton !

— Pour quelle raison devais-je vous féliciter, déjà, Sir Geoffrey ? demanda-t-il d'une voix ferme destinée à arracher le vieux gentleman à ses souvenirs.

De nouveau, quelqu'un le comparait à son oncle et il ne le

supportait pas, sachant trop quel personnage amer et tordu Jeremiah était devenu en vieillissant.

— Parce que j'ai gagné ! J'ai battu votre cousin, répondit Sir Geoffrey, battu tout le monde. Voilà la raison.

Soulevant sa canne, il indiqua l'endroit où Lottie dansait avec un homme âgé.

— Elle est aussi charmante à approcher qu'à admirer de loin. Une belle image. Un ornement digne d'être apprécié. Sa mère m'a en outre assuré qu'elle était une excellente infirmière.

— Vraiment ?

— Et que sa vertu était incomparable. Ce sera une épouse admirable. Décidément, je vais devoir faire un petit détour par la Pierre du Mariage.

Visiblement content de lui, Sir Geoffrey émit un rire sifflant.

— La vertu est-elle si importante pour vous, Sir Geoffrey ? Je vous aurais cru plutôt sensible au talent pour la conversation, à l'esprit ou au charme...

— La vertu est tout. Sans vertu, la femme ne possède rien, repartit l'homme âgé en scandant ses mots de petits coups frappés au sol avec sa canne.

Tristan retint un sourire.

— Parfois une petite fortune en fonds...

— Fortune qui me permet de passer outre certains aspects moins favorables de ce mariage.

Sir Geoffrey s'éclaircit la gorge.

— Saviez-vous par exemple que l'arrière-grand-père paternel de cette jeune personne était commerçant ? Épicier, pour être tout à fait précis.

— Je n'en avais pas la moindre idée, mais il me semble que la famille entretient de hautes ambitions.

— C'est exact, répondit l'homme âgé en hochant la tête tandis qu'une petite étincelle s'allumait au fond de son regard. Ne pensez-vous pas qu'elle fera une compagne admirable pour mes vieux jours ? Et avez-vous remarqué combien sa cheville est bien tournée ? Cela va leur prouver, au club, que je ne fais pas encore partie du passé et que je puis encore attirer les pouliches.

Lottie se sentait baigner dans une immense bulle de plaisir. Elle avait oublié à quel point il était agréable de danser la valse, la polka et, d'une manière générale, de se trouver au centre de l'attention générale. Le Shaw's avait beau ne pas être Londres ni même la salle de bal de Newcastle, depuis que le quintette avait commencé à jouer, elle n'avait pas eu la moindre minute pour se reposer. L'un après l'autre, les gentlemen étaient venus lui quémander une danse, sauf Lord Thorngrafton qui avait disparu pour discuter mines de plomb avec Henry.

Une seule chose décevait Lottie : le fait que Tristan ne se fût pas rapproché d'elle. Pas une seule fois. Elle l'avait vu la suivre des yeux et faire danser d'autres femmes à deux reprises. Des veuves majestueuses aux décolletés généreux et qui riaient comme braient les ânes. Le genre de femme avec qui il pouvait en effet danser… À condition de rechercher une épouse riche et indifférente au fait qu'il ne possédât pas de titre.

Était-ce la véritable raison de sa présence en ce lieu ? Tristan Dyvelston était-il à la recherche d'une épouse fortunée ? Ce n'était pas impossible mais, dans ce cas, comment avait-il osé lui faire des remarques sur sa *chasse au mari* ?

Redoublant d'efforts pour se montrer charmante, elle tenta un moment de l'oublier. Mais elle avait apparemment développé une conscience trop aiguë de sa présence lorsqu'il se trouvait non loin d'elle. Chaque fois qu'elle tournoyait dans les bras d'un autre, elle se demandait ce que ce serait de sentir la main de Tristan Dyvelston sur sa taille et d'avoir les doigts mêlés au sien plutôt qu'à ceux de son cavalier du moment.

— M'accorderez-vous la prochaine danse ? lui demanda soudain un gentleman barbu et âgé. Votre mère a proclamé haut et fort que vous valsiez divinement.

— Cette valse est déjà retenue.

Une ombre recouvrit Lottie. *Tristan...*

Elle leva les yeux vers le visage de Dyvelston et sentit sa respiration se suspendre.

— Vraiment ? demanda-t-elle.

— Plus tôt dans la soirée, vous avez accepté de me réserver une valse. Ne vous le rappelez-vous pas ?

— Si, j'ai fait cela, répondit-elle. Et je n'arrive pas à comprendre ce qui m'a pris.

Tout en parlant, elle essayait d'ignorer les ondes de plaisir qui se répercutaient le long de son corps. Elle voulait valser avec cet homme et oublier tout le reste, y compris l'avenir qui l'attendait. Oui, tout ce qu'elle désirait était danser et profiter de l'instant.

— Eh bien, Mr Dyvelston, dansons... L'orchestre vient d'entamer une valse de Strauss.

— Ce n'est pas celle qui est la plus à la mode, mais la mélodie en est néanmoins assez plaisante.

Sur cette remarque, Tristan la prit par la taille et ils s'élancèrent sous la lumière du bal.

Dès les premiers pas, elle comprit que cette danse serait complètement différente de celles qu'elle avait accordées aux autres. Les pas de Tristan Dyvelston étaient parfaitement exécutés. Ni démonstratifs comme ceux d'un professeur de danse, ni maladroits, ni hésitants.

Plutôt que de fixer les lèvres de son cavalier, elle fit le choix beaucoup moins excitant de se concentrer sur l'arrondi de son épaule.

— Où avez-vous appris à valser ainsi ?

— À Vienne.

— J'aimerais beaucoup voyager un jour. Pour le moment, je n'ai pas dépassé le Yorkshire. Maman ne croit pas à l'intérêt de séjourner à l'étranger, mais, pour ma part, je trouve l'idée fabuleusement excitante.

Lottie comprenait bien qu'elle babillait, mais au moins ce gazouillis la protégeait-il de la douce pression des longs doigts autour de sa taille et de la manière troublante dont leurs corps s'ajustaient et répondaient à la musique.

Elle baissa les yeux vers le sol. Moins d'une semaine plus tôt, elle ne connaissait même pas l'existence de Tristan Dyvelston. Mais à 22 heures ce soir, elle ne pouvait déjà plus songer qu'à lui. Comme il aurait été pratique de comparer cela aux romans scandaleux de cousine Frances ! Non... plus simplement, il ne lui échappait pas qu'en Tristan quelque chose de spécial l'attirait.

Ce regard qu'elle l'avait vu poser, dans le vieux cimetière, sur la tombe de ses parents ?

— Je vous sens absente, Miss Charlton, observa-t-il en l'arrachant à sa question secrète. Je cite la ville de Vienne et vous répondez bien un peu, mais pas un sourire n'a effleuré vos lèvres...

— Alors, je vais essayer de me comporter davantage telle que vous l'attendez, rétorqua-t-elle en levant, cette fois, les yeux vers lui.

Ces yeux de nuit, ces ridules délicates autour de ses paupières...

Elle resta un instant sans voix et déglutit avec difficulté. Ne pas penser à ses yeux, oublier la main chaude posée sur sa taille et leurs corps que la danse rapprochait...

— Y a-t-il une chose en particulier qui, d'après vous, devrait obligatoirement me faire sourire ? Dites-le-moi et je me montrerai la plus souriante des femmes.

Comme il éclatait d'un rire rauque, elle sentit, sur sa taille, la pression des longs doigts se renforcer. Tristan Dyvelston l'attira vers lui, créant presque aussitôt le contact entre leurs corps. Le souffle de son cavalier lui frôla l'oreille.

— Sir Geoffrey Lea, répondit-il. Je le trouve ce soir particulièrement satisfait de lui-même.

À ces mots, une peur si terrible la traversa qu'elle manqua

un temps et dut s'agripper plus fort aux larges épaules. Le seul point d'ancrage authentique de la salle de bal…

— Sir Geoffrey ? répéta-t-elle en rattrapant la mesure. Satisfait de lui-même ? Pour quelle raison ?

— Le mariage qu'il a conclu.

Elle posa un regard sauvage autour d'elle tout en essayant de ne pas paniquer. D'abord, ne pas oublier de respirer et empêcher une imagination débordante de l'entraîner trop loin. Un tel comportement aurait convenu à cousine Frances, pas à elle. Jamais sa mère ne l'aurait promise en mariage sans lui en parler d'abord.

Tristan lui jeta un regard intéressé.

— Y a-t-il un problème ?

— Sur le document de ma mère concernant les hommes éligibles au mariage, Sir Geoffrey figure en haut de liste.

Marquant une pause, elle chercha sa respiration sans la trouver et serra les doigts autour du bras de son cavalier.

— S'il vous plaît, dites-moi que l'humeur autosatisfaite de ce vieil homme n'a rien à voir avec moi et qu'il s'est trouvé une veuve d'une cinquantaine d'années richement dotée. Tout à l'heure, je l'ai aperçu en compagnie de ma mère. Il a plus de trois fois mon âge.

— C'est exact.

— Vous ne me soutenez guère, Mr Dyvelston…

À la recherche d'un peu d'air, elle tenta une nouvelle fois de respirer à fond et maudit en silence son corset et la mode qui exigeait d'avoir une taille de guêpe. Pourquoi avoir insisté pour qu'on le lui serrât autant ? Il fallait qu'elle fasse quelque chose, sinon, elle allait s'évanouir.

— Vous êtes toute pâle, remarqua Tristan. L'air manque dans cette pièce.

Sur ces mots, il lui entoura de nouveau la taille, mais cette fois d'une poigne de fer qui la soutint sans faillir. Déglutissant avec peine, elle put enfin se laisser aller contre lui avec un authentique sentiment de reconnaissance.

— J'insiste pour que nous sortions, dit-il.

— Un peu d'air frais me ferait en effet le plus grand bien, Mr Dyvelston.

Appuyée au bras de Tristan, elle quitta alors la salle en s'efforçant de ne songer qu'à poser ses pieds avec soin l'un devant l'autre. Derrière elle, semblant se moquer d'elle, la valse de Strauss se faisait de plus en plus joyeuse.

Comment avait-elle pu retirer un tel plaisir de quelque chose d'aussi transitoire ?

Son existence était en train de chanceler, menaçant de s'écrouler. Sa mère allait insister et très vite Henry capitulerait. N'avait-il d'ailleurs pas commencé à faire des allusions sur les dépenses que représentait leur séjour au Shaw's Hotel et à rappeler combien il avait envie de retrouver les siens ?

Bientôt, elle serait condamnée à une vie de misère.

Tristan ouvrit les portes-fenêtres. Tandis qu'il la guidait vers la terrasse, elle fut saisie de constater à quel point le noir de sa redingote et de sa chevelure se confondait avec celui du ciel qui s'élevait au-dessus d'eux.

L'air frais de la nuit l'accueillit, caressant sa peau brûlante comme un baume bienfaisant. Au loin, roulait la rivière Irthing et au-dessus d'elle s'annonçait le scintillement timide des premières étoiles. Le monde entier était en paix. Elle sentit Tristan s'immobiliser à son côté. Sans la toucher, il s'était placé juste assez près pour pouvoir la soutenir si elle venait à défaillir.

Lottie serra les lèvres. Non, elle ne défaillirait pas car elle ne laisserait pas ses sentiments prendre le dessus. De telles réactions étaient bonnes pour des femmes comme Frances. Pas pour elle. S'évanouir signifiait en outre perdre tout contrôle de soi.

Tentant de respirer aussi profondément que le lui permettait son corset, elle se concentra sur la pelouse que la nuit tapissait de velours noir.

— Vous sentez-vous mieux, Miss Charlton ? demanda Tristan en arrêtant sa main au moment où elle allait lui toucher le coude. Nous pouvons retourner à l'intérieur si vous voulez. Je suis certain que personne ne nous a vus sortir. Votre réputation restera donc sauve.

— Qui Sir Geoffrey Lea a-t-il trouvé à épouser ? s'enquit-elle d'une voix tendue tout en enfonçant ses ongles dans la paume de ses mains qui se fermaient malgré elle. Quelle infirmière s'occupera de lui pendant ses dernières années ?

Comme elle levait la tête, elle rencontra le visage grave de Tristan. Il secoua la tête avec lenteur. Dans son regard ne se lisait que de la pitié.

— La femme en question n'est pas une veuve.

Elle s'agrippa à la rambarde, tâchant une nouvelle fois de remplir d'air ses poumons comprimés par le corset.

— Cela a-t-il quelque chose à voir avec moi ?

— Si oui, serait-ce de la moindre importance ?

— Il y a quelques jours, j'ai joué à un jeu, Mr Dyvelston, à un jeu innocent.

Elle tourna la tête et fixa l'obscurité bienfaisante dans laquelle se laissait deviner le contour des arbres.

— J'ai cherché à aider ma cousine à se fiancer avec l'homme pour lequel elle éprouvait de l'affection. Et aujourd'hui même, ma mère me remet une liste de vieux gentlemen éligibles au mariage. Je n'éprouve d'affection pour aucun d'entre eux, mais cela n'empêche que l'on attend de moi que j'en épouse un. C'est mon attribution.

— L'affection a-t-elle quoi que ce soit à voir avec le mariage ? J'aurais pensé que, pour vous, sécurité et statut social passaient en priorité.

Sentant des larmes lui picoter les yeux, elle battit vivement des paupières. Tristan se montrait gentil, or cela faisait longtemps que personne ne s'était conduit ainsi avec elle. Pourquoi ne lui manifestait-il pas de la cruauté ou de la moquerie ? Elle aurait préféré cela, n'importe quoi plutôt que de la gentillesse. Car il n'ignorait pas ce que sa mère et Henry avaient projeté pour elle.

Ni que les portails de la prison avaient commencé à se refermer sur elle.

— À l'instar de ma belle-sœur, j'ai pensé, jusqu'à une période récente, que la sécurité primait dans l'existence. Mais dernièrement, en constatant le bonheur d'Emma Harrison, j'ai compris que je me fourvoyais. Elle a attendu l'amour de sa vie pendant des années. Et aujourd'hui, elle a quelqu'un qui l'adore.

— Vous faire adorer est-il votre souhait ?

Elle hocha la tête en silence et se retourna. Comme sa joue rencontrait le col de la chemise blanche, elle y déposa la tête, un tant soit peu rassurée par les battements réguliers du cœur de Tristan Dyvelston.

Celui-ci lui releva alors le menton entre ses doigts repliés pour qu'elle croise son regard. Il avait les yeux encore plus grands que dans son souvenir. Et plus chauds. Elle aurait pu se noyer dans des yeux pareils.

— Vous devez être forte, Lottie.

— Je vais essayer, répondit-elle avec un petit reniflement.

— C'est bien...

Les convenances lui commandaient à présent de s'éloigner, c'était évident. Et puis, qui était-elle pour Tristan Dyvelston ? Personne. On l'avait promise à Sir Geoffrey Lea, sacrifiée sur l'autel des ambitions sociales de sa mère. Dès ses premiers pas dans le monde, elle avait pourtant fait attention à tout. Et pour quel résultat ? Pour se retrouver bientôt mariée à un fossile, un homme plus âgé que son défunt père, soumise au contact de ses doigts tordus.

Le destin se montrait si cruel qu'elle avait envie de le duper.

Lorsque Tristan lui posa une main ferme sur l'épaule et l'attira plus près, elle s'attacha à ne pas vaciller, luttant en silence pour continuer à respirer, pour se rappeler son nom, pour penser à n'importe quoi sauf au dessin des lèvres qui se trouvaient maintenant si près de son visage... Sa main se leva en un appel silencieux, effleura le plastron de la chemise blanche.

Alors, Tristan baissa la tête, approcha les lèvres des siennes et les lui captura. D'abord léger et délicat comme celui d'une plume, son baiser s'affirma. Il l'appelait. Elle arqua le corps contre le sien pour qu'il continue. Mais, redressant soudain la tête, il la fixa sans bouger et sans parler.

Le beau visage sombre qu'elle avait devant elle semblait fait d'ombres et d'angles. Le clair de lune y projetait une lueur qui semblait ne briller que pour lui. Elle renversa la tête en arrière. Les notes d'une polka lui parvenaient de très loin, mais le cœur qu'elle entendait battre était bien le sien. Elle passa la langue sur ses lèvres gonflées. Un soupir tremblé lui échappa.

Refermant les bras sur elle, Tristan la serra tout contre son corps. En elle montait un rougeoiement ardent. Elle se sentait plus vivante qu'elle ne le serait jamais si elle épousait Sir Geoffrey Lea ou l'un des ancêtres que sa mère était encore capable de lui trouver.

— Embrassez-moi encore..., murmura-t-elle en lui posant une main sur la nuque pour l'attirer vers ses lèvres. Une dernière fois... Il n'y a personne. Nous sommes seuls. Demain, il sera trop tard.

Ses mains s'étaient agrippées aux bras de Tristan. Il pencha la tête vers elle, cherchant son cou qu'il parsema de baisers avant de reprendre ses lèvres. Cette fois, le baiser qu'elle reçut fut plus insistant. Plus pénétrant. Un long frisson courut le long de son corps en petites vagues continues.

Le baiser durait. Leurs corps se joignirent. La main de

Tristan lui emmêlait les cheveux, lui caressait le visage. Une divine chaleur montait en elle, la faisait fondre, l'obligeant à s'arc-bouter contre le corps masculin pour rester ferme sur ses jambes. Pressés par le corset, ses seins gonflés devenaient douloureux. Elle se cambra contre Tristan, sentit les doigts délicieusement frais qu'il commençait à promener sur sa peau brûlante. Le monde entier avait convergé vers cet instant et cet endroit uniques qu'ils étaient seuls à habiter.

Avec un soupir, elle entrouvrit les lèvres, et respira pour s'enivrer de l'odeur de Tristan dont les lèvres couraient de nouveau le long de son cou. Il goûtait sa chair du bout de la langue et descendait de plus en plus bas.

— Lâchez tout de suite cette femme, vous... vous, goujat !

Les mots se logèrent dans la tête de Lottie. Elle frémit avec l'espoir fou qu'ils ne soient pas dirigés contre Tristan. Cherchant son regard, elle le vit lever la tête et regarder par-dessus son épaule vers l'endroit où la voix s'était élevée. Sans la lâcher, il se détacha d'elle. Tétanisée, elle continua à l'observer et vit en un éclair son expression changer du tout au tout et son visage devenir d'une extrême dureté. Pour autant, il continuait à l'entourer de son bras. Comment résista-t-elle à la tentation d'enfouir le visage contre son épaule ? La gravité de ce qu'elle venait de faire — de ce que tout le monde l'avait vue faire – et la certitude que, si cela avait duré plus longtemps, elle se serait retrouvée incapable d'arrêter le processus engagé, pesait déjà sur elle de tout son poids.

— Y a-t-il un problème, Sir Geoffrey ? demanda Tristan en faisant traîner ses mots.

Le nom du lord fit tressaillir Lottie qui s'arracha au contact de Tristan. Celui-ci ne tenta pas de la retenir. Se retournant, elle regarda en direction des portes-fenêtres où, appuyé sur sa canne, Sir Geoffrey se trouvait entouré d'autres personnes dont elle ne reconnut pas les silhouettes. Depuis quand se trouvaient-elles là ? Qu'avaient-elles vu au juste ?

Elle baissa les yeux vers l'endroit où son corsage béait et essaya de le réajuster. Mais quelques mèches bouclées tombaient en désordre sur ses épaules et la coiffure stylée que la chambrière de sa mère lui avait arrangée un peu plus tôt avait disparu. Son bref moment de passion avait modifié toute son apparence. Elle fit une petite grimace, consciente de renvoyer maintenant l'image d'une dévergondée.

— Que se passe-t-il par ici ?

La voix de son frère venait de s'élever à l'adresse de la foule qui commençait à s'amasser devant les portes-fenêtres.

— Mon Dieu, Lottie ! Qu'as-tu fait ?

— Il l'a séduite, fit la voix de Sir Geoffrey, recouvrant la rumeur ambiante. Sans le moindre état d'âme, cet homme lui a volé son innocence et sa vertu. Voyez à présent son allure dépenaillée !

— Tout dépend de ce que vous entendez par *séduire*, remarqua Tristan.

Jamais sa voix n'avait été aussi glaciale.

— Mr Dyvelston m'est venu en aide car j'allais défaillir, réussit à articuler Lottie.

En quête d'une confirmation, elle leva les yeux vers Tristan. Les yeux noirs flambèrent.

— J'avais besoin d'un peu d'air frais, insista-t-elle. Il ne s'est rien passé.

— J'ai personnellement assisté à un spectacle tout à fait différent ! tonna alors Sir Geoffrey.

Tristan se redressa de toute sa hauteur.

— J'ai embrassé cette femme, oui. Après quoi, je l'ai gardée sous ma domination !

Les mots avaient jailli de sa gorge.

— Carlotta, as-tu embrassé cet homme ? demanda Henry à sa sœur. L'as-tu laissé t'embrasser ?

Lottie passa la langue sur ses lèvres gonflées qui souffraient déjà de ne plus rencontrer celles de Tristan. Elle n'osait même pas songer à quoi pouvait ressembler sa robe. Avec Tristan, ils avaient été surpris. Pris. Nier se révélait tout à fait impossible. Du reste, il lui semblait que tout devait se passer ainsi. Que ce moment était prévu depuis une éternité.

Croisant les bras en silence, elle acquiesça d'un hochement de tête à la question de son frère. Et attendit.

— Charlton, notre contrat est brisé ! cria Sir Geoffrey.

Sa voix venait de retentir sur la terrasse, stridente et enragée.

— Je considère cette créature comme une marchandise endommagée, et son comportement comme licencieux et obscène. À présent, je vous souhaite bonne chance pour trouver un mari à cette chose. Aucun gentleman ne voudra plus d'elle. Quant à moi, heureusement que j'ai découvert sa véritable nature avant de l'avoir épousée. Elle se serait enfuie avec un maître de danse sans même que j'aie le temps de m'en rendre compte !

Lottie entendit des voix s'élever, telle une houle pressée de faire écho à la colère de Sir Geoffrey. Tout le monde parlait en même temps. Déshonorée, elle était déshonorée. Les conséquences tant redoutées que Lucy évoquait parfois en toute confidentialité avaient fini par advenir. Pas de saison à Londres ni de retour triomphant à Newcastle. Tout cela parce qu'elle avait été incapable de résister à la tentation des lèvres de Tristan Dyvelston.

— Je... Je...

Elle se posa une main sur la tête, cherchant ses mots, des mots qui seraient capables de tout expliquer, de tout remettre en ordre.

Il fallait absolument que sa mère et Henry réalisent qu'il ne s'agissait pas de la fin du monde, qu'elle demeurait une chance pour toute la famille. Avec le temps, peut-être pourrait-elle même recevoir de nouvelles demandes en mariage ?

Elle chercha rapidement du regard un visage amical au milieu de la foule. Sans en trouver un seul.

— Qu'avez-vous l'intention de faire à présent, Dyvelston ?

Sir Geoffrey Lea avait brandi le bout de sa canne et le pointait vers Tristan.

— Vous avez déshonoré cette jeune personne et profité de sa candeur. Finalement, tous ces récits qui ont régulièrement circulé à votre sujet étaient véridiques, même si je les ai toujours farouchement mis en doute. Aucun fils de votre père n'aurait agi de manière aussi libertine.

— Que va-t-il *faire* ? demanda alors Lord Thorngrafton en approchant. Pourquoi mon cousin devrait-il *faire* quelque chose ? Après tout, il s'est juste contenté d'embrasser cette fille. Et elle le lui avait demandé. Il y avait eu cet incident à Newcastle...

— Reste en dehors de cela, Peter ! explosa Tristan. Tu as causé assez de dégâts comme ça.

— Lord Thorngrafton a raison. Il m'a simplement embrassée, rien de plus.

Lottie détesta la façon dont sa voix tremblait. Elle essaya de sourire. Même si elle était déshonorée, ce n'était pas une raison pour faire reposer tout le blâme sur Tristan.

— Cette affaire ne pourrait-elle pas se... ?

Elle ne termina pas sa phrase tant les visages qui se tournaient vers elle étaient peu encourageants. Plusieurs ladies présentes ouvrirent même leur éventail pour cancaner plus à l'aise derrière. Les ragots prenaient naissance à toute vitesse. Demain matin, elle serait devenue une catin pour tout le monde et n'aurait plus aucun moyen d'échapper au scandale.

Elle recula. Ce fut la balustrade qui l'arrêta. Le sentiment d'avoir commis quelque chose d'irréparable finissait de s'abattre sur elle. Oui, elle avait embrassé un homme et, qui plus est, avec passion. Sans rien attendre de ce baiser, sans avoir rien prémédité. Un vide immense la traversa. Comme elle aurait voulu pouvoir revenir en arrière !

— Mon Dieu, mon Dieu, qu'allons-nous faire ? Toute

cette attention, tout cet amour que je lui ai portés ! Et voilà comment elle me remercie !

Blême et se tordant les mains à côté de Sir Geoffrey, sa mère parlait tout haut d'un air égaré.

Son opulente poitrine trembla lorsqu'elle brandit vers sa fille un index accusateur.

— Carlotta, regarde ce que tu as fait à la famille. Et à moi. Ce n'est pas seulement ta propre réputation que tu as ruinée. C'est nous tous que tu accables de honte !

— Je ne voulais pas...

Ce disant, Lottie tendit les bras vers sa mère dans l'espoir que celle-ci esquisse un geste vers elle, lui adresse un petit signe, l'assure d'une manière ou d'une autre qu'elle demeurait de son côté.

Au lieu de quoi sa mère enfouit le visage dans ses mains et fit entendre ses sanglots à toute l'assistance.

— Vous êtes la seule à blâmer, mère, dit Henry à Mrs Charlton en lui posant la main sur l'épaule. Vous avez beaucoup trop laissé faire Carlotta et elle en a profité.

Tournant un regard furieux vers sa sœur, il lui lança :

— Tu nous as déshonorés, Carlotta.

Lottie resta droite comme un I. Il fallait qu'elle surmonte cette épreuve. Ensuite, elle déciderait de la meilleure conduite à tenir. Peut-être existait-il un moyen pour que l'affaire en reste là ? Si seulement les personnes présentes avaient bien voulu s'arrêter de parler toutes à la fois !

— Il l'a compromise et discréditée ! reprit Sir Geoffrey en se redressant de toute sa taille pour mieux affronter Tristan du regard. Et j'exige de savoir ce qu'il a à présent l'intention de faire. J'ai beau être âgé, sir, sachez que je ne suis pour autant pas dénué d'influence. Comptez sur moi pour faire savoir partout que vous débauchez les jeunes filles innocentes, et n'êtes en aucune façon digne de confiance. Qu'allez-vous faire maintenant ? À moins que vous soyez également dénué de sens de l'honneur...

Tristan n'avait pas quitté l'homme âgé des yeux. Il savait que Sir Geoffrey avait raison. Dorénavant, toutes les portes lui seraient fermées. Or, il venait de sortir d'une traversée du désert qui avait duré dix ans, et n'avait pas la moindre envie de réitérer.

Tournant la tête vers Lottie Charlton, il remarqua que, après avoir tressailli à la moindre diatribe de toute personne prenant la parole, elle demeurait à présent très droite et parfaitement immobile. Il n'était pas le seul à être déshonoré. Cette femme aussi l'était.

Un petit sourire ironique lui étira les lèvres. Pourquoi n'avait-il pas commencé par appliquer à sa personne la recommandation qu'il avait lui-même faite à Peter ?

J'espère que, de ton côté, tu sais ce que tu fais... Les jeunes filles vierges et leurs semblables peuvent créer des complications insoupçonnables.

Non, jamais il n'aurait dû goûter aux lèvres de Lottie Charlton car son seul rêve était maintenant de les retrouver, les sentir trembler, s'entrouvrir et s'abandonner aux siennes.

— L'épouser, répondit-il. Je vais épouser Miss Charlton.

À cette déclaration, un silence de plomb tomba sur la terrasse.

— Vous allez faire *quoi ?* croassa enfin Mrs Charlton en commençant à s'éventer avec une énergie surprenante.

— Dans la mesure où j'ai déshonoré votre fille, je n'ai d'autre choix que celle de l'épouser. Mon honneur l'exige.

— Je savais bien que vous en aviez, Dyvelston ! s'écria aussitôt le frère de Lottie en lui tapant sur l'épaule. Voilà un problème de réglé, maman : Dyvelston va épouser Lottie et nous allons organiser un mariage très discret de sorte que, dans les milieux d'affaires, personne ne se détourne de nous.

Même si cet homme n'est pas ce que nous aurions pu espérer, du moins aura-t-il fait ce qu'exigeait la décence...

— Toute ma reconnaissance vous est acquise, Sir Geoffrey, dit à son tour Mrs Charlton en saisissant le bras de l'homme âgé. C'est grâce à vous que le problème a pu se régler.

Son visage rebondi se trouvait à présent tout près de celui du lord.

— Ma reconnaissance éternelle..., précisa-t-elle.

Sir Geoffrey lui tapota la main d'un air absent.

— Tout le plaisir est pour moi.

— Et où va se tenir le mariage ? s'enquit sans attendre Henry Charlton d'un air finaud. C'est bien joli de concéder ce mariage à Dyvelston, mais a-t-il vraiment l'intention d'épouser Lottie ? Je connais ces débauchés et leur façon d'opérer. Quand, exactement, allez-vous épouser ma sœur, Dyvelston ?

Tristan se frotta le menton. Les yeux de Mrs Charlton brillaient de manière surprenante. Que savait-elle au juste ? Dans quelle mesure cette scène, du moins en partie, n'avait-elle pas été préméditée ?

— Je ne ferai pas publier de bans. Cela ferait jaser.

Cette fois, les yeux de Mrs Charlton se mirent à franchement étinceler.

— J'ai toujours voulu que ma fille se marie sous « licence spéciale ». Cela a tellement plus de valeur qu'une « licence ordinaire » !

— Oh oui, maman ! s'écria Lottie en tapant dans ses mains comme une petite fille dans un magasin de sucreries. Une licence spéciale serait formidable ! Pourrez-vous arranger cela, Mr Dyvelston ?

— Il n'y aura pas de « licence spéciale », répondit-il, les mâchoires serrées.

— Que dites-vous ?

Cette fois, il vit la lèvre inférieure de la jeune fille trembler.

On venait de lui reprendre les sucreries qu'elle avait sous les yeux l'instant précédent et ses yeux étaient baignés de larmes contenues.

— Mais nous allons bien nous marier, n'est-ce pas ? Sous « licence ordinaire » alors.

Il la fixa. Il aurait été si tentant de céder pour lui faire plaisir et qu'elle continue à poser sur lui ce même regard jusqu'à la fin de sa vie. Oui, il l'aurait tant voulu !

Mais Tristan était réaliste. Bien qu'elle n'eût commis aucune faute personnelle dans ce qui venait de se produire, Lottie possédait toutes les caractéristiques d'une petite fille trop gâtée. De celles qui devenaient plus tard des femmes qui en exigeaient toujours plus. Or, il savait les problèmes que ce genre d'adultes pouvaient poser si personne ne faisait rien pour canaliser leurs possibles dérives.

Il allait l'épouser, certes. Mais avant, elle devait prendre quelques leçons.

Pour le moment, en tout cas, il lui était devenu strictement impossible d'annoncer qui il était vraiment. Car il avait toutes les raisons de se demander si quelqu'un n'avait pas préparé la scène de ce soir dans le seul intérêt de Lottie. Il serra les dents. Savait-elle qu'il était le vrai Lord Thorngrafton ? Était-ce pour cette raison qu'elle lui avait demandé de l'embrasser sur la terrasse et lui avait ensuite manifesté tant de passion ? Il *fallait* qu'il sache. Autrement, ces questions le tourmenteraient jusqu'à la fin de ses jours. Tant qu'il n'aurait pas obtenu de réponse à son interrogation, il conserverait son identité secrète.

— Gretna Green ne se trouve qu'à quelques miles d'ici, déclara-t-il à haute voix.

Personne ne réagit. Plus un seul son ne s'échappait de la foule. Elle semblait tout à coup être devenue muette.

Ce fut Mrs Charlton qui rompit le silence.

— Vous avez l'intention de fuir ? demanda-t-elle en s'enroulant dans son vaste châle qui, comme elle, semblait frémir d'indignation. Êtes-vous en train de proposer de vous enfuir avec ma fille ?

— Compte tenu des circonstances, intervint Sir Geoffrey en hochant la tête avec fermeté, il semblerait que ce soit la solution la plus raisonnable. Je réponds en personne de l'honneur de cet homme.

— Ma sœur obligée de fuir ? Et de se marier selon la loi écossaise ?

En cet instant, la large tête de Henry Charlton faisait irrésistiblement penser à celle d'un morse.

— Savez-vous de quoi vous parlez au moins ? demanda-t-il à Tristan.

Celui-ci se tourna vers le frère de Lottie.

— J'ai adopté l'attitude décente consistant à épouser cette jeune femme, mais ce sera à Gretna Green. Et le mariage ne se conclura pas dans une église.

Tirant sur ses manchettes, il ajouta :

— Cela évitera les ragots.

En cet instant, le spectacle de Henry Charlton, bouche ouverte et incapable d'articuler un mot, lui procura un plaisir ineffable.

Après avoir renouvelé trois fois sa tentative pour parler, le frère de Lottie finit enfin par pointer le doigt vers Tristan d'un air furieux en bredouillant :

— Vous... vous... Scélérat ! Vous allez créer un scandale si vous vous mariez de cette façon !

— Le fait d'avoir proposé d'épouser votre sœur me dispense de me sentir concerné par votre désignation calomnieuse. Quant au scandale, il est déjà effectif.

Haussant les épaules, Tristan ajouta :

— Je suis désolé si les termes de ma proposition ne vous conviennent pas, mais c'est ainsi. Votre sœur embrassée et non mariée, ou votre sœur mariée à Gretna Green. À vous de choisir le scandale que vous préférez.

— Mais…

— À vous de décider. Ou encore mieux, laissez donc votre sœur décider elle-même. Car c'est de son existence et de sa réputation que nous sommes en train de discuter.

— J'imagine que vous avez raison…

Prenant un air affligé, Henry Charlton se tourna comme malgré lui vers sa sœur pour l'interpeller :

— Carlotta ?

Tristan posa les yeux sur Lottie. Qu'allait-elle faire ? Se risquer ? Il exultait avec une telle sauvagerie que cela l'étonna. Allait-elle se prêter au jeu ? Tenter le pari ? Quelle personne allait-elle se révéler ? Quel serait son choix ?

— Merci de me permettre de prendre ma propre décision, Henry, dit-elle.

Sans transition, elle se dirigea vers Tristan et glissa la main dans la sienne.

Il ne détourna pas le regard, impressionné par la dignité dont elle faisait preuve à côté des grands airs de son frère et l'agitation de sa mère. Apparemment, elle avait accepté son destin.

— Mr Dyvelston a raison, déclara Lottie. Publier des bans et effectuer toute autre action de ce genre n'aboutirait qu'à renforcer et mettre en exergue le côté quelque peu inattendu de cette union. Je préfère pour ma part un mariage… fugace. C'est beaucoup plus romantique.

4

— Pas tes aquarelles, Lottie. Et un seul sac. Tu as entendu ce qu'a dit Mr Dyvelston.

La mère de Lottie venait de faire irruption dans la pièce où sa fille rassemblait ses affaires.

— À présent que tu es mariée, il va falloir renouveler toute ta garde-robe. Je me plais à penser que c'est pour cette raison que Mr Dyvelston a laissé ces consignes.

Lottie rentra ses aquarelles, ses pinceaux et ses brosses dans son sac. Pourquoi fallait-il que la première manifestation de sa mère fût un rappel à l'ordre ?

— J'ai bien saisi ce qu'a dit Mr Dyvelston, maman. Sauf que j'ai l'intention de peindre au cours de mon voyage de noces.

— Tu as anéanti tous mes espoirs et mes projets concernant ton avenir, dit Mrs Charlton en reniflant sans discrétion. Malgré cela tout ce dont tu es capable de me parler est ta peinture ! N'as-tu donc aucune pitié de mes nerfs ? Aucune considération pour ce que tu as fait à ton frère et à moi ? Tu étais censée épouser un homme titré. Ce mariage aurait dû être le point culminant de toute l'histoire de la famille !

— Je vais me marier, maman. De plus, quelqu'un de sa parentèle est titré.

— Oui, mais qui le saura ? Jamais je n'aurais dû laisser Sir Geoffrey m'influencer. J'aurais également dû insister pour que tu fasses un mariage normal.

Sa mère enfouit le nez dans son mouchoir, puis reprit :

— Lucy m'avait pourtant prévenue qu'à force de jouer des mauvais tours tu risquais de mal finir. Sa prédiction est maintenant réalisée. Finalement, tu as de la chance que Mr Dyvelston se soit conduit en gentleman. Dieu seul sait à quoi tu songeais... Dire que Sir Geoffrey avait fait une demande te concernant ! Comment as-tu pu me faire cela ?

Lottie rentra d'un geste rageur une nouvelle paire de bas dans son sac. Pas question de faire à sa mère l'honneur d'une réponse.

— Eh bien, Carlotta, qu'as-tu à dire pour ta défense ? Comment expliques-tu ton comportement ? L'homme n'a ni titre ni rien pour le recommander. Pourquoi l'as-tu embrassé ?

— Vous étiez bien prête à me faire épouser Jack Stanton...

— Lottie, fille ingrate !

Sa mère chercha sa respiration comme si elle allait étouffer. Puis, blêmissant, elle agita la main devant son visage.

— Mon médicament... Lottie !

Lottie se rua vers le lavabo, saisit le petit flacon de sels, en ôta le bouchon et le présenta sous les narines de sa mère pour qu'elle le respire.

Mrs Charlton inhala profondément et, peu à peu, recouvra ses couleurs. Lottie se détendit.

— Vous sentez-vous mieux, maman ? Je ne voulais pas que vous ayez une nouvelle crise. Vous devriez faire plus attention.

— Moi ? Mais c'est toi ! Dire que j'avais tout arrangé !

Les yeux de sa mère se plissèrent et la fixèrent d'un air accusateur.

— Tu as tout gâché, fille ingrate et trop gâtée ! Eh bien, jeune demoiselle, qu'avez-vous à ajouter ?

— Je vais épouser Mr Dyvelston, répondit simplement Lottie en fermant son sac.

Sans rien ajouter, elle ajusta sa pelisse et son chapeau qui offraient un contraste charmant avec sa robe d'après-midi en cachemire et en soie. La coupe de la robe était à la dernière mode et Lottie avait veillé à ce que l'on serrât particulièrement son corset pour faire valoir la finesse de sa taille. Afin que Tristan la considère de nouveau avec ce regard qui paraissait se consumer et qu'elle aimait tant.

— Ni vous ni moi ne l'avions projeté, maman, mais ce mariage va, la famille et moi, nous sauver du déshonneur. Pour le reste, ce qui est fait est fait et nul ne peut revenir en arrière. Enfin, en ce qui concerne Tristan, je vous répète qu'il a des relations. Il est le cousin de Lord Thorngrafton.

Sa mère secoua la tête avec nervosité.

— Lottie, Lottie, je ne peux m'empêcher de m'inquiéter ! En même temps, si Sir Geoffrey lui-même affirme que c'est la meilleure solution, je veux bien me fier à lui.

— De plus, enchaîna Lottie, cela permettra d'économiser l'argent d'une saison londonienne. Il vous sera d'ailleurs peut-être utile de le rappeler à Henry. Au cas où il se remettrait à pousser des cris...

Sa mère renifla avec bruit.

— J'imagine en effet que Mr Dyvelston a fait ce qu'il convenait de faire. Mais l'avenir de ma fille me pose souci. Tu étais née avec tant de prédispositions !

— Si je ne me marie pas, mes prédispositions ne serviront à rien. Je serai purement et simplement déshonorée, maman. Devrais-je passer mon existence à me repentir de cela aussi ?

— Oh ! vous, jeunes créatures, êtes bien toutes les mêmes. Vous pensez tout savoir.

Comme sa mère levait brusquement les bras, Lottie se demanda si elle allait devoir lui présenter de nouveau le petit flacon de sels. Elle hésita, un peu honteuse de son détachement, mais, dans le passé, elle avait déjà vu sa mère tirer avantage de ses... attaques.

— Sache avant toute chose qu'un homme doit respecter sa femme, déclara soudain Mrs Charlton. Si tu te laisses consumer par la passion, tu cours à ta perte. Ton pauvre papa et moi avons partagé une existence agréable parce que notre mariage était basé sur le respect mutuel et le devoir.

Mais... Et l'amour ? Le désir ? Lottie retint les mots qui lui brûlaient les lèvres, laissant sa mère déverser sur elle son flot ininterrompu de paroles. Bien qu'elle n'aimât pas Tristan, elle ne voulait pas que leur mariage ne soit qu'un échange poli d'attitudes respectueuses. Et elle ne voulait certainement pas d'un titre si c'était Sir Geoffrey qui l'offrait. Non, jamais elle ne deviendrait un pion sacrifié à l'ambition sociale de sa mère et de son frère. C'était sa propre existence qu'elle allait vivre. Pas la leur.

— Tu ne m'écoutes pas, Carlotta.

— Il est temps pour moi de partir, maman.

Lottie se pencha vers sa mère et l'embrassa sur sa joue trop froide.

— Je me marie aujourd'hui à un homme bien. Je suis sûre que Tristan Dyvelston est une bonne personne. Cela se sent.

— Lottie, Lottie... Il ne suffit pas à un homme de posséder de larges épaules et de danser avec grâce pour être quelqu'un de bien.

Sa mère lui agrippa les bras tout en émettant un petit gloussement.

— Tu n'es qu'une enfant, Lottie, mais c'est moi que je blâme. J'aurais dû te dire davantage de choses, te prévenir des dangers ! Les hommes n'aiment pas les créatures dévergondées. Après les avoir utilisées, ils les rejettent. Quand je pense à ton pauvre papa disparu...

— Papa a toujours voulu que je sois heureuse.

Lottie fixa sa mère, remarquant pour la première fois les efforts qu'elle faisait pour lutter contre la venue de l'âge ; ses bijoux un peu trop voyants, son expression un peu trop pétulante aussi.

Elle secoua la tête, détestant ses pensées déloyales mais

obligée de regarder la vérité en face. Sa mère, l'être qu'elle aurait dû respecter plus que tout autre, avait essayé de la vendre contre un titre et un meilleur statut social.

— C'est même tout ce que papa voulait, reprit-elle sans ciller, et c'est pourquoi il travaillait si dur. Pour nous donner tout ce que nous désirions, à toi, Henry et moi.

— Le bonheur est quelque chose de fluctuant, Lottie. Seules comptent la sécurité et les relations. Elles sont tout !

Une fois encore, sa mère conclut sa diatribe en se réfugiant dans son mouchoir.

— Ce qui est arrivé est arrivé, maman, voilà tout, dit-elle en portant machinalement les doigts à ses lèvres. Le souvenir de celles de Tristan l'habitait toujours et elle était consciente qu'elle lui céderait encore.

— Ce n'est pas une excuse et je compte sur le fait que tu te rappelles toujours où se trouve ton devoir. C'est aux femmes de veiller sur leur famille, souviens-t'en et conduis-toi en conséquence. Tâche de grandir, Lottie… avant qu'il soit trop tard.

— Je serai une bonne épouse, maman.

Lottie referma les doigts sur son sac en ajoutant :

— Et je m'assurerai toujours que mon mariage prospère.

Sur ces mots, elle sortit de la chambre, la tête haute et les épaules rejetées en arrière. Si elle faisait de son mariage un succès, sa mère comprendrait vite que ses sinistres prédictions étaient fausses.

Lottie prit place en face de Tristan dans la voiture qu'il avait empruntée et regarda vers l'horizon où le soleil se levait. Son chapeau avait glissé en avant et l'exaltation sauvage qu'elle avait ressentie en faisant ses adieux à la foule des personnes présentes avait disparu. Son dos lui faisait mal et ses pieds étaient tout engourdis.

Qu'avait-elle fait ? Avait-elle agi de manière appropriée ? Une seule certitude : elle avait entrepris la seule chose qui restait faisable pour elle.

Chaque tour de roue l'éloignait davantage de sa mère, de sa famille, de sa vie d'avant, la rapprochant de Gretna Green et de son mariage. De son mariage avec Tristan Dyvelston ! Mais elle n'avait pas peur. Oui, n'en déplaise à sa mère, elle saurait chaparder une petite gorgée dans la coupe du bonheur et être heureuse, même si le hasard et la passion étaient les seuls fondements à son drôle de mariage.

Soudain, les roues heurtèrent une ornière. Lottie se cogna l'épaule contre la portière avec un bruit sourd. La douleur lui arracha une grimace tandis qu'elle étouffait un petit cri derrière sa main gantée.

— Attention ! s'écria Tristan qui, de sa place, tendit une main preste pour l'aider à se stabiliser.

Le simple contact des longs doigts sembla brûler la fine étoffe de sa robe.

— Vous ne voulez pas vous blesser…

— Rien de grave, tout va bien, remarqua-t-elle en se redressant sur la petite banquette et en glissant les mains dessous pour s'y agripper. Je ne savais pas la route pour Gretna Green aussi abîmée.

— Elle est très fréquentée.

— En effet, repartit-elle un peu sèchement.

Comme si elle avait besoin qu'on lui rappelle le nombre de gens qui s'y rendaient pour se marier parce qu'ils le devaient ou parce que leur famille n'était pas d'accord. On pouvait trouver cela follement sentimental, mais pour sa part, des doutes commençaient à s'insinuer en elle. Le Tristan Dyvelston qui se trouvait assis devant elle avec son chapeau haut de forme, sa redingote noire, son pantalon couleur crème et ses mains reposant sur le pommeau d'une canne était fort différent de l'homme extraordinairement attirant qui l'avait embrassée. Pas moins beau, mais tellement plus réservé ! Comme s'il observait et attendait quelque chose. À l'écart…

Lottie chercha dans sa tête. Comment s'adresser à l'homme

qui s'apprêtait à devenir son mari, mais n'avait jamais davantage ressemblé à un inconnu ? Et comment expliquer la terreur qu'elle ressentait en songeant à ce que lui réservait l'avenir ?

Son intention n'était pas de paraître nigaude ou sans cervelle. Aussi, repoussa-t-elle les sujets de conversation tels le temps qu'il faisait ou la musique. Trop impersonnels. D'autres, en revanche, étaient trop personnels ! Le défi était d'autant plus difficile à relever qu'elle n'avait vraiment envie que d'une chose : se lover contre Tristan et sentir ses bras se refermer sur elle. Le silence semblait suspendu entre eux et grandissait à chaque tour de roue. Jusqu'à atteindre une telle densité qu'elle se sentit anéantie.

— N'est-ce pas gentil de la part de votre cousin de nous avoir prêté son attelage ? demanda-t-elle très vite, en désespoir de cause.

— Mon cousin ?

Tristan arqua un sourcil.

— Qu'est-ce que mon cousin a à voir avec l'attelage ?

— Ses armes sont peintes sur le côté extérieur de la portière, répondit-elle, soulagée.

Enfin un sujet qu'ils pouvaient aborder sans problème : la courtoisie. En levant un bras pour ajuster les rubans de son chapeau, elle remarqua que son épaule lui faisait déjà moins mal. Tout s'arrangeait-il en même temps ?

— J'ai remarqué tout cela en montant. Voilà le genre d'approche qui fait mieux tourner le monde. Cela apaise en effet les tensions sociales de ne pas devoir tout expliquer tout le temps. On apprend vite l'art du détail quand, comme maman ou comme moi, on rend beaucoup de visites.

— Je n'avais jamais considéré les choses sous cet angle.

— C'est évident pour toute personne dotée de deux yeux. Pour quelle raison ferait-on peindre ses armes sur sa voiture si ce n'est pour qu'on les remarque et parce que l'on est fier de son titre ?

— Pour quelle raison, en effet ?

Tristan avait serré les doigts sur le pommeau de sa canne et ses lèvres ne formaient plus qu'un trait. Par honte d'avoir emprunté le véhicule de son cousin ? Craignait-il que certains le prennent pour son cousin et le mettent ainsi dans l'embarras ?

Lottie posa les mains sur ses genoux et croisa les chevilles. Non, c'était impossible. L'hypothèse était très improbable. Quiconque avait déjà rencontré les deux hommes les savaient très différents. Tristan ne pourrait jamais être Lord Thorngrafton. Leur vague ressemblance physique ne pouvait faire oublier combien leurs tempéraments différaient.

Jamais elle n'aurait permis à Lord Thorngrafton de la prendre dans ses bras ni même de l'escorter vers un coin aéré mais peu éclairé pour qu'elle puisse mieux respirer. Car, en cet homme, tout évoquait le serpent. Au mois de novembre, il s'était bien fourvoyé en la pensant trop jeune et trop naïve pour réaliser ce qu'il avait réellement en tête. Il croyait à l'évidence que son titre et son statut étaient en soi suffisants pour rassurer n'importe quelle femme.

Lottie se concentra sur sa respiration, tentant de contenir la rage qui, à ce souvenir, montait en elle. Mais Lord Thorngrafton faisait à présent partie de sa famille et elle devait se montrer charitable. Du reste, peut-être s'était-elle méprise à son sujet ? En tout état de cause, lors de leur prochaine rencontre, elle serait mariée et la situation n'aurait plus rien à voir puisque Tristan et elle seraient devenus parents.

En même temps, elle ne pouvait attendre des excuses de Lord Thorngrafton. C'était, de plus, aux femmes de rétablir les ponts entre les membres d'une même famille. Voilà pourquoi elle avait l'intention de prouver à Tristan qu'il n'y aurait aucune honte pour lui à se rapprocher de son cousin.

— Quand votre cousin a-t-il hérité du titre ? s'enquit-elle en renouant avec la voix qu'elle utilisait pour les sujets importants ou quand elle voulait paraître particulièrement distinguée.

— Je doute que nous voyions très souvent mon cousin, commença par déclarer Tristan sur un ton on ne peut moins encourageant. L'actuel Lord Thorngrafton a hérité du titre dans le courant de l'année dernière. À l'époque, je me trouvais en voyage sur le continent.

— Mais il fait partie de la famille.

— Oui, en quelque sorte. L'ancien lord était mon oncle.

L'ombre d'un sourire toucha les lèvres de Tristan.

— On ne choisit pas sa famille comme on choisit ses amis.

— Voilà pourquoi il est important de s'entendre avec tous les membres qui la composent, renchérit-elle d'une voix veloutée. Parce qu'on ne peut justement en changer.

Il ne faisait à présent plus aucun doute pour elle qu'une querelle avait éclaté entre Tristan et son cousin, et qu'elle pouvait peut-être apporter son éclairage. Il n'était jamais recommandé de s'entendre mal avec les personnes susceptibles de vous venir un jour en aide.

— Les amis peuvent aller et venir, insista-t-elle. La famille, en revanche, demeure.

— Vous n'êtes pas chargée de mes relations.

Sur cette réplique cinglante, Tristan baissa son chapeau sur ses yeux et étendit les jambes devant lui pour indiquer que la conversation était terminée et le débat clos.

Sans un mot, Lottie tourna les yeux vers la petite fenêtre de sa portière derrière laquelle défilait le paysage. Elle sentit les larmes lui monter aux yeux. Le voyage ne se déroulait pas tel qu'elle l'avait prévu et Tristan ne se comportait pas comme il aurait dû.

Pourtant, ravalant sa contrariété et son malaise de le voir si obstiné, elle décida de ne pas lâcher prise. Il fallait lui faire comprendre qu'il devait considérer l'attitude de son cousin comme un signe d'ouverture à traiter avec respect et gratitude. Trouver quelque chose pour oublier que Tristan se trouvait très près d'elle, qu'elle avait envie qu'il la prenne dans ses bras et lui dise de ne pas s'inquiéter…

— Mais c'est votre cousin et il est titré, dit-elle en revenant à la charge. C'est très gentil de sa part de nous avoir prêté à la fois son attelage et son cocher. Très inattendu et accompli avec une telle grâce… Se comporte-t-il souvent de la sorte ?

— La gentillesse n'a rien à voir là-dedans.

Tristan releva son chapeau et la considéra avec attention. Ses yeux noirs brillaient d'une émotion mal contenue.

Se redressant soudain, il lui toucha brièvement la main. Le contact fut fugitif mais suffit néanmoins à faire légèrement accélérer les battements de son cœur.

— Écoutez-moi, Lottie. Peter ne fait jamais rien pour personne, c'est sa religion.

— Je suppose que vous avez raison. Vous le connaissez tellement mieux que moi, répondit-elle en s'interdisant de porter son gant à sa joue pour savourer l'empreinte des doigts qu'elle y sentait encore.

Après un moment, elle reprit :

— Lord Thorngrafton a dû être content d'apprendre que vous étiez enfin installé.

— Je suppose.

La voix de Tristan trahissait une certaine surprise.

— Je n'avais pas songé à cette éventualité.

Puis il ajouta avec mordant :

— Il n'a pas dû être moins content de me voir quitter le Shaw's. Ma présence n'ajoutait rien à son bien-être. Au contraire. Je *détruisais son ambiance*, comme il me l'a annoncé hier soir avant le dîner. Je crois même qu'il aurait souhaité que je demeure plus longtemps sur le continent.

— Je suis certaine que vous avez tort.

— Je sais que j'ai raison.

Lottie glissa légèrement sur le siège en poil de crin. Tristan ne lui facilitait pas la tâche. Tout ce qu'elle voulait était s'assurer qu'il conclût la paix avec son cousin. Ainsi, peut-être qu'un jour, après que Tristan et elle auraient eu des enfants, leur existence deviendrait plus facile grâce à l'appui de Lord Thorngrafton ?

Elle prit une profonde aspiration. *Des enfants... Et elle entre les bras de Tristan...*

La voiture lui parut soudain rétrécir, la pousser vers Tristan, son torse, ses lèvres. Elle avait pourtant choisi cet autre sujet de conversation pour ne plus entretenir de telles pensées et surtout ne plus rêver à ses baisers.

— Le véhicule est flambant neuf, annonça-t-elle tout en cherchant un autre sujet qui ne la mènerait pas sur un chemin aussi dangereux. Votre cousin vous apprécie de toute évidence assez pour vous l'avoir prêté. Cela prouve aussi qu'il a confiance en vous.

Une fois encore, les doigts de Tristan se crispèrent sur le pommeau de sa canne.

— Vous êtes très observatrice mais les conclusions que vous tirez de vos constats sont mauvaises. Il y a trop de ressentiments entre lui et moi. Tout ce qu'il veut est me voir partir le plus vite possible.

Lottie s'éclaircit la gorge.

— J'essaie en effet d'observer ce qui m'entoure, dit-elle ensuite, soulagée d'avoir enfin trouvé un sujet dont elle pouvait discuter et une occasion de montrer ses aptitudes sans s'entendre soudain dire comme une sotte à Tristan qu'elle voulait qu'il l'embrasse.

Elle se vit en train de le présenter à ses amis : *Voici mon mari. Non seulement il est beau, mais il a de plus un lord pour cousin !*

Il était évident qu'après avoir fait sa connaissance Martha, Caroline et les autres pardonneraient la fugue amoureuse dont ils s'étaient tous deux rendus coupables.

— Mon sens de l'observation me rend mes visites plus faciles. Quinze minutes... C'est à peine le temps pour l'hôtesse de répéter encore et encore le même blabla ou de parler du temps qu'il fait. Parfois, il me semble ne parler que de cela : du temps. C'est fou le nombre de choses que l'on peut raconter sur la pluie.

— Vraiment ? Je ne participe jamais à cette *Journée chez soi* durant laquelle les femmes restent chez elles pour pouvoir recevoir les visiteurs qu'elles ont prévenus assez tôt de leur présence. C'est pour moi un principe.

Une brusque douleur assaillit Lottie. En quelques mots, Tristan venait d'anéantir tous les espoirs qu'elle entretenait encore. De les réduire en poussière.

« Je ne participe jamais à cette Journée chez soi. »

Pour autant, les premières visites après le mariage faisaient partie des plus importantes qu'une femme pouvait rendre.

Bien qu'elle n'ait pas conclu le mariage de ses rêves, elle avait, jusqu'à cet instant, tenu pour acquis le fait de rendre au plus vite des visites aux relations de Tristan et d'en recevoir en sa compagnie. Ce rêve de visites échangées, elle le caressait depuis qu'on l'avait pour la première fois autorisée à participer à une *Journée chez soi*.

— Vous allez pourtant devoir vous y résoudre, repartit-elle en posant les mains sur ses genoux pour les empêcher de trembler. À notre retour à Newcastle, par exemple, nous devrons nous soumettre à cette aimable coutume. Après un mariage, personne ne peut s'y dérober. Autrement, de quelle façon les personnes de notre nouvelle existence apprendraient-elles à nous connaître et pourraient-elles nous fréquenter ? Sans compter que toutes mes amies vont avoir très envie de vous rencontrer. J'oserais même dire qu'elles en mourront d'envie.

— Nous n'irons pas vivre à Newcastle, observa Tristan sans quitter du regard la femme assise en face de lui et dont le cerveau semblait envahi par le souci des apparences et des liens sociétaux.

Visites, soirées dansantes, position sociale, différentes

façons de favoriser la sienne… Cela suffisait. Il allait lui faire comprendre que l'existence ne se limitait pas à cela afin de faire réapparaître la femme qui lui avait reproché de ne pas avoir entretenu la tombe de ses parents. Oui, c'était cette créature-là qu'il voulait retrouver.

— Où alors ? demanda-t-elle. À Londres ? Sur le continent ? À Paris, peut-être ? Je suis sûre que Paris et ses salons me plairaient beaucoup.

— Non, pas là-bas, répondit-il en serrant les dents.

Il allait la mettre à l'épreuve. Elle comprendrait et redeviendrait la femme qui, l'espace d'un instant, l'avait tant touché dans le petit cimetière de l'église abandonnée.

— Mais alors, où vivrons-nous ?

— Mon oncle m'a légué un domaine où j'ai envie de m'installer. Il s'appelle Gortner Hall et se trouve au nord de la Tyne Valley à une quinzaine de miles de Haydon Bridge.

— Les ladies des environs vont donc attendre que je leur rende des visites.

Lottie posa le bout des doigts sur sa joue avec beaucoup de complaisance.

— Oui, on va m'attendre. Vous devrez m'accompagner. À Newcastle, il se trouvera bien quelqu'un pour nous ouvrir la voie.

— Personne de socialement important ne vit aux alentours de Gortner Hall.

Tristan marqua une légère pause avant de poursuivre :

— Personne ne m'y attendra, du reste. C'est la campagne là-bas, pas la ville.

Lottie eut un petit air entendu.

— Tante Alice et cousine Frances y ont forcément quelques relations.

Et avec un geste un peu prétentieux, elle ajouta :

— Tante Alice connaît positivement tout le monde dans la Tyne Valley ! Elle nous introduira dans bien des cercles.

Même si Gortner Hall se trouve à la campagne, ce n'est pas un désert. Se rendre visite et se créer des relations est tout de même ce qui fait tourner le monde.

Sur ces mots, elle se redressa sur le siège de la voiture et, lissant du plat de la main les plis de sa robe, poursuivit :

— C'est la pierre angulaire de toute communauté. Voilà pourquoi, en ce qui me concerne, j'ai bien l'intention de jouer mon rôle en tant que votre épouse, de montrer autour de moi comment il faut se comporter et de donner l'exemple.

— J'ai, pour ma part, vécu sur le continent pendant des années. Ainsi que votre cousine l'a remarqué avec justesse, ma jeunesse s'est, en outre, émaillée de plus d'un scandale.

Les efforts de Tristan pour demeurer calme étaient presque visibles. Mais il voulait accorder à Lottie une dernière chance.

— Je ne suis donc pas sûr qu'il y ait grand monde désireux de me connaître.

— Oh..., s'écria-t-elle alors d'un air tout chiffonné, je m'avise que ma remarque était horrible. Et terriblement irréfléchie !

Sur ces mots, elle se laissa de nouveau aller contre le dossier de son siège. Mais se reprenant, elle se redressa et toucha la main de Tristan.

— Nul doute que nous ferons connaissance de vos relations en temps voulu et saurons les convaincre de notre intérêt commun de devenir amis.

— Cela pourra demander du temps.

— En travaillant de concert, vous et moi, nous parviendrons à les convaincre. Pour le bien de nos enfants.

Tristan vit qu'elle hésitait et que ses joues devenaient écarlates. Sans désarmer, elle poursuivit quand même :

— Vous m'avez prouvé votre valeur en me sauvant du déshonneur.

— N'importe quel gentleman en aurait fait autant.

Tristan eut une imperceptible hésitation. Quand bien

même son plan se révélerait dur, il devait fonctionner. Car Lottie avait un bon fond.

Elle eut un soupir tremblé et battit des paupières pour se débarrasser des larmes qui lui picotaient les yeux. Pourquoi Tristan rendait-il tout si difficile ? Il fallait qu'il comprenne ce qu'elle essayait de faire et pourquoi elle agissait ainsi. Il fallait aussi qu'il accepte ses excuses. Dans l'avenir, elle s'efforcerait de s'améliorer. De toutes ses forces et avec toute sa conviction. Mais pour le moment, c'était de réconfort qu'elle avait besoin. Un réconfort que Tristan semblait plutôt réticent à lui apporter.

— Non, pas n'importe lequel, corrigea-t-elle. J'ai en tête le nom d'une demi-douzaine d'officiers qui, loin d'agir ainsi, m'auraient, au contraire, abandonnée à mon sort.

— Je vous ai embrassée et il s'en fallait de peu que j'aille beaucoup plus loin.

Portant son poing contre sa bouche, elle regarda par la fenêtre le paysage gris qui défilait. Hier, dans le train de Gilsland, tout lui paraissait encore si frais et si nouveau ! Jamais elle n'aurait imaginé qu'elle effectuerait le voyage de retour face à un quasi-inconnu qu'elle s'apprêtait néanmoins à épouser.

— Oui, en temps utile, nous partirons à la rencontre de nos voisins, dit Tristan en lui attrapant la main et en mêlant les doigts aux siens.

Cette pression, pourtant légère, la fit frémir. Des frissons lui coururent le long du bras.

— Tâchez de dormir, à présent, Lottie. La journée a été longue et nous n'atteindrons pas Gretna Green avant plusieurs heures.

— Tant que cela ?

— Y parviendriez-vous plus facilement si je venais m'asseoir à côté de vous ? Vous pourriez alors laisser reposer votre tête sur mon épaule.

Sans attendre la réponse, Tristan quitta sa place et la

rejoignit. À peine sentit-elle la chaleur de sa jambe contre elle qu'elle trouva beaucoup plus de charme à ce qui l'entourait. Tristan n'était donc pas fâché et ne la tenait pas pour responsable de ce qui s'était passé.

Même si ni l'un ni l'autre n'avaient désiré ce qui était en train d'arriver, elle continuerait à faire de son mieux. Être mariée avec lui ne pouvait que se révéler agréable.

Une fatigue irrésistible s'abattit alors sur elle. Il lui semblait que cela faisait une éternité qu'elle avait fait ses adieux à tante Alice et Frances.

Qu'allait dire sa cousine en apprenant qu'elle avait épousé le célèbre Tristan Dyvelston ? Avec un sourire ensommeillé, elle se laissa aller contre son siège.

— Je vais fermer les yeux quelques instants, déclara-t-elle. Sachez qu'il m'est vraiment agréable de pouvoir compter sur quelqu'un. C'est aussi très réconfortant.

Un bras viril se referma sur elle et la tint serrée.

— Tout va bien se passer, Lottie. Vous ne devez voir que cela.

Le soleil était déjà levé et la route grouillait de carrioles, de chariots et de bétail quand ils atteignirent les abords de Gretna Green. Tristan se sentait endolori par le voyage. Lottie était blottie contre lui et son corps était tout chaud. Il considéra ses lèvres rouges entrouvertes, douces et tentantes, et respira sa senteur de lavande qui montait dans le petit habitacle.

L'effort qu'il avait dû fournir pour ne pas la prendre plus fermement contre lui et lui faire l'amour pendant le trajet avait été considérable.

Mais il voulait obliger son propre corps à patienter et son esprit à ne pas oublier que Lottie n'avait jamais connu d'homme, ne savait rien de l'amour et qu'il avait, de toute façon, le reste de sa vie pour la découvrir.

Avant tout, cependant, il devait s'assurer de la raison pour laquelle elle avait accepté aussi vite sa demande en mariage. Connaissait-elle sa véritable identité ? L'avait-elle considéré comme le seul et dernier espoir qui lui restait pour combler les attentes de sa mère et se marier avec un gentleman titré ? Car c'était de toutes ses forces que Mrs Charlton avait voulu voir sa fille épouser un noble, et Tristan n'avait aucun doute sur l'influence que cela avait pu exercer sur Lottie. Pour autant, sa question demeurait simple : Lottie avait-elle accepté de l'épouser pour ce qu'il représentait à ses yeux en tant qu'homme ou pour le statut que leur union lui conférerait ? Il fallait qu'il sache.

L'attelage réduisit peu à peu son allure. La rumeur de la ville toute proche résonnait à l'intérieur de l'espace clos.

À présent qu'ils étaient tous deux parvenus à Gretna Green, Tristan savait qu'il devait passer à l'action. Il ne lui était en effet plus possible de se contenter de s'asseoir à côté de celle qui allait devenir sa femme et de la bercer comme une enfant.

En douceur, il dégagea son épaule de la tête de la jeune femme. Puis, de l'extrémité de sa canne, donna un coup au plafond du véhicule. Celui-ci s'arrêta aussitôt.

Tristan descendit.

— Jour de marché, my lord..., commenta le cocher avec laconisme en quittant sa place pour le rejoindre. Les meneurs de troupeaux et les fermiers occupent toute la route. Encore une chance pour nous qu'aujourd'hui ne soit pas un jour de foire d'embauche comme la ville en organise régulièrement.

— Les chariots et les animaux sont en effet très nombreux.

Tristan s'étira, tentant de s'éclaircir l'esprit. Aujourd'hui, il avait besoin de voir particulièrement clair...

— Vers où nous dirigeons-nous à présent, my lord ? Vers un mariage express et puis retour à Londres ?

La voix du cocher acheva de le réveiller.

— Nous avons déjà eu des mots, un peu plus tôt, Robinson..., remarqua-t-il sur un ton sévère.

Les joues du robuste cocher rosirent.

— Oui, sir. J'avais oublié. C'est parce que je ne comprends

pas vos manières, à vous, les aristos. Vraiment, je ne les comprends pas.

— Vous n'êtes pas payé pour cela.

— Mais qu'attendez-vous de moi ?

Robinson s'interrompit, se gratta la nuque et reprit :

— Allez-vous l'épouser ou... ? Vous pouvez toujours la renvoyer chez elle...

— Bien sûr que je vais l'épouser, rétorqua Tristan. Je vais l'épouser et l'apprivoiser.

Il jeta un coup d'œil derrière son épaule. La jeune fille dormait d'un profond sommeil, ses lèvres entrouvertes formaient une petite moue et quelques boucles dorées balayaient son front.

— Je dois savoir, Robinson, reprit-il. J'ai trop vu de femmes obligées de se marier contre leur gré, j'ai vu ce que cela leur faisait à elles, ainsi qu'à leurs maris. Il faut que celle-ci ait envie de m'épouser *pour moi*.

Robinson émit un long sifflement.

— Cela n'a en effet jamais fait de bien à votre oncle.

— Son mariage n'a apporté que de la misère à tout le monde, renchérit Tristan, les mâchoires crispées.

— Mais que dois-je faire, sir ? demanda le cocher. Je veux dire que ce n'est pas bien de vous laisser tout seuls en ce lieu. À côté d'ici, les arsenaux paraissent des endroits raffinés...

— Vous allez juste nous laisser, riposta-t-il. Cette auberge fera très bien l'affaire.

Il venait de pointer le doigt vers un relais de poste apparemment mal famé.

— Retournez avec l'attelage à Londres, continua-t-il et attendez-y mes ordres. De notre côté, nous prendrons le train pour Hexam. J'ai envoyé un mot à Mrs Elton, au manoir. Un chariot nous attendra à la gare.

— Comme vous voulez... sir.

La voix du cocher trahissait son malaise.

— Inutile de vous faire du souci, Robinson. Je suis habitué à m'occuper de moi.

Glissant alors la main dans sa poche intérieure, Tristan en sortit quelques billets qu'il tendit au cocher.

— Tenez… Ils vous mèneront jusqu'à Londres.

— Même plus loin, précisa l'homme avec un petit sifflement.

— Je veux que vous partiez vite à présent, Robinson. Aucune raison de traîner.

Son geste vers Lottie toujours endormie rendait sa demande plus explicite.

— C'est justement cette partie de votre plan qui me rend mal à l'aise, sir, dit Robinson en glissant un doigt dans le col de sa chemise. Cette personne est une dame de qualité. Cela se voit à la coupe de ses vêtements et à sa manière de s'exprimer. Comment va-t-elle réagir ? Elle pourrait courir un danger.

— Rien ne va arriver, Robinson, j'en fais la promesse.

— Mon inquiétude ne vous concerne pas vous, sir, mais la jeune fille. Quelqu'un doit s'occuper d'elle.

L'expression très pieuse qui imprégnait maintenant le visage de cet homme au passé de boxeur surprit beaucoup Tristan.

— Reste donc à espérer qu'elle résistera aux tentations et suivra mes instructions, déclara-t-il néanmoins sans douceur. Quoi qu'il en soit, j'ai décidé de démarrer aujourd'hui les leçons que je veux lui donner sur la vie et sur les rapports humains. Oui, le voyage m'a permis de réfléchir et je suis maintenant convaincu de devoir m'occuper de cela.

— Si c'est ce que vous voulez…

Sur ce, Robinson retourna à sa place en grommelant des mots presque inaudibles contre les gens de la haute et leurs idées particulières.

De son côté, Tristan regagna l'intérieur de la voiture. Se penchant vers Lottie, il lui déplaça une boucle sur le front.

L'instant d'après, le véhicule se remettait en marche.

— Il faut vous réveiller, Lottie. Nous sommes presque arrivés. Regardez, nous passons devant *la Croix sans tête*.

Fronçant le nez, la jeune fille lui repoussa la main.

— Il est beaucoup trop tôt, cousine Frances.

Puis, ouvrant les paupières, elle écarquilla les yeux à la vue de Tristan. Elle rosit.

— Oh ! c'est vous !

Se redressant en hâte, elle entreprit immédiatement de défroisser sa robe.

— Avez-vous fait un agréable somme ? s'enquit Tristan.

— Je crains surtout de m'être endormie sur vous. Nos membres s'étaient emmêlés et il se peut que j'aie abîmé votre plastron. Vous auriez dû me réveiller. J'ai exagéré.

Lottie joignit ses mains.

— Dites-moi que vous me pardonnez. S'il vous plaît !

— Nous nous marions aujourd'hui même, Lottie. Qui pourrait donc trouver à redire au fait que vous vous endormiez contre mon épaule ?

— Personne, j'imagine...

Pendant tout le temps où elle remit son chapeau, il n'aperçut plus rien de son visage.

— J'ai parfois un peu de mal à réaliser, dit-elle de la petite voix de quelqu'un qui s'excuse. Cette décision s'est prise si... soudainement. Mais c'est la meilleure que nous pouvions prendre. J'en suis convaincue.

— Bien.

Tristan lui souleva le menton pour qu'elle le regarde en face. Pendant un long moment, il s'abreuva de sa beauté lumineuse... Avant de durcir de nouveau son cœur. La beauté de Lottie devait dépasser le plan purement physique. Quant à lui, il voulait représenter davantage pour elle qu'un titre de noblesse et des biens matériels. Il devait lui montrer que l'existence ne se limitait pas aux visites de courtoisie et aux pelotes à épingles. Que la vie était faite pour être vécue et non reflétée dans un miroir noir, aussi astucieux fût-il.

— Vous restez ici pendant que je vais nous réserver une chambre.

— Rester dans cette voiture ? Toute seule !

Les mots avaient fusé de sa gorge dans un glapissement. Ses yeux s'écarquillèrent et elle pressa les doigts sur son réticule.

— De ma vie, on ne m'a laissée seule au milieu d'une cour à attelages.

— Vous y serez en sécurité… aussi longtemps que vous n'en bougerez pas. Personne ne vous fera de mal. Votre robe est d'une certaine qualité…

Sur cette déclaration, Tristan s'efforça de tourner les talons sans attendre… Au lieu d'emmener Lottie en toute hâte dans une autre auberge des environs.

Il fallait qu'il agisse ainsi. Il le fallait pour leur avenir commun.

5

La main prête à se tendre pour lui enjoindre de rester ou de l'emmener, Lottie regarda Tristan qui la quittait et s'éloignait.

Il ne se retourna pas.

Elle porta alors le regard sur la cour où quelques éleveurs discutaient bestiaux avec un fort accent écossais. Une odeur de lisier et de sueur suintait maintenant à l'intérieur de la voiture. Lottie porta son mouchoir à son nez avec l'espoir que l'auberge vaudrait mieux que cet endroit.

Tu t'es mise dans un drôle de pétrin, Lottie Charlton, se dit-elle. *Que va-t-il t'arriver à présent ? Pourquoi as-tu laissé Tristan s'en aller ?*

— Vous allez devoir descendre, miss.

Le grand cocher au nez cassé venait d'ouvrir la portière du véhicule.

— Les ordres sont les ordres, poursuivit-il, et mon rôle est de suivre les ordres de Lord Thorngrafton. Or, il m'a dit : « Repars dès que tu seras arrivé à Gretna Green. »

Lottie battit des paupières.

— Pardon ? Mais pourquoi ? Mr Dyvelston est allé nous réserver une chambre. J'imagine que vous pouvez patienter quelques minutes. Je désire demeurer à l'intérieur de ce véhicule à l'abri du regard des passants ordinaires. Avouez qu'il serait fort mal venu de me faire patienter toute seule dans cet endroit.

— Je ne suis que le cocher, miss, et ne connais rien du tout aux manières des nobles.

— Votre maître comprendra très bien que vous restiez jusqu'à son retour. Vous *devez* rester.

Lottie avait essayé de prononcer chaque mot avec autant d'autorité que sa mère quand elle faisait preuve de détermination. Mais son propre désespoir ne lui échappait pas.

— Je dois partir, reprit le cocher d'un air buté. Mon maître m'a dit que je devais me rendre à Londres dès que je vous aurais déposée à Gretna Green. Il ne m'a parlé de rien d'autre et ne m'a pas demandé d'attendre quoi que ce soit. Il m'a juste dit : « Pars pour Londres sitôt arrivé à Gretna Green. »

— Ne pourriez-vous attendre le retour de Mr Dyvelston s'il vous plaît ? Pour mon bien !

Lottie pressa plus fermement son mouchoir contre ses lèvres en priant le ciel pour que Tristan revienne. Son corps était tendu à l'extrême tandis qu'elle regardait par la porte ouverte la foule massée dans la cour : conducteurs de bestiaux, ouvriers agricoles, plus une étrange femme. Mais pas de silhouette en élégante redingote. L'idée de se retrouver seule au milieu de ces gens la faisait trembler de peur.

— Je vous supplie de considérer ma demande.

Le robuste cocher secoua la tête.

— Ce ne serait pas bien. J'ai des ordres, miss, et j'aime trop mon travail pour le mettre en danger quelle qu'en soit la raison.

— Pourquoi refusez-vous ? Je suis sûre que Mr Dyvelston vous a chargé de veiller sur moi. Dans ces conditions, ne me dites pas que vous voulez m'abandonner ici parmi ces brutes !

Lottie se mordit la lèvre, consciente que les mots avaient jailli de sa gorge avec plus de rudesse qu'elle ne l'aurait voulu. Mais cet homme devait comprendre qu'elle était habituée à se faire dorloter et à ce que l'on s'occupe d'elle. En un mot, qu'elle était de noble naissance.

— Non, il ne m'a rien demandé de tel.

Sur ces mots, l'homme attrapa un sac à l'arrière du véhicule et le posa sur le pavé boueux.

— Tout est là, miss. Je suis sûr que mon maître sera de retour sous peu. Si vous voulez bien, miss, je pars pour Londres où je recueillerai les instructions de Lord Thorngrafton. Par beau temps, c'est un voyage d'une semaine et j'aimerais me mettre en route.

— Mais... vous avez conduit toute la nuit. Vous avez sûrement besoin de vous reposer ! Et, comme vous l'avez dit, Mr Dyvelston ne sera plus long à revenir...

Lottie pressa ses mains l'une contre l'autre.

— Je vous en supplie. Ayez pitié.

— Je vous ai dit la vérité. À présent, si vous permettez, miss...

Lottie considéra son unique sac. Avant son départ, sa mère s'était engagée à lui envoyer le reste de ses affaires le plus vite possible. Quant à Tristan, il semblait ne pas avoir jugé utile de remplir une malle, pas même un sac. Se penchant vers le sien, elle le souleva. La vue de la cour se brouilla pendant quelques secondes, mais elle se redressa, recouvrant aussitôt sa contenance. Tout allait bien se passer. Tristan serait de retour avant même qu'elle le réalise.

Un peu rassérénée, elle tendit une main en direction du cocher qui l'aida à descendre.

— Merci. C'est très gentil de votre part.

Ouvrant son réticule, elle en sortit un demi-penny.

— Voici pour vous.

— Ce n'est pas la peine, miss. Lord Thorngrafton me paie bien, vraiment. J'ai beaucoup de chance.

Robinson tordait son chapeau entre ses doigts lorsqu'il ajouta :

— Je vous demande pardon mais... ceci est de la part de Lord Thorngrafton. Au cas où vous changeriez d'avis. Au cas où...

Lottie fixa le billet de banque que l'homme lui tendait. Son cœur se serra. Lord Thorngrafton avait visiblement craint que Tristan ne la quitte.

— N'avez-vous pas confiance en Mr Dyvelston ? l'interrogea-t-elle.

— Si, mais autant... Mieux vaut toujours que vous vous teniez prête, miss.

— Je ne peux pas. Vraiment...

Lottie détourna la tête.

— Prenez-le, miss. Cela m'aidera. Lord Thorngrafton supporte très mal que l'on s'oppose à sa volonté.

Sa gorge se serra. En novembre dernier, elle avait à l'évidence mal jugé Lord Thorngrafton. Pourtant, peu sûr de son cousin, celui-ci avait anticipé qu'elle risquait de manquer de quelque chose et voulu remédier au problème.

Elle glissa le billet dans son réticule.

— Vous remercierez Lord Thorngrafton pour moi. De mon côté, je le ferai dès que possible.

— Comme vous le désirez, miss.

Le cocher porta deux doigts à son chapeau et regagna sa place. À peine se fut-il emparé des rênes que le véhicule se mettait en marche. Lottie le vit se glisser au milieu du fatras de chariots et de chevaux. Chaque tour de roue l'éloignait d'elle. Une larme roula sur sa joue. Elle la balaya du bout des doigts non sans impatience.

Tête haute, elle demeura sur place, au milieu de la grande cour, consciente que les gens l'observaient, dans ses vêtements froissés, et qu'en un instant, elle était devenue objet d'intérêt autant que de curiosité.

Pas question de demeurer inerte ou de se laisser scruter comme un quelconque diorama ou autre spectacle bon marché. Il fallait agir !

Sans plus attendre, elle se dirigea vers l'auberge et jeta un coup d'œil dans la salle commune dans l'espoir d'y reconnaître la carrure familière de Tristan ou bien son haut-de-forme émergeant de la foule. Mais l'endroit semblait contenir exclusivement des fermiers, des journaliers et des éleveurs. Un rire féminin haut perché parvint d'un coin plongé dans une semi-obscurité dans laquelle Lottie parvint juste à distinguer un bouquet de jupons et quelques membres emmêlés. Elle demeura un instant pétrifiée par cette impudence. Quant à l'odeur qui régnait dans la salle, elle était encore plus nauséabonde que celle de la cour. Étouffant un petit cri, elle enfouit davantage son visage dans son mouchoir.

— Tu cherches quelque chose, ma chérie ? demanda alors une femme toute courbée en lui adressant un sourire édenté. Tu veux vendre tes pendants d'oreilles ou ta jolie perruque ? Je paie comptant !

Lottie pâlit et recula. Avant de regagner en hâte la cour. Mais le rire de la femme voûtée semblait la poursuivre.

Sans cesser de chercher Tristan des yeux, elle s'arrêta près de l'entrée de l'étable pour tenter de reprendre son souffle. Son futur mari restait désespérément absent. Elle ferma les yeux, fit un vœu, les rouvrit. Toujours personne.

Le soleil tapait sur son chapeau et son corsage lui collait à la peau. La supposition de Lord Thorngrafton était-elle en train de se révéler exacte ? Tristan n'avait-il aucune intention de revenir pour elle ? Ne l'avait-il amenée ici que pour mieux l'abandonner à son destin ?

Et ensuite proclamerait-il partout qu'elle s'était enfuie pour se sentir libre de renouer avec son existence dissolue ?

Abandonnée sur l'autel d'une vie de débauche.

Cousine Frances avait pris grand plaisir à lui raconter certains passages de ses romans Minerva Press où cette situation se produisait souvent. Le héros cajolait et flattait l'héroïne dans le seul but de mieux l'abandonner à une existence dégradée après qu'elle s'était laissé séduire.

Pour pouvoir réfléchir sainement, se dit-elle avec un petit sourire tremblé, elle devait appeler sa logique à la rescousse et s'y tenir. À part le baiser sur la terrasse, Tristan ne l'avait *pas* séduite. En conséquence de quoi, s'il avait décidé, depuis longtemps, de l'abandonner, il se serait exécuté tout de suite au lieu de se compliquer la vie à l'emmener jusqu'ici pour le faire ! Oui, il fallait être cohérente et ne surtout pas céder à la panique.

Comme un sanglot lui montait tout de même à la gorge, elle l'étouffa en pressant son mouchoir, maintenant bien mouillé et froissé, contre ses lèvres. Pas question de se laisser aller à son envie de pleurer. Elle se frotta les yeux avec son mouchoir, le replaça dans son réticule, l'échangeant contre un autre propre et repassé. Et enfin, elle entreprit de faire le tour de cette grande cour.

Quand elle fut revenue à son point de départ devant les écuries, elle n'avait toujours pas reçu le moindre signe de Tristan.

À croire qu'il avait disparu.

Et si quelque chose s'était passé ou était arrivé à Tristan ? Une main de glace lui serra le cœur.

Elle compta jusqu'à trente. Puis de nouveau jusqu'à trente... Avant de jeter un regard lourd vers la porte derrière laquelle Tristan avait disparu. Mais elle ne s'ouvrit pas sur lui.

Se mordant la lèvre, elle s'efforça de réfléchir avec calme et d'ignorer la douleur lancinante qui ne la quittait plus.

Quelque chose était arrivé à Tristan... Mais quoi ? Pour le savoir, il fallait qu'elle découvre au plus vite où il s'était rendu et comprenne s'il avait vraiment l'intention de se marier avec elle. Elle le chercherait toute la journée et toute la nuit s'il le fallait. Et s'il demeurait malgré tout manquant, elle retournerait, fort châtiée, à Newcastle, dans l'espoir que quelqu'un fasse envers elle œuvre de charité. Grâce au billet de banque de Lord Thorngrafton, elle avait maintenant de quoi payer son billet de train pour Newcastle.

En arrivant chez elle, la première chose qu'elle ferait

serait de puiser dans ses économies pour rembourser Lord Thorngrafton. Pour autant, elle ne lui révélerait pas le comportement de canaille qu'avait eu son cousin.

Ensuite, elle n'aurait plus qu'à se tourner vers Henry et sa mère. Même s'ils n'étaient pas heureux de la revoir dans des conditions aussi désastreuses, elle savait qu'ils ne la renverraient pas. Quoi qu'il pût arriver, elle restait un membre de la famille.

Une petite grimace lui échappa quand elle songea aux mots dont Henry ne manquerait pas de l'accabler, aux pleurs de sa mère et aux soupirs de Lucy. Sans parler de ce que tout le monde dirait derrière son dos. Qu'elle *l'avait bien mérité* et que l'orgueil ne pouvait mener qu'à la chute.

Pour sa part, Emma Stanton avait eu de la chance de s'occuper de sa mère. Lottie se mordilla la lèvre. Comme elle aurait voulu ne jamais s'être moquée de leur dernier Noël. Remporter un succès social était si éphémère !

Tout au fond d'elle, une petite voix lui disait que Tristan s'occuperait d'elle ainsi qu'il l'avait déclaré. Qu'elle devait lui faire confiance. Qu'il n'avait aucune raison de l'abandonner ainsi.

— Où est le marché ? demanda-t-elle à une dame âgée arborant sur son visage l'expression de quelqu'un qui a bien vécu. J'ai perdu quelqu'un et je veux qu'on le retrouve. Où puis-je trouver un agent de paroisse ?

La *dame* parut surprise que l'on s'adresse à elle.

— Perdu quelqu'un ? Un homme ? Maman Hetts se trouve justement très douée pour trouver des hommes aux jolies colombes.

— Mon fiancé a disparu.

Incapable de dénouer le petit nœud qui se formait dans sa gorge, Lottie déglutit avec difficulté. Avant de poursuivre d'une voix plus ferme :

— Il est impératif que je le trouve. Quelque chose lui est

peut-être arrivé et je suis inquiète. Cela ne lui ressemble pas de me laisser seule aussi longtemps. Qui plus est dans un endroit comme celui-ci.

— Les hommes sont ainsi, ma cocotte, repartit la femme en scrutant la robe de Lottie. Ils vont et ils viennent. Mais tu vas vite en trouver un autre.

— Je n'en veux pas un autre. Je veux mon fiancé, Tristan Dyvelston. Et je me disais que l'agent de paroisse pourrait m'aider.

— Sa guérite est là-bas. Mais tu ne le trouveras pas aujourd'hui, ma cocotte. Jamais les jours de marché.

Le regard de la vieille dame se fit rusé.

— Ceci dit, je peux me tromper. Le mieux serait sûrement d'aller vérifier. Prends la troisième allée sur ta droite et ensuite tout droit. Tu tomberas dessus. Sinon, il y a pas mal de mauvaises gens alentour.

— Merci, merci.

Lottie pressa la main de la femme.

— J'apprécie beaucoup votre gentillesse. Grâce à vos renseignements, je suis sûre de le trouver.

— Je l'espère, ma cocotte. Ce sont les autres dont il faut se méfier. Mais...

La femme s'interrompit et ajouta avec un sourire cruel :

— En cas de besoin, tu peux toujours venir me trouver. Je t'offrirai un bon endroit où te reposer. Oui, dis-toi que maman Hetts te procurera toujours un coin pour caler ta jolie tête.

Lottie se détourna de la femme, enjamba un tas de fumier et s'éloigna aussi vite qu'elle le pût de cet horrible endroit tout en s'efforçant de ne pas chercher le sens exact de l'expression *mauvaises gens* et de *bon endroit où te reposer*. Une seule chose comptait : dénicher l'agent de paroisse. Ce ne serait pas pire que de partir en promenade à Haydon Bridge. Dès qu'elle l'aurait trouvé, elle lui exposerait la situation et c'est lui qui partirait chercher Tristan tandis qu'elle attendrait à l'abri.

Il y avait foule en ce jour de marché et la bousculade régnait, mais Lottie poursuivait son chemin vaille que vaille, soulagée d'agir enfin plutôt que de rester paniquer comme tout à l'heure sans pouvoir bouger. Respirant à fond, elle tenta d'ignorer les regards très intéressés par sa robe de cachemire et de soie, plus adaptée à une voiture de luxe qu'à la marche. Enroulées dans des châles de laine et chargées de paniers, des femmes la fixaient puis rapprochaient leur tête en chuchotant ou en la désignant du doigt.

Une calèche transportant une petite fille et sa mère passa si près qu'il macula de boue le bas de sa robe. Poussant un petit cri, Lottie sauta vivement en arrière. Puis, comme elle s'arrêtait pour tenter de se débarrasser de quelques éclaboussures, un petit groupe d'hommes fit halte, apparemment curieux du spectacle. Tout en entendant l'un d'eux dire quelque chose d'incompréhensible, elle tourna à moitié la tête pour jeter, par-dessus son épaule, un regard à l'auberge qu'elle venait de quitter. Rien. Celle-ci semblait avoir été happée par la foule. Impossible, à présent, de la localiser. Donc de revenir sur ses pas. Lottie prit peur. Elle n'avait aucune garantie que, ne la trouvant plus où il l'avait laissée, Tristan partirait à sa recherche.

Pour autant, ceci ne devait pas l'inquiéter. Tout n'était qu'une question de temps. Dès qu'elle aurait trouvé la guérite de l'agent de paroisse, les choses s'arrangeraient très vite et cette affaire déplaisante ne serait plus qu'un mauvais rêve.

Certains visiteurs avaient beau la bousculer, elle poursuivait son chemin, son réticule pressé contre elle, tâchant de ne pas penser aux voleurs ni aux faux mendiants.

Avisant soudain un étroit passage qui semblait mener plutôt à une allée qu'à une rue, et se sentant hésiter à s'y aventurer, elle se traita de petite nature. La dame âgée ne lui avait-elle pas fourni des instructions précises ?

Sans attendre davantage, elle s'engouffra dans la ruelle.

Il était impératif pour elle de dénicher au plus vite l'agent paroissial qui retrouverait Tristan.

— Tu vas du même côté que moi, ma jolie colombe ? lui lança une voix masculine que l'alcool rendait pâteuse. Regarde-moi ça, Fred, la jolie oiselle qui vient de voleter jusqu'à notre nid...

— C'est la première fois qu'on me paie pour un service pareil..., déclara l'aubergiste d'un air sceptique tout en empochant quand même les pièces que Tristan venait de faire glisser vers lui sur le bar. Mais à partir du moment où on n'en parlera plus demain matin, ça ne me pose pas de problème.

Tristan appuya les mains à plat sur le bar et fit basculer le haut de son corps vers l'avant, rapprochant son visage des bajoues mal rasées de l'aubergiste.

— Je paie toujours mes dettes, je tiens toujours mes promesses et je n'oublie jamais une faveur ni une offense.

L'homme se mit à transpirer.

— Je ferai ce que vous demandez. Mais, cette *femme*, c'est bien votre épouse, n'est-ce pas ? Je dirige un établissement correct...

Tristan jeta un regard autour du bar où s'était formé un groupe bariolé de manœuvres agricoles, de tricheurs et de belles de nuit. Des volutes de fumée s'élevaient vers le plafond et, dans un coin, une femme gazouillait une chanson désespérée.

— Votre opinion et la mienne peuvent différer quant à ce qui est correct et ce qui ne l'est pas.

— Êtes-vous en train de dire que je dupe mes clients ?

L'homme s'essuya le front du plat de la main.

— Je devrais vous jeter dehors.

— Mais vous ne le ferez pas. Pour cette chambre, j'ai payé d'avance bien plus que ce qu'elle vaut.

L'aubergiste se passa la langue sur les lèvres.

— Je ne dis pas le contraire... Et je ne contrarie jamais un client qui paie.

— C'est exactement comme ça que je le vois...

Un sentiment de malaise venait de sourdre en Tristan. La déception qu'il allait causer à Lottie serait grande. Mais il l'ignora. Il faisait ce qu'il fallait faire. Aucun doute n'était plus permis. Après cette épreuve, certes difficile mais courte et instructive, imposée à Lottie Charlton, leur existence de couple marié serait bien plus heureuse. De plus, il était plus aisé de lui enseigner cette leçon maintenant que de le faire ensuite, quand il serait trop tard.

Tristan retourna vers la cour, emplit ses poumons d'air et poussa un juron. Un long juron très audible. Pas de femme en robe de cachemire et de soie avec un chapeau de paille sur la tête et un sac à son côté en vue.

Aucune femme de qualité ne l'attendait ici.

Il se sentit désemparé tant il s'était attendu à retrouver Lottie là, les yeux lançant sûrement des éclairs parce qu'on l'avait laissée seule dans la cour, mais *là*.

Fronçant rudement les sourcils, il essaya de rassembler ses esprits. Robinson lui avait obéi et n'avait pas emmené Lottie avec lui, c'était évident. Nouveau juron. Pourquoi ne pas avoir dit à son cocher de lui rapporter la réaction de Lottie avant de partir pour Londres ? Oubli grossier. Et qu'il était trop tard pour rattraper.

De plus, si son absence s'était prolongée plus qu'il ne l'aurait voulu, celle-ci n'avait pas non plus duré si longtemps. Il fallait se rendre à l'évidence : Lottie était partie et son départ signifiait qu'il s'était trompé.

Un nœud se forma au fond de sa gorge. Il l'avait pourtant crue différente et n'aurait pas imaginé qu'elle le quitterait avec une telle facilité. Surtout après la position qu'elle avait adoptée devant tout le monde au Shaw's quand Henry Charlton lui avait demandé si elle acceptait de se marier. Une dernière fois, il parcourut la cour des yeux.

— Perdu quelque chose, mon grand ? lui demanda une femme âgée sur un ton chantant. Un colifichet ? Une jolie petite colombe peut-être ? Alors, je sais où tu peux en trouver une autre. Maman Hetts connaît tout sur les petites colombes, tu sais...

— Il y avait une femme ici. Bien habillée, avec des cheveux blonds qui dépassaient de son chapeau. Avez-vous une idée de la direction qu'elle a prise ?

— Je ne me rappelle pas avoir vu quelqu'un ressemblant à ça.

Sur cette réponse, la femme haussa l'une de ses maigres épaules tandis que ses yeux d'un bleu humide se plissaient avec ruse.

— Ceci dit, ma mémoire n'est plus ce qu'elle était. Tant de gens sont à la recherche de quelque chose de nos jours qu'il y a toujours quelqu'un en train de demander à Maman Hetts si elle n'aurait pas vu ceci ou cela. Mais je ne peux pas me souvenir de tout. Surtout un jour de marché !

Le rire un peu dément dont elle ponctua sa remarque le fit brusquement reculer, puis tout aussi brusquement avancer vers elle. Le rire de la femme cessa net.

— Vous savez quelque chose, dit-il. Où est-elle allée ?

Il continua à avancer, le regard rivé sur la femme.

— Peut-être qu'une pièce vous aiderait à la recouvrer, votre mémoire... ?

— Peut-être... Peut-être pas...

La femme fit osciller son corps d'avant en arrière, d'arrière en avant.

— Mais tout de même... C'est fou ce qu'une pièce d'argent peut parfois faire à ma mémoire !

Sans un mot, il plongea une main dans sa poche et en extirpa un shilling qu'il brandit tout en le maintenant hors de portée de la femme.

— La vérité. Vite !

— Je l'ai envoyée à la guérite de l'agent paroissial... Si elle arrive à la trouver. Maman Hetts prend soin des petites colombes. Quelqu'un qui aurait dû se trouver près d'elle avait disparu et cela semblait tellement l'inquiéter qu'elle était presque en larmes. Pauvre petite colombe. Et toi ? Es-tu toi-même perdu ?

Il lui lança la pièce d'argent qu'elle rattrapa avec une adresse consommée tandis qu'il sentait son ventre se nouer. Il fallait qu'il retrouve Lottie. Il n'y avait pas une minute à perdre. Les dangers qui la guettaient étaient si évidents et si nombreux !

— Dieu vous bénisse, sir, dit la femme en changeant complètement d'attitude. Vous êtes un vrai gentleman. Si vous ne la retrouvez pas, je pourrai toujours vous dénicher une autre jolie colombe.

Tristan passa devant le chariot qui bloquait l'accès à la cour et se dirigea vers la rue. Son sang battait dans sa tête.

Il fallait qu'elle soit là. Elle ne pouvait être allée très loin. Sans doute ne l'avait-il ratée que de peu.

Il regardait partout mais les rues n'étaient peuplées que de meneurs de bétail et de quelques femmes portant des paniers. Aucune trace nulle part du beau chapeau de paille de Lottie.

Son inquiétude montait mais il s'efforçait de ne pas en tenir compte.

Si Lottie s'était lancée à sa recherche, il la retrouverait en compagnie de l'agent paroissial. Il la mettrait en sécurité. Il l'épouserait. Tout irait bien.

Le cri d'une femme déchira l'air. Tristan démarra en trombe dans sa direction.

— Laissez-moi !

Lottie tenta une nouvelle fois de se dégager de l'emprise de l'homme à l'odeur fétide, et hurla. Sa manche se déchira alors qu'elle assénait un violent coup de coude dans le ventre de son agresseur. Sous le choc, il la lâcha.

— Quel besoin avais-tu de faire ça ? Je ne te voulais pas de mal, dit l'homme dont une barbe naissante ombrait les joues.

Il se tourna vers son complice.

— N'est-ce pas, Den ?

— Tout à fait, Fred, répondit le dénommé Den, les mains profondément glissées dans ses poches.

— J'en doute fort, repartit Lottie, la tête relevée, en tentant de trouver l'air dont son corset l'empêchait de profiter. Sans lui, elle aurait pu se mettre à courir. Hélas...

En même temps, en marchant d'un bon pas, peut-être parviendrait-elle jusqu'à la guérite de l'agent paroissial ? À condition toutefois qu'il ait jamais existé et que la femme lui ait indiqué la bonne direction, ce dont elle commençait à douter. Jamais elle n'aurait dû s'engager dans cette ruelle. Ni croire cette mauvaise femme. Elle aurait plutôt dû attendre dans la cour jusqu'à la tombée de la nuit pour demander qu'on aille lui chercher l'agent de paroisse. Voilà ce qu'il aurait été raisonnable de faire !

Déjà, elle avait pivoté sur ses talons. Ses chaussures résonnaient sur les pavés. Encore une dizaine de pas et elle retrouverait la rue. Autant dire son salut. Plus que deux pas. Elle marchait, tête baissée, résistant à la tentation de se retourner pour regarder par-dessus son épaule où étaient passés les deux hommes. Sa nuque la picotait.

— On se fait désirer, ma beauté ? On se croit trop jolie dans ses beaux oripeaux pour deux gars comme nous ? Mieux que nous ? Mais je sais ce que tu vaux !

Deux mains la saisirent par la taille et la ramenèrent vers le milieu de la ruelle déserte. Une odeur d'alcool la recouvrit. Lottie avait beau se débattre, cela ne servait plus à rien. L'homme l'avait soulevée de terre pour qu'elle ne puisse plus l'atteindre et ses pieds brassaient l'air.

Il lui passa sa main sale sur le visage.

— Cette fois, tu ne t'en sortiras pas comme ça. Mais j'aime bien quand elles se défendent bec et ongles. Ça me plaît.

— Lâchez-moi, espèce de monstre !

— On va aller dans un endroit tranquille, toi, moi et Den. Et on va jouer à un jeu que je connais.

— Laissez-moi partir tout de suite où j'appelle l'agent de paroisse !

Comme elle essayait de repousser les mains qui l'entravaient, Lottie vit tomber par terre son mouchoir, son réticule contenant son argent, et son sac avec toutes ses affaires à l'intérieur. Un petit cri lui échappa. Son agresseur la maintenait toujours avec la même fermeté. Elle poussa un nouveau hurlement.

— Et qu'est-ce que tu veux qu'il fasse, l'agent, ma jolie ? demanda son assaillant, insensible à son cri.

— À ton avis, Fred, intervint alors Den sur un ton moqueur, est-ce que tu vas pouvoir l'extirper de sa guérite et le réveiller ? Il ronfle comme un sonneur.

Lottie n'attendait plus qu'un miracle.

— Cette lady se trouve être avec moi. Pas avec vous.

La voix de Tristan venait de couper court à la plaisanterie du complice.

— Libérez cette dame tout de suite ou je ne réponds pas de ce qui peut arriver.

Lottie frissonna violemment. Un brin d'espoir sourdait enfin en elle

Tristan... Il était là. Loin de l'avoir abandonnée, il l'avait trouvée. Elle tourna la tête en direction de la voix, espérant de toutes ses forces que celle-ci ne fût pas le fruit de son imagination.

C'était bien lui, grand et solide à l'entrée de la ruelle. Ses lèvres étaient serrées. Son air était grave et furieux.

— Tristan ! cria-t-elle. Je suis ici, oui ! Dieu soit loué, vous êtes sain et sauf. Je pensais qu'il vous était arrivé quelque chose ! Aidez-moi !

— Je vous dis de libérer cette femme tout de suite ! cria Tristan en poursuivant son avancée. Et je ne suis pas d'humeur à me répéter.

— Pourquoi je ferais ça ?

Fred s'était arrêté de marcher et le toisait sans faire mine de délivrer Lottie.

— C'est moi qui l'ai trouvée le premier, dit-il. Prouvez-moi qu'elle est à vous.

— Si vous tenez à demeurer longtemps en bonne santé, lâchez cette femme.

La voix de Tristan était calme et neutre comme s'il parlait du temps.

— C'est un conseil d'ami, si vous préférez.

— Pardon ? insista le dénommé Den en avançant, les poings brandis en direction de Tristan. Fred l'a trouvée en train de faire son petit commerce. Alors, vous feriez mieux de vous occuper de vos affaires, espèce d'Anglais donneur de leçons. Moi, je suis boxeur professionnel, figurez-vous. Et mon poing est plus dur que le marteau du forgeron. *Den Casey, le marteau de forgeron du Nord*, c'est comme ça qu'on m'appelle par ici. Cinq victoires d'affilée à mon actif.

Le bruit du coup résonna dans la rue quand Tristan abattit son poing sur la mâchoire de l'homme.

— Rappelle-moi malgré tout de ne jamais parier sur toi...

Le champion s'écroula à terre comme une masse.

— Den à terre ?

Le ravisseur de Lottie fixait son compagnon étendu au sol d'un air éberlué.

— *Le Marteau* est à terre, répéta-t-il. Mort pour le monde. Mis K-O en un seul coup de poing. Jamais vu ça !

— Tu veux être le prochain ? demanda Tristan. À moins que tu lâches la lady immédiatement.

— C'était juste pour le sport, Votre Seigneurie. Nous ne voulions de mal à personne.

Les mains de l'homme se retirèrent en même temps si prestement de Lottie qu'elle faillit tomber. Comme elle tentait de recouvrer son équilibre, elle se heurta au large torse de Tristan.

Le contact la fit légèrement haleter. Ses pieds refusèrent de bouger et elle se mit à trembler de tous ses membres. Une seule envie la tenait : poser la tête contre le torse musclé de Tristan. Son malaise augmenta jusqu'à ce que ses jambes se dérobent. S'agrippant au bras de Tristan, elle préféra ne pas songer à ce qui aurait pu advenir s'il n'était pas réapparu.

— Je... je...

Sa gorge était si nouée que parler devenait difficile. Elle déglutit et parvint à articuler d'une voix à peine audible :

— J'aurais dû rester à l'auberge. En fait, je suis partie vous chercher. Pour moi, vous étiez blessé, ce qui expliquait pourquoi votre absence se prolongeait de manière inexplicable. La situation m'inquiétait tant que mon but était de trouver de l'aide à tout prix.

— Êtes-vous blessée de quelque manière que ce soit ? s'enquit Tristan tout en lui entourant la taille de son bras pour l'aider à se maintenir debout.

Succombant à la tentation, elle posa la tête contre son épaule, s'imprégnant de la force qu'il dégageait et humant son odeur masculine.

Après un instant, il la repoussa légèrement pour mieux la voir et la considéra avec attention.

— Vous ont-ils fait le moindre mal ?

— Non, mais mon... réticule a disparu.

Désemparée, elle ajusta son chapeau pour se donner une contenance et défroissa sa robe du plat de la main tout en songeant que l'accroc à sa manche serait aisément réparable.

— Mon sac aussi...

— Rends son réticule à la lady. Ainsi que son sac, dit Tristan de la même voix mortellement calme à l'homme qui se tenait à côté de son compagnon inanimé sur le sol et observait maintenant la scène d'un regard peureux. Ainsi que le sac contenant ses effets.

— Regardez ce que vous avez fait à notre Den... Il devrait y avoir une loi.

— Il en existe une mais vous vous trouvez du mauvais côté.

— Que voulez-vous dire ? Quel *mauvais côté* ?

— Je ne doute pas que l'agent de paroisse serait très intéressé par vos allées et venues de ce jour.

Tout en parlant, Tristan avait tendu le bras et agitait les doigts.

— Le sac et le réticule. Tout de suite. Ensuite, peut-être vous autoriserai-je à partir.

On entendit des traînements de pieds. L'homme revint, tendant un sac. Lottie le prit et l'ouvrit immédiatement. Les affaires rangées à l'intérieur par sa mère s'y trouvaient encore.

— Et le réticule...

Nouveaux traînements de pieds. Le réticule réapparut à son tour. Lottie libéra un cri de joie.

— Est-ce que tout y est, Lottie ? Vérifiez.

Elle l'ouvrit de ses doigts tremblants et poussa un nouveau petit cri heureux. L'argent de Lord Thorngrafton s'y trouvait aussi.

— Oui, tout est bien là. Ils n'ont rien pris.

— Vous voyez bien, Votre Seigneurie, comme je vous le disais, tout ceci n'est qu'un vaste malentendu. On voulait juste emmener la dame à...

— Vous n'avez à emmener cette lady nulle part ! La prochaine fois qu'une lady protestera, vous la laisserez tranquille. Est-ce que vous m'avez compris ?

— Nous ne lui voulions pas de mal, Votre Seigneurie.

L'homme trapu avait levé les bras. Il les laissa retomber.

— Nous ignorions que la lady se trouvait avec vous. Et puis, elle paraissait plutôt apprécier...

— Totalement faux ! s'exclama Lottie, outrée. Jamais de la vie !

Les poings serrés, elle regarda fixement Tristan. Il semblait furieux. Contre elle ? Contre les deux hommes ? Elle chercha sa respiration.

— J'essayais de trouver la guérite de l'agent de paroisse. C'est tout.

— Il n'y a jamais eu aucune guérite par ici.

— J'ai pourtant demandé à la dame et c'est elle qui m'a dit...

Lottie s'interrompit. Il fallait que Tristan la croie.

— Je pensais que quelque chose vous était arrivé, reprit-elle sans le quitter des yeux, et désirais m'assurer que vous étiez sain et sauf.

Il la fixa longuement sans un mot, puis dit enfin à l'homme en arquant un sourcil :

— Cette lady affirme que vous vous trompez.

— Peut-être...

L'homme avait rougi et passait un doigt dans le col de sa chemise.

— Ce n'est pas impossible. C'est Den qui...

— Que vous vous trompez même du tout au tout..., renchérit-il d'une voix tranchante comme un couteau. Vous devez des excuses à cette lady. Cette lady est ma fiancée et mérite votre respect. Vous avez de la chance que je me marie aujourd'hui et que cette heureuse circonstance me mette de bonne humeur...

— Je... Je suis désolé, Votre Seigneurie.

L'homme recula en vacillant, tomba sur son ami et prit appui sur lui pour se relever.

Portant deux doigts à son chapeau, il répéta :

— Je ne veux de mal à personne, je... Enfin, nous... Bon mariage.

— Débarrassez-moi le plancher tout de suite, reprit Tristan qui ajouta avec un geste de la main vers la silhouette de Den toujours à terre : Et emmenez votre compère. Il bouche le passage.

— Vous avez tout à fait raison, Votre Seigneurie.

Sur ces mots, le malfaiteur hissa son compère sur son épaule et commença à s'éloigner sans cesser de gémir et de ressasser qu'il ne voulait de mal à personne.

Lottie se remit à trembler. Elle aurait voulu s'écrouler par terre et pleurer. Tristan referma les bras sur elle et la tint serrée contre lui jusqu'à ce que ses spasmes s'arrêtent.

— Vous êtes en sécurité, à présent, Lottie. Je suis là.

— Oui.

— Et nous serons mariés dans peu de temps.

Ce n'était pas ainsi qu'elle avait rêvé que se déroulerait son mariage. Elle l'avait plutôt imaginé en blanc, depuis la robe de soie jusqu'au chapeau dernière mode en passant par le voile décoré de fleurs d'oranger. Au lieu de quoi, deux hommes l'avaient prise pour une belle de nuit.

Elle recula en serrant les bras autour de son buste pour essayer de contenir les tremblements qui recommençaient. *Ne pas penser à ce qui avait failli lui arriver.*

Prenant une profonde inspiration, elle recouvra quelque peu son sang-froid.

— Merci de m'avoir secourue, dit-elle quand elle sentit sa voix assez sûre pour ne pas trembler. Ces hommes avaient de viles intentions, j'en suis certaine. Si vous n'aviez pas...

Comme sa voix se brisait, elle se raccrocha au visage dur et sérieux de Tristan dans l'espoir que celui-ci comprît ce qu'elle voulait dire.

— Vous êtes en sécurité, à présent, et avec moi. Ne pensez plus à eux.

— J'ai commis une erreur. Jamais je n'aurais dû suivre les indications de la vieille dame.

Sentant les larmes revenir, elle chercha son mouchoir... Sans le trouver. Ce fut donc de ses doigts tremblants qu'elle débarrassa ses joues de ses pleurs.

— Rien de tout cela n'aurait dû arriver.

Tristan inclina la tête, mais son regard sombre ne la quittait pas.

— Vous êtes sûre que ces deux hommes ne vous ont pas blessée ?

— L'un m'a touchée par-dessus ma robe, et mon agresseur a passé la main sur mon visage.

Presque en même temps, elle débarrassa sa robe d'une poussière, geste dérisoire mais qui l'aida à restaurer sa confiance en soi.

Ce n'était pas à ce qui aurait pu arriver qu'elle devait songer, mais à ce qui allait arriver à partir d'aujourd'hui. Pour commencer, plus question de tolérer que Tristan l'abandonne ainsi n'importe où.

— Le fait qu'ils m'aient touchée comme si c'était normal, avec une telle familiarité, rend leur geste encore plus grave, remarqua-t-elle, profondément blessée.

— Les rues sont dangereuses. Surtout pour une femme habillée comme une lady. Gretna Green grouille d'ivrognes et de bons à rien. Bien plus que je ne l'aurais cru.

Le visage de Tristan devint grave.

— Si vous étiez restée à l'endroit que je vous avais dit de ne pas quitter, rien ne serait arrivé. Pourquoi n'êtes-vous pas demeuré dans la cour ? Vous vous y trouviez en sécurité et n'aviez pas de raison de vous éloigner.

— Le cocher m'a annoncé qu'il devait partir, ce dont vous ne m'aviez pas avertie. Une fois seule, j'ai pris peur car je ne me sentais justement pas en sécurité dans cette cour. C'est alors que j'ai tenté de vous retrouver. Je suis entrée dans l'auberge mais n'y ai vu aucun signe de vous. Puis une femme a voulu acheter mes pendants d'oreilles et mes cheveux. Alors, j'ai décidé de m'éloigner et commencé peu à peu à croire que quelque chose vous était arrivé. C'est de cette façon que je suis finalement partie à la recherche de l'agent paroissial.

— Organiser le mariage et nous trouver un logement m'a pris plus de temps que prévu. Je ne pensais pas rester absent aussi longtemps.

Tristan lui prit la main et la porta à ses lèvres avant de la reposer en disant :

— Je regrette d'avoir fait cela.

Était-ce une excuse ? Elle n'eut pas envie de le demander. Tout ce qu'elle savait était que Tristan ne l'avait pas abandonnée. Avoir d'abord cru le contraire lui paraissait maintenant injuste.

— Ne pensez pas aux mauvaises choses qui ne se sont pas produites, Lottie. Tout cela est derrière nous, je le promets. Et je suis quelqu'un qui tient ses promesses.

Tristan lui posa la main sur l'épaule en accompagnant son geste d'un regard intense.

— Rappelez-vous : quand je vous dirai que je vais revenir, je reviendrai. Et je vous protégerai.

— Le pensez-vous vraiment ?

Elle avait posé la question d'une voix tremblante.

— Du mieux que je le puis.

— C'est bien de le savoir.

— Et maintenant, si vous êtes toujours prête, le forgeron nous attend.

— Le forgeron ? répéta-t-elle en essayant de chasser le malaise qui montait en elle. Les fers de nos chevaux n'ont pas besoin d'être changés.

— Non, mais notre mariage doit être forgé. Voilà pourquoi c'est dans cet endroit que se tiennent la plupart des mariages à Gretna Green... Pour autant que mes informations soient correctes.

— Nous n'irons donc pas à l'église ? Moi qui avais toujours pensé me marier un jour à l'église...

Tristan secoua la tête.

— Nous nous marions à Gretna Green selon la loi écossaise qui ne requiert rien de plus que deux témoins. Pour sa part, le forgeron nous attend. Si vous ne voulez pas, tout ce que vous avez à dire est *non* et je vous remettrai en personne dans un véhicule qui vous ramènera chez votre mère à Newcastle.

— Inutile. Je vais vous épouser… Quand bien même cela se déroulera dans une forge.

Lottie prit une profonde inspiration en comprenant qu'elle s'apprêtait à épouser Tristan à côté d'une l'enclume et dans une robe déchirée. Décidément, son mariage s'éloignait de plus en plus de celui dont elle avait rêvé. Mais il présageait tout de même mieux que l'avenir que, jusqu'ici, tout le monde avait voulu lui réserver.

— Comme vous, Tristan Dyvelston, je tiens mes promesses…

Lui prenant les doigts entre les siens, Tristan les porta à ses lèvres.

— Merci pour cela.

Elle le suivit en se réglant sur son pas. Elle allait s'unir à Tristan. Et ce ne serait en effet pas le mariage de ses rêves. Mais cela ne l'empêchait pas de vouloir devenir une bonne épouse. Et, pour commencer, elle montrerait à Tristan combien les détails de la vie pouvaient se révéler de toute première importance.

Après un dernier regard en arrière à la ruelle maintenant vide, elle tourna son visage vers le soleil. Puis elle ralentit pour demander :

— Tristan, comment sera l'alliance ?

— Le forgeron s'en occupe. Ce n'est pas le premier mariage qui se célèbre dans sa forge. J'ai appris de sa bouche qu'il en avait même déjà célébré deux ce matin. Il sait donc très bien comment opérer.

— Vous voulez dire que l'alliance ne sera pas en or ?

— Un anneau d'or est-il requis en Écosse quand on se marie ?

Tristan plissa les yeux.

— Cela a-t-il jamais été exigé ?

Lottie s'humecta les lèvres. Le dernier rêve qu'elle avait caressé à propos de son mariage venait de s'envoler.

— Je l'ignore. Je voulais juste savoir.

6

Lottie fit tourner l'alliance en fer autour de son annulaire gauche pendant que son mari parlait au forgeron. La cérémonie avait été rapide, calée entre le ferrage d'un cheval et la réparation d'une charrue. Rien de chic. Ordinaire et simple.

Le feu était si fort qu'elle sentait son visage la brûler tandis que ses oreilles bourdonnaient, assourdies par le souvenir du fracas retentissant du marteau sur l'enclume. Les lèvres de Tristan avaient effleuré les siennes pour un baiser furtif. Très correct et très poli. Rien de plus. Or, elle *voulait* plus. Elle voulait qu'il l'embrasse comme il y songeait, comme un homme qui ne l'avait pas seulement épousée parce qu'il le devait ou parce que la société les avait contraints à le faire.

Attrapant son gant, elle l'enfila avec lenteur, cachant l'alliance. Il lui fut toutefois impossible de l'oublier, rappelée à son souvenir par le poids inhabituel qu'elle faisait maintenant peser sur son doigt.

— Pouvons-nous partir, Lottie ? lui demanda Tristan en revenant vers elle alors que le forgeron se remettait à frapper son enclume. À moins que vous ne vouliez rester regarder le ferrage des chevaux, il n'est plus rien ici qui nous intéresse.

Secouant la tête, elle laissa Tristan l'entraîner à l'extérieur de la forge.

— Nous voici donc mariés, remarqua-t-elle avec un petit

rire lorsqu'ils eurent retrouvé la rue. *Forgés* ainsi que vous y faisiez allusion tout à l'heure.

Dehors, rien n'avait changé. Les gens continuaient à courir partout et les trous dans le sol à se remplir d'eau boueuse. Personne pour remarquer ce qui venait de lui arriver.

— Mes amies vont toutes être en émoi lorsque je vais leur écrire la nouvelle. Une seule sait que je me suis rendue à Gretna Green pour me marier.

— Oui, nous sommes mariés et la cérémonie est parfaitement légale.

— Je n'ai jamais dit le contraire, repartit-elle en levant vers Tristan un regard surpris.

Il semblait distant et la chaleur qu'elle avait remarquée en lui la veille au soir l'avait quitté. Comment la faire revenir ? S'il s'était conduit de la sorte hier, probablement n'aurait-elle pas eu envie de procéder à ce mariage. Comment amener Tristan à lui sourire de nouveau et à faire quelque chose qui indiquerait que ce mariage ne représentait pas pour lui un désagrément résultant de leur écart de conduite.

— Nous avons tous deux réchappé au déshonneur, dit-elle. À présent, notre mariage va étonner les gens pendant une semaine et puis, forcément, quelqu'un commettra une entorse aux codes pire que la nôtre et on nous oubliera.

— Le scandale m'a déjà touché, vous le savez. Pour autant, je n'avais pas l'intention de rester un paria de la société toute ma vie. Ce n'est pas une bonne idée.

Les yeux de Tristan ne présentaient aucun signe d'adoucissement quand il ajouta :

— Dans cette affaire, ni vous ni moi n'avions le choix, Lottie. En revanche, nous avons maintenant celui de l'existence que nous voulons mener. Regarderons-nous vers l'avenir ou vivrons-nous dans ce qui aurait pu être ?

Pour se donner le temps de réfléchir, elle ajusta son chapeau de paille, ignorant la déchirure de sa manche qui semblait s'agrandir chaque fois qu'elle levait le bras. Se montrer de la sorte en public lui déplaisait fort. Mais qu'y faire à part espérer que personne ne remarque rien ? Pour y contribuer, elle se plaça de manière à ce que le bras de Tristan cache le sien.

— Je dois savoir, dit-elle en le regardant bien en face, pourquoi vous m'avez demandée en mariage alors que la société vous avait déjà désavoué.

— Quand on a déshonoré une jeune fille, il existe peu de moyens de le faire oublier, répondit Tristan sans la quitter du regard et en ignorant son invitation implicite à la prendre par le bras.

La froideur du ton ne fit rien pour lui permettre de restaurer sa confiance en soi.

— Vous vouliez en trouver un…, dit-elle avec le désir fou de l'entendre répondre qu'il espérait plus que cela et avait vraiment eu envie de l'épouser.

— Je ne suis pas un malotru. Peut-être voulais-je en outre quitter mon statut d'orphelin…

Un sourire froid lui toucha les lèvres.

— De toute façon, mes raisons de vous avoir demandée en mariage après ce baiser sont-elles vraiment importantes ? Nous sommes mariés à présent et mènerons une existence à l'abri des scandales. Je veux connaître une vie telle que mon père l'avait imaginée pour moi : droite et solide. J'en ai décidé ainsi depuis mon retour en Angleterre.

— Vous semblez avoir fait un certain nombre de promesses à votre père.

— Elles ont toutes la même origine. Mon père et mon oncle n'étaient pas amis.

Tristan laissa échapper un rire amer.

— Voilà pourquoi j'ai voulu tourmenter le frère de mon père.

— Je suppose qu'il vous a prédit la suite…

— En effet. Qu'il ne m'arriverait jamais rien de bon, que

je salissais le nom de ma famille et qu'après ma mort je disparaîtrais dans une tombe anonyme.

— C'est ... quand les familles se battent, surtout lorsque l'une d'elles est noble.

Lottie posa une main sur le bras de Tristan.

— Votre mère n'a-t-elle pas tenté de vous aider ? Ou votre tante ? C'est le devoir des femmes d'apaiser les querelles.

— D'autres sujets préoccupaient... l'épouse de mon oncle. Quant à ma mère, elle est morte lorsque j'avais trois ans.

La souffrance qui passa sur le visage de Tristan serra le cœur de Lottie. L'espace d'un regard, elle avait cru voir le jeune garçon qu'il avait été, et comprit que cette ancienne querelle avait détruit sa vie.

— Je doute en outre qu'elle aurait pu apaiser cette querelle, poursuivit Tristan. Malgré cela, j'aime à penser qu'elle en aurait pénétré les arcanes.

— Je suis désolée. Lorsque j'ai perdu mon père à l'âge de douze ans, j'ai pleuré pendant des jours et des jours sans pouvoir m'arrêter.

— J'en avais dix-sept quand le mien s'est éteint. Mais, à l'époque, j'avais déjà arrêté de pleurer.

Lottie se mordilla la lèvre, consciente de connaître très mal l'homme qui se tenait à côté d'elle et dont elle allait dorénavant partager la table et le lit.

Cela faisait longtemps qu'elle pensait subir un jour la cour assidue d'un homme. Mais le destin en avait à l'évidence décidé autrement. Peu importe. Avec Tristan, ils apprendraient à se connaître au fur et à mesure. Entre-temps, elle aurait appris à son mari l'importance d'une vie sociale bien pleine, celle des visites et d'une intégration réussie au sein de leur communauté. Tout cela donnait du sens à la vie, permettait aux gens de s'entraider et aux familles de mener des existences plus agréables.

— Nous ne devrions pas aborder des sujets aussi tristes le jour de notre mariage, dit-elle.

— Tout à fait d'accord. Nous ne devrions même parler que de choses gaies.

— C'est plus correct.

— Et vous agissez toujours de manière correcte.

Elle inclina la tête.

— Autant que possible. À quoi sert en effet de se donner en spectacle ?

— Dans ce cas, nous ferions mieux de changer de place car c'est justement ce que nous commençons à faire.

Sur ces mots, Tristan l'attrapa par le bras et ils reprirent leur marche d'un pas lent par les rues de Gretna Green. Quelques femmes leur jetèrent des regards curieux qui n'échappèrent pas à Lottie.

Bien que la foule venue spécifiquement pour le marché se fût un peu dissipée, les rues regorgeaient encore de monde. À un moment, Lottie dut contourner un ivrogne qui gisait dans le caniveau.

— Où allons-nous ? demanda-t-elle alors que Tristan avançait droit devant lui sans regarder ni à droite ni à gauche. Que va-t-il se passer à présent ?

— Vous êtes ma femme. À ce titre, je vais donc vous ramener à l'auberge de tout à l'heure où j'espère que l'on nous aura préparé notre chambre.

— Sera-ce une chambre privée ? s'enquit-elle en affichant ce qu'elle espéra être un petit sourire.

Pas question de penser à ce que les femmes et les hommes faisaient ensemble, la nuit, dans leur lit. En fait, elle n'en savait que quelques rumeurs colportées entre servantes et ce qu'elle avait vu chez Martha Dresser, dans les *Œuvres complètes* d'Aristote, un livre rangé parmi d'autres dans une caisse appartenant à la grand-mère de Martha. Avec Martha, elles avaient passé une demi-heure à rire et à glousser devant les images du recueil avant d'être découvertes et de se faire copieusement disputer.

— Est-ce important pour vous ?

— Oui !

L'exclamation était sortie toute seule de ses lèvres.

L'idée de se retrouver au milieu d'inconnus pour sa première nuit avec son mari lui paraissait en effet particulièrement rebutante. En même temps, impossible de commencer à étaler devant Tristan sa complète ignorance sur l'amour physique en dehors des quelques baisers qu'ils avaient déjà échangés.

— Je suppose que l'aubergiste va réclamer un supplément, mais partager un lit avec un inconnu ne me dit rien.

— Comment m'appellerez-vous ? demanda subitement Tristan dans un rire tandis que son regard restait grave. Malgré les liens du mariage qui vont bientôt nous unir, nous demeurons bien, pour le moment, deux inconnus l'un pour l'autre, Lottie.

Glissant plus profondément sa main dans le creux du bras musclé, elle répondit :

— Je parlerai de vous en disant *mon mari*.

L'expression était neuve pour elle et l'exaltait. Mais Lottie savait qu'elle n'en était pas moins exempte de danger.

— Je ne vois en effet pas l'intérêt de me conduire à l'ancienne mode en vous appelant *Mr Dyvelston,* poursuivit-elle. Maman le faisait avec mon père, mais cela sonne de manière trop froide à mes oreilles… Trop formelle. Je… J'attends plus de notre mariage.

— En ce qui me concerne, je ne puis non plus imaginer que vous m'appeliez *Mr Dyvelston…* Jamais.

Un minuscule sourire étira les lèvres Tristan.

— *Tristan* sera très bien…

Lottie serra ses doigts sur son réticule. Qui était exactement cet homme ? Un peu plus tôt, elle l'avait vu plein de colère froide et retenue contre les deux hommes de la ruelle. Elle l'avait vu aussi ignorant et réfutant la générosité de Lord Thorngrafton. Ou plutôt *déterminé* à l'ignorer et à la réfuter. Cela posait d'ailleurs un problème qu'il faudrait résoudre tôt ou tard. Mais à part cela, et c'était bien peu, elle ne savait presque rien de lui et ne connaissait pas ses projets pour l'avenir.

— Au moins, vous m'appelez *Lottie*. Tant mieux car je déteste *Carlotta*.

— J'essaierai de m'en souvenir, Carlotta.

Elle sursauta. Puis, surprenant une lueur espiègle au fond des yeux de Tristan, voulut lui donner un petit coup de pied dans la cheville. Évidemment, il déjoua sa tentative.

— Et notre chambre d'auberge ? s'enquit-elle en revenant à sa question première. Suis-je supposée dormir dans une pièce publique ? Ce ne serait pas convenable.

— Mes finances peuvent me permettre de nous offrir une chambre privée dans cette auberge. Après nous être mariés l'après-midi même, je pensais que ce serait mieux...

— C'est la première fois que vous parlez d'argent ! s'exclama-t-elle en s'arrêtant brusquement tandis que ses chaussures dérapaient un peu sur le sol boueux. Du reste, vous n'avez pas non plus conclu d'arrangement quelconque avec mon frère. Cela signifie-t-il que nous devrons passer par l'assistance de Lord Thorngrafton ? Vous avez bien emprunté son véhicule...

— J'ai assez d'argent pour me passer de la charité de Lord Thorngrafton, répliqua Tristan en détournant les yeux.

Une peine terrible la traversa. Tristan lui cachait quelque chose. Était-elle tombée dans un piège ? Dire qu'elle n'avait même pas pensé à la question de l'argent... Seulement à la courbe des lèvres de Tristan et à la manière dont elles épousaient les siennes. Sa mère lui avait pourtant répété de toujours agir de manière raisonnable avec les hommes. À l'évidence, elle avait échoué misérablement.

Et à présent, elle se rendait dans une auberge dénuée de

tout intérêt pour y passer sa nuit de noces. Son seul réconfort était de se savoir toujours respectable. Ou presque.

— À quoi ressemble le domaine dont vous avez hérité ? Est-il en bon état ?

Elle posa la main sur le bras de Tristan.

— Dites-moi, je veux savoir ! Est-ce un endroit pour fonder une famille ?

Comme Tristan plongeait le regard dans le sien, elle vit ses yeux briller d'un éclat inconnu, mais qui sut allumer en elle une étincelle. À l'évidence, elle avait posé la bonne question et il allait devoir tomber le masque.

— C'est un domaine qui a autrefois été prospère, répondit-il, mais cela fait si longtemps que personne ne s'en occupe plus ! À l'époque de mon grand-père, on en disait le plus grand bien. Notamment pour sa très jolie vue sur la rivière.

Tristan regardait droit devant lui, ignorant Lottie, son air courageux et sa robe légèrement déchirée.

Depuis qu'ils étaient partis, elle avait plus souffert qu'il ne l'aurait voulu. Et même si elle parlait beaucoup de statut social, il avait plus d'une fois constaté qu'elle abritait aussi en elle d'authentiques préoccupations. Cependant, même s'il voulait en acquérir la certitude, il ne précipiterait rien. Pour ne pas risquer de passer à côté de la réponse. Seule la patience pourrait se révéler constructive.

— Mon oncle éprouvait une joie perverse à me faire savoir qu'il négligeait le domaine, que les champs étaient en friche et que les herbes avaient envahi tout le jardin.

— Négliger une bonne terre est un crime, repartit Lottie d'un air furieux. Pour quelle raison quelqu'un agirait ainsi ? Le domaine était-il découpé en chancelleries ? Un testament est-il à l'origine du problème ? Et pourquoi personne n'a arrêté votre oncle ?

— Parce que le domaine lui appartenait. Mais que de

questions ! Et vous, que connaissez-vous donc des domaines et des chancelleries ?

Un léger sourire se dessina sur les lèvres de Tristan en sentant qu'il tenait là le moyen de faire dériver la conversation vers des récifs moins dangereux.

— Je croyais que vous étiez une femme de la ville…

— J'ai peut-être l'air de n'avoir pour moi que mon joli minois, Tristan, mais maman était déterminée à ce que j'accomplisse mon destin et que j'épouse un homme titré ou, à défaut, doté d'une grosse fortune.

Marquant un petit temps d'arrêt, elle haussa les épaules avant de reprendre :

— Je devais donc savoir assez de choses pour ne pas risquer de devenir une idiote. Aujourd'hui, je possède donc des talents que l'on peut utiliser à bon escient.

— Vous êtes pour moi tout sauf une idiote, rétorqua-t-il tout en résistant à la tentation de l'attirer dans ses bras et de tout lui dire.

Que savait-elle au juste ?

— Merci pour le compliment, répondit-elle avec un petit geste de la main. Je connais bien sûr mes limites, mais je ne suis pas un bas-bleu comme Emma Stanton. Et si je ne suis pas non plus l'excellente femme d'intérieur qu'est ma belle-sœur, je n'en reste pas moins décidée à devenir pour vous un atout sur le plan social et à rehausser votre statut au sein de la société.

— Jusqu'ici, je ne me rappelle pas m'être jamais soucié de ce genre de choses.

— Que faisiez-vous avant de rentrer en Angleterre ?

— Je jouais aux cartes et menais une existence dissolue.

Tristan s'arrêta, cherchant la meilleure façon de continuer. Que pouvait-il se permettre de révéler ? Que devait-il dissimuler jusqu'au moment où il saurait à quoi s'en tenir sur les véritables motivations de Lottie ?

— La plupart des histoires que lit votre cousine contiennent un élément de vérité.

— Avez-vous honte de la vie dissolue que vous avez menée pendant dix ans ?

Tristan aurait voulu saisir l'expression de Lottie quand elle posa cette question, mais le rebord de son chapeau de paille l'en empêcha.

— Le devrais-je ?

Il haussa un sourcil, tourna de nouveau ses pas vers l'auberge et ajouta :

— Vous allez sans doute mal me juger mais, non, je n'ai pas honte. Tout ce que j'ai fait, je l'ai fait dans un but précis que j'avais promis d'atteindre. Or, comme j'ai eu l'occasion de vous le dire, je tiens toujours mes promesses...

Il se tut, s'attendant au petit cri d'horreur qui accueillerait son discours, au lieu de quoi Lottie lui pressa le bras tandis qu'entre ses sourcils naissait un pli minuscule qu'il se retint de ne pas chasser du bout des doigts.

— Certaines personnes comme ma cousine vous diraient que vous devriez avoir honte, mais je n'en suis personnellement pas persuadée. Vouloir tenir ses promesses et faire le nécessaire pour y parvenir est quelque chose de fondamental. Est-ce cela qui me rend parfois méchante ? Tout le monde le prétend mais je ne vois pas de quelle façon cette... méchanceté se manifeste chez moi. En tout cas, je sais que mes intentions sont bonnes.

— Je ne puis changer le passé. Ce que j'ai fait, je l'ai fait aussi pour pouvoir survivre.

S'arrêtant devant l'écurie de l'auberge, il prit Lottie par les épaules.

— Me faites-vous confiance, Lottie ?

— Mais...

Suspendant sa phrase, celle-ci carra les épaules, respira profondément et répondit :

— Je vous fais confiance car vous êtes mon mari, que je suis certaine que vous avez agi de votre mieux et que vous veillerez sur moi dans l'avenir.

Un léger sentiment de culpabilité le traversa. Que dirait Lottie si elle savait ce qu'il avait fait ? Mais il écarta aussitôt cette question, certain que la mise à l'épreuve qu'il lui imposait ne serait pas vaine pour lui apprendre que la vie était beaucoup plus complexe que ce qu'elle pouvait imaginer.

— De mon côté, je vais m'appliquer.

Le silence régnait dans la salle enfumée de l'auberge quand Lottie y pénétra avec son futur mari. La foule des conducteurs de troupeaux et des ouvriers qui s'y trouvait déjà les considéra fixement. La jeune femme se suspendit au bras de Tristan et tourna son visage contre l'ample redingote pour tenter de se protéger de l'odeur fétide qui régnait dans la grande pièce.

Lui posant une main sur l'épaule, il lui souleva le menton tout en cherchant son regard.

— Vais-je vraiment devoir traverser cette... assemblée ? demanda-t-elle. C'est tout de même ici qu'une femme a tenté de m'acheter mes pendants d'oreilles et mes cheveux ! De plus, elle a paru furieuse que sa proposition ne m'intéresse pas.

— Pour parvenir à la chambre, il vous faudra traverser la foule. Mais je serai près de vous.

Le léger contact des doigts de Tristan contre les siens la fit frissonner.

— Rappelez-vous, Lottie, que vous ne serez jamais obligée de vendre quoi que ce soit pour subsister. Je vous fournirai tout ce dont vous aurez besoin.

— Mais nous faut-il absolument rester ici ? insista-t-elle.

— J'ai déjà réglé la chambre.

Elle soupira.

— Moi qui pensais que cette auberge ressemblerait à l'auberge de relais où maman et moi sommes descendues lors de notre déplacement dans le Yorkshire...

Sur cette remarque, elle s'efforça d'appliquer un sourire courageux sur ses lèvres tout en cherchant un mouchoir propre dans son réticule. Mais elle ne trouva que l'ancien, moins frais encore que celui qu'elle tenait à la main.

— L'auberge dont je vous parle proposait de vastes chambres claires, poursuivit-elle, et son propriétaire avait de bonnes joues rondes et rouges. Alors que cette auberge-ci n'a probablement pas reçu le moindre coup de chiffon ni de balai depuis la dernière rébellion jacobite. Le plafond est littéralement noir de fumée.

— Je regrette qu'elle ne soit pas à la hauteur de ce que vous attendiez, mais c'est celle où nous allons passer la nuit.

— Elle n'est en effet pas telle que je l'espérais.

Tout en parlant, Lottie tentait de rassembler ses jupes pour échapper aux flaques mal identifiées qui parsemaient le sol. En vain. Un petit cri de détresse lui échappa.

— C'était ma meilleure robe d'après-midi...

— La chambre est mieux que cette salle, lui assura Tristan en lui pressant légèrement le bras.

— L'avez-vous visitée ?

— Dyvelston !

Une voix venait de héler Tristan.

— Toi, ici ! dit un homme en se dressant d'une table non loin. Juste le gars qu'il me fallait pour une partie de cartes !

— Un ami à vous ? demanda Lottie, le front plissé.

Son mari était un joueur, ne le lui avait-il pas révélé de lui-même tout à l'heure ? Autrement, qui aurait pu le saluer avec une telle familiarité dans un endroit pareil ?

Elle pensa immédiatement à son propre père, à sa détestation des cartes et à la façon dont il les rendait responsables de la déchéance de son propre frère. Pour certains hommes, les cartes représentaient en effet plus qu'un passe-temps et devenaient une manière de vivre, une religion.

— C'est quelqu'un que j'ai connu, répondit Tristan d'un air vague.

— Quelqu'un de l'époque de votre vie dissolue…, continua-t-elle en s'appliquant à conserver une voix normale. Allez-vous commencer une partie avec lui ?

Tristan fronça les sourcils.

— Je vous retrouve dans la chambre. Ne vous inquiétez pas.

— Et ensuite ?

— Nous venons de nous marier, Lottie.

— Ce n'est pas une réponse.

— C'est pourtant la seule que vous aurez, riposta Tristan en se dirigeant vers l'escalier. Que faites-vous à présent ? Vous venez avec moi ou vous préférez attendre que quelqu'un vous propose de vous acheter autre chose ? Ou encore de vous faire accoster par quelqu'un ?

— Je viens.

Elle contourna une seconde flaque boueuse et, se hâtant vers Tristan, le rejoignit juste au moment où il ouvrait la porte menant à l'étage supérieur.

Elle le suivit dans l'escalier, longea un étroit passage et grimpa une nouvelle volée de marches. Il fallait qu'elle tienne ses peurs à distance. Tristan la conduisait à leur chambre et ne l'avait pas abandonnée pour aller jouer aux cartes. Henry, lui, l'aurait fait. Il n'était en effet pas rare qu'il abandonne Lucy. Qu'il l'ignore. Or, Lottie attendait plus de son mariage que ce que Lucy avait jamais récolté du sien. Elle était également décidée à montrer à Henry et à Lucy sa capacité à remporter des succès dans différents domaines.

Tristan ouvrit la porte et se tourna vers elle.

— Comment trouvez-vous le logement ? s'enquit-il avec un sourire lugubre.

Elle resta sidérée. Au lieu du grand lit, du feu ronronnant et de la baignoire qu'elle s'attendait à découvrir derrière la porte, elle avisa une pièce sans charme, garnie de meubles semblant dater de la première partie du siècle précédent. Le lit affaissé avec son couvre-lit taché et grisâtre occupait une grande partie de la chambre et semblait prendre plus d'importance à chaque seconde qui passait.

Ce lit qu'elle était censée partager avec Tristan...

Pour la première fois de son existence, elle se tenait seule dans une chambre avec un homme quasi inconnu. Elle s'efforça de respirer à fond. Non, Tristan n'était pas un quasi-inconnu. Il était son mari, l'homme qui l'avait prise dans ses bras la veille au soir. Qu'attendait-il d'elle ?

Tout à coup, même la salle commune du rez-de-chaussée lui semblait moins effrayante que cette pièce.

Elle aurait voulu avoir Lucy près d'elle pour pouvoir lui poser ses questions. Sa mère, en revanche, ne lui aurait été d'aucun secours. Jusqu'à présent, tout ce qu'elle avait su lui dire était que les hommes étaient des animaux agissant comme ils l'entendaient, mais que, malgré cela, les femmes devaient préserver leur dignité. *Des animaux...* Lottie fit la grimace, peu désireuse de songer aux mouches et aux insectes qui rôdaient. Elle s'inquiétait suffisamment pour ne pas se demander en plus si elle allait se faire dévorer toute crue.

Déglutissant avec difficulté, elle risqua un œil vers Tristan. Il la regardait, immobile, semblant penser à une chose en particulier.

— Vous ne dites rien, mon épouse, dit-il soudain. Cette pièce correspond-elle à vos attentes ?

Elle retint la réflexion amère qui lui brûlait les lèvres. Tristan n'était pas responsable du choix de cette chambre. Probablement n'avait-il pas les moyens de leur en offrir une plus belle. Eût-il su qu'elle avait dans son sac le billet de Lord Thorngrafton, qu'il s'en serait sans doute procuré une meilleure. Mais ce n'était pas le cas.

— Je suis sûre que cette chambre sera parfaite pour la nuit, répondit-elle avec courage.

Pourtant, le nœud qui grandissait dans sa gorge rendait de plus en plus difficile le fait de prétendre la chambre agréable et d'ignorer le lit qui trônait en son milieu.

— Nul doute que votre maison sera mieux que cela, hasarda-t-elle.

— Peut-être. Ou peut-être pas.

Tristan haussa les épaules.

— Cela fait tant de temps qu'elle est inhabitée...

Elle n'osa répondre. Tout ce qu'elle voulait était que Tristan la prenne contre lui. Que tout soit comme la veille au soir car lorsqu'il posait les lèvres sur les siennes, elle n'avait plus besoin de s'inquiéter de rien.

— Y a-t-il un problème, Lottie ?

Tristan lui avait posé une main sur l'épaule. Il l'attira vers lui et l'embrassa sur les tempes. Le souffle qu'elle sentit sur son visage était brûlant.

— Confiez-vous à moi. Qu'est-ce qui vous trouble ? Pourquoi n'aimez-vous pas vous trouver seule ici avec moi ? Hier, sur la terrasse, je pense pourtant que vous appréciiez ma présence.

— Rien ne me trouble, repartit-elle en levant le visage vers le sien et en rencontrant sa bouche.

Leurs lèvres se touchèrent, s'entrouvrirent, se goûtèrent. Un tremblement la traversa et l'enflamma. Un petit gémissement s'échappa du fond de sa gorge. Son corps s'arqua, se tendit. Comment pouvait-elle réagir de cette manière ? Cela la stupéfiait.

Soudain, Tristan retira ses mains. Leur baiser était terminé. L'air froid s'engouffra entre eux. Son mari la fixait, une question au fond des yeux. Mais il ne tenta plus de la toucher.

— Lottie, douce Lottie.

Elle posa la main sur son ventre, avec l'espoir que cette impression de fondre s'arrête. Qu'allait-il arriver maintenant ? À peine la question l'eut-elle effleurée qu'elle repoussa les ébauches de réponses qui lui venaient. Son visage devait être tout rouge, mais tant pis.

Qu'adviendrait-il si Tristan ne la respectait pas ? Cette idée lui mettait la tête à l'envers, l'affolait. Il fallait qu'elle trouve le moyen de respirer à fond, de récupérer le contrôle de ses pensées et de ses désirs.

L'odeur de bois fumé et de cuisine qui se répandit dans la pièce lui en offrit l'occasion toute trouvée.

— Serait-il possible de manger quelque chose ? Je n'ai presque rien avalé depuis hier soir et mon dîner avait été frugal. Je me sens un peu faible.

Sa phrase lui plut. Mieux venue que si elle avait exprimé ses états d'âme. À l'évidence, elle avait fait quelque chose de mal, sans avoir aucune idée de quoi précisément. Ni de la raison pour laquelle Tristan l'avait finalement repoussée, changeant d'attitude sans raison apparente.

— Je vais voir.

Tristan posa la main sur la poignée de la porte.

— Cela vous donnera le temps de vous changer et de vous mettre à votre aise.

— Pourriez-vous aussi envoyer quelqu'un pour m'aider ?

— Vous aider ?

— J'ai besoin d'une servante.

Lottie eut un petit haussement d'épaules.

— Je ne puis me déshabiller toute seule.

Il eut l'air stupéfait, puis son visage s'éclaira. Et quand il reprit la parole, ce fut d'une voix de velours :

— Incapable de vous déshabiller ? Si je jouais le rôle de servante ?

Revenant vers elle, il la prit par les épaules.

— Je possède une certaine expérience des rubans, des lacets et de la manière de les détacher.

Lui ? Quelle raison avait-il de lui dire cela ? La prenait-il donc pour une catin ? À la pensée de Tristan en train de lui retirer ses vêtements, elle se sentit la bouche sèche. En même temps qu'une autre phrase de sa mère lui revenait en mémoire : « Une lady ne doit jamais manifester de passion. Une lady capitule. Elle se soumet. »

Mais Lottie n'était pas prête à donner son âme à Tristan. Elle n'avait pas non plus envie de le repousser.

Hier soir, au Shaw's Hotel, les baisers qu'il lui avait donnés avaient éveillé en elle quelque chose de très profond. Une sorte de faim vitale. Pour autant, il devait la respecter. Elle était son épouse, non sa courtisane. Et même si elle doutait que les deux soient très compatibles, c'était une combinaison qu'elle aurait adoré réussir à créer.

— Mon corset s'attache dans le dos. Il est donc très délicat à délacer et je pense que l'aide d'une servante serait mieux venue. Plus... digne.

— Si tel est votre souhait... C'était juste une proposition de ma part.

La voix de Tristan avait perdu de sa chaleur et son ton était devenu plus neutre.

— J'ai déjà eu à délacer certains habits au cours de ma... folle jeunesse.

— Votre *folle jeunesse* ? Pour les hommes, c'est différent. Personne n'attend... Personne ne commente...

Lottie le considéra avec attention. Qu'éprouverait-elle si elle sentait ses doigts d'homme lui caresser la peau ? Ses lèvres l'effleurer comme hier soir ? Allait-il l'aider ? Se mettre de son côté ? Elle n'osait le lui demander de peur de l'entendre répondre non. Oh ! bien sûr, elle savait qu'il n'aimait guère les questions, mais elle se serait autorisé n'importe quoi susceptible d'étouffer cette terreur qui grandissait en elle. Comment Tristan la trouverait-il en la voyant nue ? Ces doigts de pied qu'elle ne supportait pas, les aimerait-il ? Une sorte de panique aveugle s'empara d'elle. D'un côté elle, qui ignorait tout de l'amour charnel, de l'autre Tristan, le débauché habitué aux femmes qui savaient plaire aux hommes.

— Lottie, ma douce, dites-moi ce que vous voulez. C'est notre nuit de noces.

La voix de Tristan lui faisait l'effet d'une étoffe de velours et de soie se promenant sur sa peau.

— Il me serait très utile d'avoir quelqu'un, s'obstina-t-elle à répéter en commençant à arpenter la pièce, incapable de demeurer en place et encore moins de réfléchir. À Gortner Hall, aurai-je une servante pour m'aider à m'habiller et à me déshabiller ? Chez moi, je partageais une bonne avec maman. Et, chez tante Alice, cousine Frances et moi nous entraidions. Bien sûr, ce n'était pas l'idéal, mais je me débrouillais. Il n'est pas nécessaire qu'elle soit française. N'importe laquelle fera l'affaire. Je pourrai moi-même lui montrer comment brosser mes cheveux. Cela ne me posera aucun problème.

À mesure qu'elle parlait, elle voyait les yeux de jais devenir plus froids.

— Je vais vous faire envoyer une serveuse avec du pain et du fromage.

Sur ces mots, Tristan s'inclina et ouvrit la porte de la chambre.

— Je ne serai pas long. Le temps pour vous d'endosser une tenue convenable.

— *Convenable*, oui... Je serai convenable.

— Et... Lottie, inutile de paniquer. Je vais vous envoyer la servante. N'oubliez pas non plus de respirer en attendant. C'est toujours utile.

— Je ne panique pas.

Elle s'interrompit et sourit.

— Et je n'ai pas non plus envie de m'évanouir.

— C'est un début.

L'instant suivant, Tristan sortait et refermait la porte derrière lui avec douceur. Lottie respira mieux. L'absence de son mari allait lui permettre de recouvrer son équilibre et de se mettre en condition pour ne pas risquer de s'abandonner à la passion. Pour rester digne. De cette manière, Tristan la respecterait. Car les hommes voulaient des épouses qu'ils puissent respecter et qui, de leur côté, puissent les aider. À ne pas oublier… Elle suivit le bruit de ses bottes pendant qu'il descendait l'escalier. À chaque marche, le désespoir s'incrustait un peu plus en elle.

Sa passion avait-elle condamné leur mariage avant même qu'il eût commencé ?

Tristan s'assit pour consommer sa seconde pinte. L'aubergiste avait trafiqué la bière au point qu'elle ne ressemblait maintenant plus qu'à un liquide vaguement boueux et difficilement identifiable. Mais peu importait. Avant de regagner la chambre, il voulait laisser à Lottie le temps dont elle avait besoin. Autour de lui, on jetait des dés sur les tables et la fumée rendait irrespirable l'air déjà chargé d'odeurs. Quelques *ladies* pratiquaient leur commerce. Difficile d'imaginer endroit moins recommandable. Mais cela servait son but. Toutefois, il se demandait si, à un moment ou à un autre, il n'avait pas commis une erreur.

Lorsqu'il avait proposé à Lottie de tenir lieu de servante, il l'avait vue pâlir. En silence, il avait alors maudit Mrs Charlton ou la personne, quelle qu'elle fût, qui avait parlé de certaines choses de la vie à Lottie en des termes apparemment inconsidérés. Jamais encore il n'avait fait l'amour avec une jeune fille. Et encore moins une jeune fille qui fût sa femme.

Il était donc de sa responsabilité de l'éveiller correctement aux mystères du corps et de lui enseigner la passion. Pour cela, devinait-il sans mal, il devrait prendre son temps et ne pas forcer sa femme un seul instant. Surtout en un lieu qui, comme celui-ci, risquait de lui laisser un souvenir particulièrement détestable.

Tristan regarda le fond de sa pinte. C'était son rôle de

chercher où se déroulerait sa première étreinte avec Lottie. À l'urgence de son propre désir physique, il devait privilégier l'importance d'offrir à sa jeune épouse une première relation physique douce et réussie. C'était là une lourde responsabilité et elle reposait sur ses épaules. En y parvenant, il ferait de son union un mariage de passion tel qu'il le souhaitait. De cette passion qu'il avait décelée en Lottie lorsqu'ils s'étaient embrassés.

Ultime gorgée. Tristan termina sa pinte.

— Thorngrafton ! C'est toi ?

Une grosse main venait de le clouer à son tabouret.

— J'ai expliqué à Saidy que tu ne répondais plus à l'appellation de *Dyvelston* depuis que ton oncle était parti retrouver ses ancêtres, et que c'était pour cela que tu l'avais ignoré. C'est fou comme on oublie vite…

— McGowan…

Tristan reposa sa pinte en hochant la tête. La seule chose dont il se réjouissait était que McGowan ne l'ait pas alpagué en présence de Lottie. Car il devait maintenir sa jeune femme dans l'ignorance de son titre pendant encore quelques jours. Pas plus. L'épreuve à laquelle il la soumettait *devait* donner de bons résultats.

— As-tu une raison précise de te trouver ici, à Gretna Green, McGowan ?

— Disons que je passais par là, répondit l'homme. Mais je suis tout surpris de te découvrir dans un bouge comme celui-ci. Je te croyais un habitué des élégants relais de poste.

— J'ai mes raisons d'être ici.

— Et qui n'ont bien sûr rien à voir avec la jolie blonde qui se trouvait avec toi. Un beau brin de fille ! Quand tu en auras fini avec elle, je veux bien que tu me la passes !

McGowan termina sur un rire aussi odieux que sa réflexion.

— C'est ma femme.

— Alors, s'il te plaît, transmets mes compliments à *Lady* Thorngrafton, dit aussitôt l'homme.

Mais son regard appuyé fit comprendre à Tristan qu'il n'accordait pas foi à sa déclaration.

— N'aurait-elle pas une sœur ou deux… ou trois ?

— Je veillerai en tout cas à ce qu'elle ait vent de ton compliment, répondit Tristan, les mâchoires crispées.

Mais il n'ajouta rien, tant il refusait d'expliquer quoi que ce fût à McGowan, une connaissance de l'époque où il cherchait encore à associer son nom au plus grand nombre de scandales possible. Aujourd'hui, la différence entre les deux hommes était très marquée. En effet, si McGowan avait pu, à une époque, passer pour un beau garçon, les abus de toutes sortes écornaient aujourd'hui sévèrement sa beauté.

— La dernière fois que j'ai entendu citer ton nom, lui dit McGowan, on évoquait autour de moi ton indéniable réussite dans les chemins de fer.

— Les gens parlent trop, mais il est vrai que je n'ai plus de problèmes d'argent.

— Dans ce cas, qu'est-ce que tu fabriques dans cette auberge ?

— J'ai mes raisons, répéta-t-il en se tournant vers le barman à qui il commanda une nouvelle pinte.

Avant d'ajouter à l'adresse de son ancien complice :

— Permets-moi de payer cette tournée.

— As-tu le temps pour une partie de cartes ? insista McGowan. En souvenir du bon vieux temps… Je me rappelle comment nous jouions jusqu'à l'aube, toi et moi. Mais tu savais tout de même t'arrêter quand il le fallait. Jamais je n'ai vu quelqu'un capable de garder la tête aussi froide.

— Tu joues toujours ?

— Avidement ! Tu aurais dû voir l'argent que Saidy a ramassé, il n'y a pas longtemps, contre un lord fraîchement débarqué d'Inde et qui se prenait pour un nabab. Un nabab qui se prenait en plus pour le roi des cartes…

McGowan partit d'un bruyant éclat de rire :

— Sauf qu'au bout du compte c'est nous qui l'avons plumé !

— Alors, je préfère te regarder jouer, dit Tristan en souriant. L'idée qui était en train de naître dans sa tête sur la manière de donner une bonne leçon à son cousin Peter lui plaisait. Manière qui ressemblait un peu à celle qu'il avait commencé à utiliser avec Lottie.

— J'ai une proposition à te faire, à toi et à Saidy. Un petit travail qui exploitera vos talents à bon escient. Vous serez, de plus, grassement récompensés.

— Tu m'intéresses beaucoup...

Chers Henry et Lucy,

Je ne puis vous raconter le splendide mariage que Tristan et moi avons vécu. Je suis sûre que vous-mêmes n'avez jamais vu cela et auriez été stupéfaits ! Sans parler de votre fierté ! Quant à moi, mon pas n'a jamais faibli et j'ai prononcé mes vœux assez fort pour que tout le monde les entende.

Lottie éloigna son visage de sa lettre pour essuyer une larme. Pas de taches sur le papier. Jamais son frère et sa belle-sœur ne sauraient que son mariage avait été tout sauf merveilleux. Cette honte aurait été trop dure à supporter.

D'une main tremblante, elle ajouta quelques lignes pour s'enquérir de l'état des nerfs de sa mère, puis de la santé de ses nièces et de ses neveux. Lorsqu'elle eut cacheté l'enveloppe, elle la tendit à la servante.

— Est-ce que ce sera tout, madame ? demanda la jeune fille.

— Votre assistance n'est plus requise, répondit Lottie en attrapant ses dernières pièces au fond de son réticule. Vous avez été d'une aide précieuse. Tenez... Ceci devrait payer le timbre et récompenser votre peine. J'apprécie beaucoup l'aide que vous m'avez apportée pour ma robe.

La servante fit une petite révérence et sortit. Au loin, une porte claqua et l'écho d'un pas lourd se répandit dans l'escalier. Se précipitant immédiatement vers le lit, Lottie plongea à l'intérieur, s'attendant à voir la porte s'ouvrir et son mari faire son apparition.

Rien.

Il y eut de nouveaux pas. Plusieurs personnes grimpaient l'escalier. Puis des voix se firent entendre. Quelques hommes ivres discutaient de l'argent qui restait au fond de leur bourse tout en se demandant de manière fort audible si l'une ou l'autre des jolies *ladies* du rez-de-chaussée ne voudraient pas monter leur réchauffer leur lit.

Lottie ramena aussitôt le drap sur son corps et jeta autour d'elle un regard hagard, à la recherche d'un tisonnier ou d'un autre objet qui pourrait l'aider à défendre son honneur. De tout son être, elle attendait avec impatience que Tristan apparût et vînt la réconforter.

Quand elle entendit les voix des ivrognes s'éloigner, elle s'efforça de se détendre. Ses doigts crispés sur le drap se desserrèrent.

Enfin, juste avant que le sommeil l'emporte, sa dernière pensée fut pour Tristan. Il était maintenant clair qu'elle ne l'intéressait pas. S'interdisant de pleurer, elle balaya les quelques larmes qui roulaient sur ses joues. Pleurnicher ne servait à rien. Sauf à se retrouver avec un nez ridiculement rouge.

En tout cas, tout le monde aurait bien ri d'apprendre que l'incomparable Lottie Charlton passait sa nuit de noces toute seule dans une auberge sale et mal famée, apeurée par les conducteurs de bestiaux ivres et abandonnée par son mari qui l'avait épousée par devoir et venait de la laisser seule pour aller jouer aux cartes, qu'elle portait, en guise de tenue de mariage, une robe ordinaire déchirée et un chapeau de paille à moitié écrasé, et que son alliance se révélait être un vulgaire anneau de fer.

Non, ce n'était pas ainsi que l'existence était censée se dérouler. Pas du tout.

Lottie abattit son poing dans l'oreiller en prenant une ferme décision : quoi qu'il advînt, à partir de maintenant, elle triompherait de ses épreuves. Oui, elle allait faire de son mariage une glorieuse réussite car elle méritait mieux que ce qui était en train de se passer entre Tristan et elle.

7

— Hé, vous là-dedans ! Debout ! On a besoin de la chambre. Vous n'avez payé que jusqu'au matin et le jour est levé !

Quelqu'un tambourinait si fort contre la porte que le fracas arracha Lottie à son sommeil. Sentant un bras peser de tout son poids autour d'elle, elle comprit que hier n'avait pas été un rêve. Elle était bel et bien mariée, Tristan se trouvait au lit avec elle et ses fesses étaient pressées contre lui de la plus suggestive manière. Tout son être était d'ailleurs empli de la chaleur qu'il dégageait, depuis son torse puissant jusqu'à son souffle chaud qu'elle sentait contre sa nuque.

Il avait regagné la chambre pendant la nuit et, épuisée, elle ne s'était pas réveillée.

Aurait-elle dû ? se demanda-t-elle en se mordillant la lèvre.

Quant à Tristan, s'était-il même soucié de savoir si elle dormait ?

À partir de maintenant, elle allait devoir se montrer une meilleure épouse. Une épouse qui ne donnerait pas envie à son mari de partir se réfugier dans d'interminables parties de cartes. Elle fronça les sourcils. Finalement, peut-être que sa mère avait raison et que sa façon passionnée de réagir aux baisers de Tristan avait dégoûté celui-ci… Elle espéra de tout son cœur se tromper.

Tournant à moitié la tête, elle capta soudain le regard si profond de son mari qui l'observait. Cette constatation lui coupa le souffle et lui fit perdre le fil de sa pensée. Elle ne put que se noyer dans les yeux noirs tandis qu'une faim intense montait en elle.

— Bonjour, dit-il en posant sur sa peau une main qui la fit frissonner. Vous dormiez comme un ange quand je suis venu me coucher.

— Il y a dans le couloir quelqu'un qui frappe à toutes les portes, dit-elle en se rattrapant à ce qui lui restait de bon sens. À ce que j'ai compris, il réclame de l'argent. Lui en devons-nous ?

— Cet homme n'entrera pas ici.

— Moi, je crois que c'est quelqu'un qui ne songe qu'à faire un maximum de profit. Rien que pour cela, il serait capable de casser notre porte.

Elle luttait de son mieux contre la panique qui montait et menaçait de l'engloutir.

— Ne vous inquiétez pas pour cela, repartit Tristan. Il n'irait tout de même pas jusqu'à abîmer ce qui lui appartient…

— Tristan !

Le bruit s'amplifiait. Lottie venait de se boucher les oreilles avec les mains.

— Si vous insistez… C'est entendu, je vais voir ce que je peux faire pour préserver votre sensibilité.

Sur ces mots, Tristan se leva et traversa la pièce, apparemment inconscient de sa nudité. Dans le soleil levant, sa peau prenait des reflets de bronze. Lottie considéra le torse musclé où bouclait une toison noire avant de s'obliger à lever les yeux plus haut. Elle avait dormi avec un homme nu et s'était éhontément blottie contre lui. Cela faisait-il d'elle une dévergondée ?

Tristan enfila son pantalon et ferma les boutons.

— Comment pouvez-vous conserver ainsi votre flegme ? demanda-t-elle en remontant son drap jusqu'au menton. Nous allons nous faire couvrir de honte ! L'aubergiste se trouve juste devant la porte d'à côté, j'en suis sûre, je l'entends…

— La chambre ! Vous rendez tout de suite votre chambre ou vous me donnez de l'argent !

L'homme martelait les portes de plus belle.

— J'ai la loi pour moi ! ajouta-t-il.

— Si vous insistez, cria alors un homme, nous allons partir en moins de temps qu'il ne faut pour le dire. Mais ce sera pour aller chercher l'agent de police !

Ce fut ensuite la voix d'une femme qui s'éleva avec fureur contre ce qu'elle appela un abus de pouvoir.

— Elle a raison ! cria un autre client. Cessez de hurler ainsi, vous allez réveiller les morts !

— Êtes-vous en train de me conseiller d'aller chercher l'agent de police ? Eh bien, c'est ce que je vais faire. Et nous vous ferons sortir d'ici jusqu'au dernier. Je tiens un établissement respectable, moi !

Lottie fixa la porte avec horreur. Mais que se passait-il donc à l'extérieur ? L'aubergiste était-il vraiment en train de vouloir arracher de l'argent à chacun ? Allait-on la traiter comme une moins-que-rien ?

— S'il vous plaît, Tristan, Je vous en conjure…, faites quelque chose !

Elle accompagna sa supplique d'un geste vers la porte derrière laquelle les clients s'emportaient de plus en plus contre l'aubergiste.

— Je ne suis pas habillée de manière décente, pas en état de… S'il vous plaît !

— Détendez-vous, Lottie. Notre chambre est payée et nous nous y trouvons en sécurité. Mais si vous êtes inquiète…

Il ouvrit la porte, sortit et la claqua derrière lui.

— Y a-t-il un problème ?

Le début d'une réponse étouffée parvint à Lottie. Puis, le bruit mat du coup de poing qui suivit lui rendit inutile d'attendre la suite. Dieu merci, elle n'aurait pas à subir l'humiliation d'être jetée à la porte de l'auberge dans le plus simple appareil ou presque. Et si l'aubergiste revenait ? Ramenant une mèche de ses cheveux derrière l'oreille, elle tenta de recouvrer ses esprits.

Tristan revint, marcha droit vers elle et lui prit le visage dans ses mains.

— Il est parti, Lottie. Vous pouvez cesser de trembler de peur. Vous n'entendrez plus cet homme aboyer ni essayer d'entrer dans notre chambre.

— Quelle honte ! Jamais je n'aurais pu supporter une telle humiliation ! Quand je pense à ce malheureux couple qui occupe la chambre voisine.

Lottie se concentra sur sa respiration pour essayer de la ralentir un peu.

— Pensez-vous que cet homme et cette femme viennent de se marier ?

— Je n'en ai aucune idée. Le seul but que j'avais en tête était que l'aubergiste cesse de vous terroriser.

— Merci.

Voyant les muscles de Tristan frémir sous la peau mate, elle sentit ses lèvres s'entrouvrir.

— Sans doute aurais-je dû venir me coucher plus tôt, remarqua-t-il. Vous auriez pu m'exprimer votre gratitude plus à votre aise. Mais il est trop tard pour les regrets, ajouta-t-il en lui effleurant le bras. La matinée passe et nous perdons notre temps.

— Où allons-nous ? s'enquit-elle très vite. Quels sont vos plans pour la journée ?

Si Tristan continuait ainsi à lui caresser le bras, elle allait oublier toutes ses bonnes résolutions avant même d'avoir quitté le lit.

— Mon intention est que nous gagnions Gortner Hall, le domaine dont j'ai hérité au nord de la Tyne...

Tristan retira ses mains, se leva et gagna le pied du lit pour y récupérer sa chemise.

— Là où nous passerons notre vie, compléta-t-il.

— Il n'y aura donc pas de voyage de noces ?

Lottie détesta la note plaintive contenue au fond de sa voix. Elle n'ignorait pas que son mariage était peu orthodoxe, mais elle avait pensé qu'ils partiraient tout de même quelque temps en voyage de noces, qu'ils s'éloigneraient un peu avant de se retrouver complètement enterré à la campagne. Même Henry avait emmené Lucy en France où ils avaient passé une semaine à Calais.

Mais *elle*, visiblement, n'irait nulle part... Oh, bien sûr, il y aurait toujours quelqu'un pour affirmer que sa punition était méritée... N'en demeurait pas moins qu'elle rêvait depuis toujours de connaître un splendide voyage de noces...

— Je n'avais pas prévu de me marier, répondit Tristan. De nombreuses tâches requièrent mon attention au domaine. Gortner Hall est demeuré trop longtemps vacant et il y a beaucoup à faire pour lui rendre sa magnificence d'autrefois.

Lottie s'entoura les genoux de ses bras en essayant de ne plus songer à cela. Il fallait maintenant qu'elle se montre pratique, qu'elle oublie ses élans inconsidérés de jeune fille et se rappelle qu'elle n'avait pas épousé un prince de conte de fées ! Avec le temps, les choses finiraient par s'arranger.

Pourtant, malgré ses bonnes résolutions, elle sentait un petit îlot de résistance se forger en elle. Décidément, plus vite ils parviendraient à Gortner Hall, mieux cela vaudrait. Mais comment s'y rendre ? Le cocher de Lord Thorngrafton était parti à présent !

La longue plainte qu'elle perçut dans le lointain lui donna une idée :

— Si nous prenions le train ? Il y en a un qui va à Carlisle. J'ai entendu Henry en parler l'autre soir pendant le dîner. La vitesse qu'atteint cette machine est à peine croyable : en certains endroits, elle dépasse les quarante miles/heure. Et la première classe est équipée de vrais fauteuils !

Tristan, qui était en train de fermer sa chemise, suspendit son geste et recouvra son air distant. Lottie s'agita un peu. Qu'avait-elle encore dit qu'elle n'aurait pas dû ? Qu'y avait-il de mal à avoir évoqué ce train ? Elle n'avait tout de même pas suggéré d'acheter une voiture !

— Prendre le train dont vous parlez coûte beaucoup d'argent, déclara Tristan. Le tiers d'un mois de revenus d'un paysan...

— Que vous n'êtes pas, repartit-elle en s'efforçant de rendre à sa respiration un rythme normal.

Que voulait dire Tristan exactement ? Qu'ils étaient pauvres ?

— Vous êtes né gentleman.

— Quand vous aurez vu tout ce qu'il y a à faire au domaine...

Tristan fit suivre son commentaire d'un petit haussement d'épaules.

— Mes mains ressembleront bientôt à celles d'un fermier.

— Vous ne suggérez tout de même pas que nous fassions le chemin à pied ! s'écria-t-elle en s'efforçant de ponctuer sa question d'un éclat de rire.

— Marcher est une façon de voyager comme les autres. Les gens de la campagne la pratiquent tout le temps.

— Oui, mais...

Elle songea à ses souliers et regretta de ne pas avoir emporté de bottes. Mais comment aurait-elle pu imaginer qu'il serait question pour eux d'effectuer de longues distances à pied ? Si cela devait se produire, elle aurait besoin de bottes solides. En même temps, leurs deux billets auraient coûté moins cher qu'une paire de bottes... Qu'est-ce que Tristan avait en tête ?

— Gortner Hall se trouve au nord de la Tyne, dit-elle, et nous sommes actuellement en Écosse. Or, avec une voiture équipée de chevaux rapides, il nous a fallu une nuit, au départ de Gilsland, pour arriver ici. Combien de temps serait nécessaire pour parcourir à pied la distance qui nous sépare encore de votre domaine ? Un jour ? Deux jours ?

— Passer une nuit ou deux à la belle étoile dans une botte de foin complice ne vous tenterait pas ?

Les yeux noirs étincelaient quand Tristan noua sa cravate d'un geste expert. Mais Lottie remarqua que son air distant ne l'avait pas quitté. On aurait dit qu'un inexplicable mur s'était élevé entre eux.

— Nous n'en sommes sûrement pas réduits à la mendicité…

Comme elle réalisait la portée de sa phrase, la couverture qu'elle tenait contre elle lui échappa. Mendier, être prise pour une vagabonde, devenir objet de mépris. Il existait forcément un moyen d'éviter tout cela.

— Ma dot… Nous pouvons emprunter dessus le prix de deux billets première classe dans le train express.

— Je n'ai pas la moindre idée du montant de votre dot.

Tristan avait presque terminé de s'habiller. Le dieu nu du petit matin avait disparu. À sa place se tenait l'homme lointain, celui qui l'avait laissée seule dans la cour.

— Votre frère et moi n'avons pas eu le temps de discuter de son montant. Sans douter que, le moment venu, il saura se montrer juste, jusqu'à ce que mon banquier m'annonce que je suis obligé d'emprunter de l'argent, je ne le ferai pas, Lottie. Surtout sur votre dot. C'est le meilleur moyen de me retrouver à Newgate ou dans l'une de ces prisons réservés aux débiteurs insolvables.

Elle se posa une main sur le ventre. Son estomac se rebellait. La prison… L'hospice… Se penchant en avant, elle s'appliqua à récupérer la couverture tombée à terre.

— Y êtes-vous déjà allé ?

— Oui.

Elle fit voler sa main vers sa bouche pour étouffer un petit cri de surprise. Son mari dans une prison pour débiteurs insolvables. Son mari… Quelle remarque bien polie pouvait couvrir l'incident ? Elle fut incapable de rien trouver.

— Y êtes-vous demeuré longtemps ? demanda-t-elle alors, puisqu'il était trop tard. Est-ce aussi horrible que ce que l'on rapporte ?

Tristan paraissait être devenu de pierre. Yeux plissés, il lui caressa les cheveux. Contact léger mais réconfortant. Elle résista au besoin urgent de lui prendre la main pour y déposer sa joue.

— J'étais venu rendre visite à un ami qui connaissait des moments difficiles. L'endroit est loin d'être agréable.

— Vous ne devriez pas vous moquer ainsi de moi…, remarqua-t-elle sans pouvoir s'empêcher de libérer un soupir de soulagement.

Son mari n'était ni un irresponsable ni un coureur de dot. Il était allé soutenir un ami en prison.

— De votre côté, rétorqua-t-il, vous pourriez avoir de moi meilleure opinion…

Elle inclina la tête.

— Pourquoi dites-vous cela ?

— Parce que je suis votre mari.

Elle claqua dans ses mains. Il fallait que Tristan comprenne. Certes, elle appréciait les choses coûteuses mais cela ne l'empêchait pas d'avoir le sens de l'argent et de savoir à quelle vitesse on pouvait parfois le perdre.

— J'ai appris la prudence, Tristan. Beaucoup trop d'hommes considèrent les femmes riches comme une manière de se débarrasser de leurs dettes sans devoir nullement renoncer à leur vie de débauche. Mais une débutante réalise très vite le danger.

— Sur la terrasse, l'autre jour, vous ne vous montriez pourtant guère prudente…

— C'était différent.

Elle eut un petit geste de la main.

— J'étais guidée par d'autres préoccupations.

— Et à présent, vous avez découvert qui j'étais.

Comme il lui passait le bout de son pouce sur les lèvres, ce geste simple éveilla en elle une kyrielle de sensations qui émurent son corps tout entier.

— Je ne serai redevable à aucun homme, Lottie.

— J'ai un peu d'argent. Nous pouvons envoyer un message à Henry...

— Je n'ai pas besoin de votre argent. La charité n'a jamais fait partie de mes recours.

— L'orgueil est une chose, mais il n'a rien à voir ici. Je suis votre épouse.

— Vous-même venez de me faire un discours sur les coureurs de dot.

— Si les coureurs de dot se contentaient d'acheter deux billets de train en première classe, ils ne seraient pas très gênants. Nous avons tout de même un certain rang à tenir.

Tristan haussa un sourcil.

— Vraiment ?

— Oui.

Elle sentait le désespoir la gagner. À quoi rimait toute cette scène ? Il fallait que Tristan comprenne et reconnaisse que ses raisonnements ne rimaient à rien.

— Gortner Hall doit se trouver à des miles et des miles d'ici ! reprit-elle. Ce sont des journées entières que nous perdrions s'il nous fallait les employer à marcher.

— J'ai assez d'argent pour nous faire atteindre Gortner Hall, reprit Tristan, le regard froid. Avec le train parlementaire. À Carlisle, la correspondance nous mènera à Hexham et de là, nous attraperons un coche. J'ai acheté deux billets hier. C'est mieux de préparer ce genre de choses à l'avance.

Les trains parlementaires... Ceux dont Gladstone avait ordonné qu'il en circule un par jour et qu'il s'arrête à chaque station. Le cœur de Lottie se décrocha.

— Les trains parlementaires sont tellement lents qu'ils vont à peine plus vite que les diligences. À bord, on ne trouve que la troisième classe, tous les wagons sont dotés d'un toit de métal et les sièges sont en bois.

Les mots avaient franchi ses lèvres tout seuls. Elle tressaillit en voyant la mâchoire de Tristan se crisper.

— Nous devons sûrement pouvoir prendre l'express, insista-t-elle. Quel coût supplémentaire cela représenterait-il ?

— Il n'y a rien de mal à voyager dans des conditions ordinaires, Lottie. Gardez votre argent pour le jour où nous en aurons vraiment besoin.

Malgré cette sévère conclusion, Tristan la prit contre lui. Sentant le corps irrésistible se plaquer contre le sien, il resserra son étreinte.

— Il est temps, reprit-il, que vous compreniez que vous êtes mariée avec moi et non avec quelqu'un qui, comme Sir Geoffrey, dispose d'un train privé pour ses déplacements. En ce qui nous concerne, même avec ses arrêts interminables, le train parlementaire saura nous mener à bon port.

— Je n'ai jamais voulu épouser Sir Geoffrey, jamais. Il était trop âgé. Plus âgé que maman.

Cédant à la tentation, elle posa en parlant la tête contre le plastron de Tristan, cherchant son équilibre dans le bruit sourd et régulier de ses battements de cœur.

— C'est ma mère qui voulait que je l'épouse.

— Et votre propre désir, quel était-il ?

Comme Tristan lui soulevait le menton, elle rencontra ses grands yeux noirs et n'eut plus qu'une envie, de s'y noyer. Une brusque chaleur lui traversa le corps.

— Trouverons-nous le temps de l'explorer ? continua Tristan en lui effleurant la commissure des lèvres. Douces et tentantes...

Lui entourant le cou de ses bras, elle entendit, dans l'escalier, des bruits de pas qui lui rappelèrent où elle se trouvait et ce qui risquait d'arriver si, avec Tristan, ils se laissaient aller.

— En ce qui me concerne, il me semble l'avoir déjà exploré puisque, contre l'avis de ma mère, c'est vous que j'ai épousé.

Sur ces mots, elle recula d'un pas et obligea ses jambes à la conduire jusqu'à l'endroit où la servante lui avait posé ses vêtements la veille au soir. Là, elle passa ses bas, se glissa à l'intérieur de ses jupons et enfin, attrapa son corset.

— Votre désir se limitait-il à cela, Lottie : épouser un homme jeune ?

Ignorant la remarque, elle se concentra sur la cordelette de ses jupons.

— Si vous voulez que nous quittions cette chambre à temps pour attraper le train parlementaire, il va falloir que vous m'aidiez à m'habiller. De mon côté, je vais devoir renoncer à deux jupons. Il nous reste trop peu de temps avant l'arrivée du train.

Tristan ne bougea pas. Seul son regard brûlait d'un feu intense comme s'il apprenait par cœur la scène qui se déroulait sous ses yeux. Lottie sentit ses joues devenir toutes chaudes tandis que l'une des illustrations du livre d'Aristote lui revenait en mémoire. Les hommes aimaient-ils tous regarder les femmes s'habiller ?

— J'accepte de vous rendre ce service uniquement parce que notre aubergiste en a après ses clients, déclara Tristan en lui déposant un baiser sur la nuque avant de lui lacer son corset aussi vite qu'il put.

Elle s'efforça de ne pas bouger. Se retourner et se blottir dans ses bras aurait été si simple !

— J'aurais, de loin, préféré passer la matinée dans cette chambre avec vous, déclara-t-il au même instant comme s'il lisait dans ses pensées.

— Vous devriez serrer davantage le corset, indiqua-t-elle en guise de réponse.

Si elle se concentrait bien, toutes les sensations qui l'envahissaient disparaîtraient.

— Non. Vous allez finir par vous faire mal.

— Que représente une petite douleur si elle permet d'être à la mode ?

Là-dessus, Lottie ajouta dans un rire :

— Je croyais que vous aimiez la finesse de ma taille ? Lorsque nous avons dansé ensemble, je me souviens de la manière dont vos mains l'ont entourée.

— Entre votre désir de partir vite et celui de serrer votre corset, nous nous trouvons dans une impasse, Lottie. Et puisque c'est moi qui dois vous lacer, je décide que votre corset restera lâche.

Il lui effleura la taille.

— Elle est bien assez fine ainsi.

— Quand j'aurai ma nouvelle femme de chambre…

— Si vous l'avez… Qui sait ? Vous pourriez préférer mes services…

Le souffle de Tristan lui chatouillait l'oreille.

Au lieu de s'abandonner à l'envie qui lui commandait de se presser contre lui, elle attrapa sa robe et l'enfila par la tête pendant qu'au fur et à mesure Tristan la faisait glisser le long de son corps. Sans qu'elle lui demande rien, il la ferma par-derrière. Et quand il lui posa les mains sur les épaules, ses doigts étaient brûlants.

Elle se tendit légèrement, refusant de s'abandonner à cette sensation exquise.

— Le parlementaire…, souffla-t-elle.

— Vous êtes vraiment déterminée à attraper ce train.

— C'est surtout l'aubergiste qui est déterminé à se débarrasser de nous. Et de votre côté, vous ne détestez pas me taquiner.

— Voici qui est tout à fait juste.

— Or, si nous ratons ce train, nous devrons prendre

le suivant demain. Et nous n'avons pas l'argent qui nous permettrait de passer une autre nuit ici.

Tristan la fixa de ses grands yeux noirs.

— Savez-vous combien j'ai avec moi, Lottie ?

Elle inspira profondément. Quand elle ne pouvait plus changer les choses, elle ne se le cachait pas. Elle savait en outre nécessaire de tirer le meilleur parti de chaque situation. Comme lorsqu'on l'avait bannie de Newcastle lors du dernier Noël ou qu'on lui avait offert pour son anniversaire un livre de poèmes au lieu des peignes en écaille dont elle rêvait. Oui, chaque fois, elle avait su considérer sa situation sous un angle nouveau.

— Si nous devons partir, autant le faire maintenant, dit-elle. Et puis, qui sait, peut-être apprécierai-je le train parlementaire ? Après tout, je ne l'ai jamais pris. Lorsque j'étais à Haydon Bridge, je voyageais avec l'express.

— Le parlementaire sera une expérience beaucoup moins onéreuse.

— Une chose m'étonne : comment avez-vous fait pour séjourner au Shaw's ? Mon frère s'est donné beaucoup de peine pour nous expliquer, à ma mère et à moi, combien l'endroit coûtait cher. Henry est revenu plusieurs fois à la charge dans l'après-midi et encore au moins une fois au cours du souper.

— Oh... c'est Lord Thorngrafton qui a arrangé cela.

Le regard de Tristan se déroba.

— La suite avait été retenue à son nom.

— Toutefois... vous ne vous montrez pas très indulgent à son égard.

Elle se pencha vers Tristan. Il fallait que celui-ci abandonne ses préjugés contre son cousin.

— Apparemment, il essaie de vous hisser au sein de la société. À ma connaissance, en effet, il n'a aucune raison de se comporter de manière aussi amicale avec vous.

— C'est parfaitement exact. Mon cousin semblait même

plutôt contrarié quand il m'a revu pour la première fois. Il me pensait sur le continent, perdu pour l'éternité et sans la moindre intention de remettre un jour le pied sur le sol d'Angleterre.

Elle fronça le nez.

— Vous devriez vraiment cesser de le dénigrer. Le résultat serait atroce si quelqu'un lui rapportait vos commentaires. Il... Il m'a même donné de l'argent.

Tristan se pétrifia. Il semblait avoir tout à coup basculé dans un état de vigilance anormale.

— Pourquoi aurait-il fait cela ?

— Au cas où je changerais d'avis. Du moins est-ce ce que le cocher m'a rapporté en me remettant le billet de banque.

— Le cocher vous a dit cela.

Le ton de Tristan était glacial.

— Que vous a-t-il dit d'autre ? Qu'est-ce que Lord Thorngrafton vous veut ? À quoi ce paiement était-il censé correspondre ?

— Il ne m'en a pas informé, répondit Lottie qui conservait la tête haute.

Comment aurait-elle en effet pu révéler à Tristan que Lord Thorngrafton avait pensé son propre cousin capable d'abandonner la femme qu'il venait d'épouser ? Comment aurait-elle pu éloigner davantage les deux hommes quand elle savait l'importance pour Tristan d'entretenir une bonne relation avec Lord Thorngrafton ?

Le rire qui sortit de sa gorge ressembla au bruit d'un ongle qui griffe une ardoise. Impossible de mentir à Tristan.

— Peut-être s'imagine-t-il que, par gratitude, je pourrais finir par devenir sa maîtresse ? À l'automne dernier, ses intentions à mon égard se sont révélées rien moins qu'honorables, je le sais. Les femmes sentent ces choses.

— Au Shaw's Hotel, pensiez-vous que les miennes l'étaient ? Est-ce pour cela que vous êtes sortie avec moi sur la terrasse ?

— Ce soir-là, je ne pensais à rien du tout, répondit-elle en toute honnêteté. Pour la première fois de ma vie, je n'ai pas songé aux conséquences éventuelles de mon acte.

Elle marqua une imperceptible pause et reprit d'une petite voix :

— Si je l'avais fait, peut-être ne serions-nous pas là en ce moment.

— Peut-être...

Tristan tendit la main et attrapa le sac. Dos tourné, il demanda soudain :

— Pourriez-vous devenir la maîtresse de Lord Thorngrafton ? Il a la réputation d'être un excellent amant, et devenir une maîtresse peut paraître exaltant à certaines femmes.

— Comment pouvez-vous me demander une chose pareille ? Je suis votre épouse !

— Lord Thorngrafton est... unique. Et les titres de noblesse ont l'art de subjuguer beaucoup de femmes.

— Raison de plus pour ne pas le contrarier. Mais vous pouvez dormir tranquille. Si j'avais eu ce genre de velléité, je n'aurais certainement pas attendu jusqu'à maintenant... c'est-à-dire jusque après mon mariage avec son cousin pour me rapprocher de lui !

Lottie tenta de ponctuer sa remarque d'un rire, mais, intérieurement, elle bouillait. Lord Thorngrafton ne l'attirait pas du tout. Le seul homme qui l'ait jamais fait fondre se tenait devant elle. Pourtant, c'était comme s'il était atteint d'une maladie d'amour empêchant qu'on le touche, alors qu'elle rêvait de recouvrer un contact physique avec lui. Oui, à l'instar de son sourire, son toucher lui était devenu indispensable. Mais elle se serait laissée mourir plutôt que de le reconnaître ou de reconnaître combien le fait qu'il l'ait rejointe aussi tard la nuit dernière – celle de leur mariage – l'avait blessée.

— Pourquoi m'avoir parlé de ce billet il y a seulement quelques minutes ? demanda Tristan. Pourquoi ne pas l'avoir fait avant ?

— J'avais honte.

Lottie fit tourner son alliance en fer autour de son annulaire.

— Vous risquiez de croire que je n'avais pas confiance en vous, voire que j'avais moi-même demandé à Lord Thorngrafton de me donner de l'argent pour m'enfuir à la première occasion.

— Alors pourquoi me l'avoir finalement révélé ?

Elle détourna la tête. Impossible de lui exposer les raisons de sa décision. Elles étaient trop récentes et trop crues. Pas question de s'exposer à de nouvelles moqueries de sa part.

— Si nous partions, à présent ? Je vous rappelle une fois encore qu'il ne passe qu'un parlementaire par jour.

— Vous êtes une énigme, Lottie. Moi qui m'attendais à vous voir fondre en larmes...

— Il est certaines choses que je peux changer. Sur d'autres, je ne puis rien. À moi de savoir faire la différence. C'est ma nounou qui m'a appris cela lorsque j'étais petite.

Sur ces mots, elle se tourna vers son oreiller. Heureusement, il ne portait plus trace des larmes qu'elle avait versées en attendant son retour la veille au soir. À quoi aurait servi que Tristan sût qu'elle avait pleuré sur sa désertion la nuit de leurs noces ?

Elle accorda un dernier regard à la chambre. Rien, hormis les draps froissés, ne gardait la moindre trace de leur passage. Elle était mariée et avait passé là une nuit avec son mari, la première d'une longue suite.

À présent, elle partait affronter le train parlementaire et ses compagnons de voyage inconnus.

8

À peine le parlementaire se fut-il arrêté à Carlisle que tout le monde se précipita vers les portières pour descendre en même temps. Une dame très forte asséna même un coup dans les côtes de Lottie avec son panier et lui jeta un regard furieux quand celle-ci fit mine de protester. Lottie qui fut, quant à elle, l'une des dernières à débarquer. Elle se sentait encore toute courbatue par son séjour pourtant court sur les bancs de bois.

— Combien de temps allons-nous devoir attendre ? demanda-t-elle à Tristan alors que le train s'éloignait dans un vacarme étourdissant en les laissant sur le quai.

— Environ deux heures, répondit-il en consultant sa montre gousset. Le parlementaire à destination de Newcastle part en fin de journée.

— N'y a-t-il pas de train plus tôt ?

— Si, mais ce n'est pas un parlementaire, répliqua-t-il en lui lançant un regard acéré.

Elle redressa les épaules et inspira profondément, décidée à demeurer digne.

— Une fois arrivés à Hexham, comment procéderons-nous ?

— Nous trouverons un moyen. Ils ont parlé de construire une voie de chemin de fer qui mènerait jusqu'au nord de la Tyne, mais rien n'est encore fait. Ils ont trop d'endroits plus rentables dont s'occuper d'abord…

— Une fois sur place, ne nous reste donc qu'à espérer trouver nous-mêmes un moyen de transport.

— J'ai envoyé une lettre au domaine. Un attelage devrait nous attendre à Hexham.

— Un attelage !

Lottie pria en silence pour qu'il s'agît d'un véhicule confortable, à l'image de celui de Lord Thorngrafton, équipé de sièges profonds et d'un toit pour se garder de la pluie, et non d'une voiture tirée par un pauvre poney tremblant, trop exposé aux changements climatiques de l'été anglais comme celui de tante Alice.

— Quoi que Mrs Elton ait pu trouver, ce ne sera rien de très luxueux.

La voiture dont elle avait rêvé s'éloigna. Lottie lui adressa un adieu silencieux. Il fallait rester positive. Cela aurait pu être pire.

Elle releva le menton.

— Du moment que je n'aurai pas à marcher…

— Je ferai de mon mieux pour qu'il en soit ainsi.

Sur cette affirmation, Tristan la prit par le bras et la mena jusqu'à la salle d'attente de la troisième classe. La pièce ne disposait ni des fauteuils ni du feu de bois de la première, mais au moins, elle était propre. Respectable, donc. Sans plus.

— Vous pourrez patienter ici si vous voulez.

— Où allez-vous ? demanda-t-elle en retenant à grand-peine la petite note de panique qui perçait dans sa voix.

— Essayer de trouver un journal. J'aimerais avoir quelques nouvelles de Londres.

Les yeux de Tristan se plissèrent.

— Puis-je vous faire confiance pour que vous demeuriez dans cette salle ? À moins que vous ne préfériez venir déambuler un peu avec moi dans les rues de Carlisle ?

— Ne m'avez-vous pas fait remarquer que ma robe n'était pas faite pour la marche ?

Un frisson la parcourut. Elle n'avait pas envie qu'on la montre du doigt. Surtout qu'elle pouvait rencontrer quelqu'un de sa connaissance. Comme ils riraient tous d'elle ensuite ! Lottie Charlton... Dyvelston, habillée n'importe comment. L'humiliation serait insupportable.

— Si c'est ce que vous désirez...

— Non, mais j'ai appris ma leçon, répondit-elle en regardant autour d'elle.

Dans la petite salle d'attente, quelques hommes dans des redingotes qui ne leur allaient pas et aux cols serrés lisaient le journal tandis que, dans un coin, plusieurs enfants jouaient aux billes. L'endroit était paisible.

— Je pense que je serai tranquille ici. Suffisamment pour pouvoir me reposer un petit moment.

Il lui passa un doigt sous le menton.

— Je vous garderai en sécurité, vous pouvez m'accorder votre confiance.

— Vous l'avez gagnée hier, chuchota-t-elle en retour.

Ses lèvres tendaient vers le baiser et une douce chaleur montait en elle. Songer à embrasser son mari en public ? Ceci ne signifiait-il pas qu'elle était en train de devenir une dévergondée ?

— Merci pour cette réponse, dit Tristan.

Il lui prit une main gantée, la souleva jusqu'à ses lèvres et s'en fut.

Lottie porta le gant à ses lèvres en regardant Tristan s'éloigner, tandis que lui revenait le souvenir de son émotion quand elle s'était réveillée ce matin contre lui. Ce soir, sans doute trouverait-il du temps pour elle et serait-elle, de son côté, capable de contrôler sa passion. Pour ne pas risquer de le dégoûter en manifestant trop d'intérêt pour ce qu'il lui faisait ni de lui fournir une excuse pour qu'il la quitte.

Elle s'installa sur l'un des bancs de bois, brossa sa robe du plat de la main et tressaillit en remarquant la boue qui s'était infiltrée à l'intérieur du tissu. À voir ce vêtement maintenant, personne n'aurait pensé qu'il s'agissait de sa robe de soie et de cachemire. Celle-ci ressemblait plutôt à un vêtement que l'on met de côté pour une servante. Lottie eut un sourire désabusé. Personne ne penserait qu'elle n'était pas à sa place dans cette salle d'attente de troisième classe...

Le temps s'étira. Pour se distraire, elle s'amusa à inventer des historiettes sur les personnes qui attendaient avec elle dans cette salle d'attente. N'importe quoi pourvu que cela lui permît de ne pas songer à Tristan et à l'arc de ses lèvres. La façon dont il s'était conduit aujourd'hui avec elle lui avait enseigné que c'était un homme bon. Oui, elle avait épousé un homme honnête et bon.

— Pourriez-vous nous rendre un service, belle dame ?

Une petite main s'était posée sur sa jupe. Elle leva les yeux. Une fillette d'environ huit ans se trouvait tout près d'elle, semblant sortie de nulle part. Accroché à sa grande sœur et le visage barbouillé de larmes, un garçon encore plus jeune la considérait de ses yeux largement ouverts.

— Notre nounou a disparu.

— Je ne suis pas sûre de pouvoir faire quelque chose..., balbutia Lottie, incertaine.

— S'il vous plaît, miss ! S'il vous plaît, aidez-nous ! Vous avez l'air si gentille et nous sommes perdus !

Lottie considéra les enfants avec attention. Leurs vêtements étaient de bonne façon mais sales, et le pantalon du petit garçon était rapiécé à un genou. Le visage de la petite fille aussi était balayé par les larmes, et leurs joues à tous les deux étaient striées de charbon et de poussière comme s'ils avaient traîné dans la gare de triage.

— Je vais faire ce que je peux, répondit-elle tout en regardant vers la porte dans l'espoir de voir arriver Tristan. À quoi ressemble votre nounou ? Où l'avez-vous perdue ?

Les enfants se mirent à répondre en même temps et à

évoquer la manière dont on les avait pris en chasse depuis qu'ils s'étaient égarés. Lottie se posa l'index sur les lèvres pour qu'ils se calment.

— D'accord..., je vais vous aider. Pour commencer, il nous faut trouver le chef de gare. À mon avis, il est dans les wagons de première classe. Quant à votre nourrice, je suis sûre qu'elle aussi est en train de vous chercher.

— Un garde nous a dit que nous n'avions pas le droit d'aller dans les premières classes, dit la petite fille, toute pâle. Il nous a traités de *sales gosses* et nous a chassés. Ensuite, c'est un méchant monsieur qui est venu vers nous et a essayé de nous enlever.

— Oui ! renchérit son petit frère. Il voulait nous prendre pour faire du pâté avec notre chair. Il a dit aussi qu'on ne reverrait jamais nounou ni maman ni papa.

— Chut, Charley.

— Mais..., Verbena, tu sais bien ! C'est pour ça qu'on s'est cachés dans le tas de charbon !

Lottie s'agita sur son siège, mal à l'aise. Son expérience de la veille lui revenait avec trop de clarté. Des choses pires que celles qu'elle avait personnellement vécues pouvaient arriver. Même à de jeunes enfants. Nouveau coup d'œil vers la porte. Tristan ne revenait toujours pas. Comment faire ? Elle pressa ses doigts contre ses lèvres et réfléchit.

— Je vais faire tout mon possible pour vous aider à retrouver votre nounou. Probablement vous cherche-t-elle sur le quai. J'en suis même presque sûre.

Le visage des enfants s'éclaira. De son côté, le petit garçon déposa un baiser timide sur le gant de Lottie en disant :

— Merci, belle dame.

— Si nous commencions par vous débarbouiller un peu les joues et le front ? Pour vous rendre plus présentables...

— Oui, mais nous avons perdu nos mouchoirs, répondit la petite fille.

Lottie sortit le sien. D'une main leste, elle fit presque disparaître les traces.

— Gardez-le, leur dit-elle ensuite. Vous avez davantage besoin de ce mouchoir que moi.

Enfin, prenant les deux petits par la main, elle se dirigea vers le quai en leur recommandant de bien regarder autour d'eux. La nounou devait être en train de les chercher, et Lottie ne doutait pas de la trouver, elle ou quelqu'un d'autre.

Pourtant, à part une pile de bagages et un porteur, le quai était vide. Elle tapa du pied, regrettant de ne pas avoir attendu Tristan. Comme elle cherchait une issue, une idée lui traversa l'esprit. Et si elle s'était trompée ? Si, en fait, les enfants voyageaient en première classe et que, rendus confus par leur aventure, ils s'étaient dirigés par erreur vers la salle d'attente de la troisième ? Ce n'était pas impossible. La nounou se serait endormie et les enfants seraient partis à l'aventure. N'avait-elle pas agi de même lorsqu'elle était petite avant qu'on la retrouve, en pleurs, réfugiée dans une écurie ?

Cinq minutes plus tard, tête haute, elle tournait le bouton de porte de la salle d'attente de la première classe et pénétrait dans la pièce. Un steward la bloqua immédiatement avec dédain. Les lèvres plissées, il la détailla, ainsi que les enfants, de haut en bas.

— Eh bien, que faites-vous ici avec ces enfants dégoûtants ? Je vais devoir vérifier vos billets. Vous n'avez le droit d'entrer ici que si vous êtes passagère de première classe.

La moue dont il soutint sa diatribe disait assez clairement qu'il en doutait.

— Je suis à la recherche de la nounou de ces petits, dit Lottie avec simplicité. Ils ont dû se tromper et se rendre en troisième classe où je les ai croisés.

D'une indifférence totale, le steward se lança dans un long discours sur les lois et les règles de la compagnie de chemin de fer ainsi que sur la procédure à suivre pour déposer une plainte. Comment Lottie réussit-elle à résister à son envie pressante de lever les yeux au ciel ? Avait-elle donc tellement l'air d'une racaille ?

Ce fut à cet instant, alors qu'elle ne savait plus comment se faire entendre de l'employé borné, qu'une femme plus âgée et à l'air très inquiet fit son entrée dans la salle d'attente en compagnie du chef de gare. À peine les enfants l'aperçurent-ils qu'ils se ruèrent dans ses bras avec un cri de joie.

— Dieu vous bénisse, ma chère, dit la femme à Lottie. Je les ai cherchés partout ! À peine ai-je détaché mes yeux une seconde de ces deux fripouilles qu'elles s'étaient envolées, évanouies dans l'air ! Leur mère aurait été folle d'inquiétude. Elle souffre terriblement des nerfs.

Un nœud se forma dans la gorge de Lottie tandis que les enfants se mettaient à parler tous les deux en même temps. Tristan comprendrait pourquoi elle avait déserté la salle d'attente, elle en était sûre. L'espace d'un instant, elle s'abreuva du spectacle des petits, enfin heureux d'avoir retrouvé leur nounou.

— C'est un plaisir d'avoir pu vous aider, déclara-t-elle à la nounou quand les enfants eurent fini de raconter leur histoire.

— Voulez-vous quelque chose pour la peine que vous vous êtes donnée ? demanda la femme en regardant déjà à l'intérieur de son réticule.

— Non. Rien. Merci.

Lottie se tenait droite comme un I. Personne ne lui avait encore jamais proposé d'argent. C'était la première fois. Or elle n'avait fait que son devoir. Une bonne action si évidente qu'elle ne méritait nulle récompense.

— Le sourire des enfants est en soi une récompense suffisante, termina-t-elle.

— Si vous êtes sûre…, dit la nounou sans pouvoir s'empêcher de tendre une pièce à tout hasard. Vous avez sauvé mon emploi. Je n'ose penser à ce qui se serait passé si…

— Tout à fait sûre. Cela a été un plaisir. D'autant que je pense que les enfants ont compris la leçon à présent.

En guise d'acquiescement, les petits hochèrent vigoureusement la tête.

— Puisque vous le dites… Mais le maître ne va pas apprécier. Ni milady. Ils aiment aider ceux qui ont moins d'argent qu'eux.

— J'y tiens, dit Lottie en souriant.

Tournant les talons, elle se dirigea vers la porte. Avec un peu de chance, Tristan ne serait pas encore revenu quand elle arriverait en salle d'attente et elle pourrait lui expliquer l'histoire en toute gaieté à son retour. La seule chose qu'elle ne lui rapporterait pas était la *récompense* qu'on lui avait proposée.

Elle se rapprochait de la sortie quand, trébuchant sur le bord d'un tapis, elle se redressa *in extremis*, échappant à la chute.

— Je suis absolument désolée, dit-elle tout haut. J'avais l'esprit ailleurs.

Une femme et sa fille, habillées à la dernière mode, ramenèrent en hâte leurs jupes autour d'elles comme si elles encouraient un quelconque risque de contamination. Le cœur de Lottie fit une embardée. Les deux femmes lui faisaient penser au duo qu'elle-même formait encore avec sa mère quelques mois plus tôt. Drapées d'autosuffisance, elles avançaient, aveugles à tout ce qui les entourait. Ces femmes avaient-elles croisé les enfants à un moment ou à un autre ? Si oui, l'idée de les interroger sur ce qu'ils faisaient, tout seuls, dans la gare, les avait-elle au moins effleurées ?

Elle hocha la tête. L'aveuglement et la stupidité des gens étaient insondables…

Et elle ? Un frisson la traversa. Combien de situations aussi délicates avait-elle ignorées ? À côté de combien de faits importants était-elle passée sans regarder, trop occupée par sa seule personne ? Heureusement, cette fois, elle avait su ouvrir les yeux. Et agir. Toujours frémissante, elle reprit sa marche.

— Certaines personnes se comportent d'une de ces manières, maman...

La plus jeune des deux femmes agitait son éventail en toisant Lottie.

— Elles s'imaginent que le train et la gare leur appartiennent ! insista-t-elle.

— Ces personnes-là ne savent pas où se trouve leur place, ma chère ! renchérit sa mère d'une voix perçante. Quelle impolitesse ! Notre salle d'attente est censée être réservée aux gens bien élevés.

— Je doute que vous en connaissiez, murmura Lottie.

— Est-ce à moi et à ma fille que vous vous adressez ? demanda la femme plus âgée en la détaillant avec arrogance. Vous devriez savoir parler autrement aux gens qui vous sont supérieurs.

— Je sais. Et je le fais quand j'en rencontre, répondit-elle avec calme.

La tête haute, elle s'apprêtait à passer quand mère et fille se mirent à glapir si fort et d'un air tellement outré que, peu à peu, un groupe se forma autour des trois femmes.

— Savez-vous qui je suis ? interrogea la plus âgée.

Lottie reconnut le ton impérieux qu'employait sa mère quand elle s'adressait à quelque boutiquier hostile.

— Cela a-t-il la moindre importance maintenant que les enfants ont retrouvé leur nounou ? répondit-elle en sentant son ventre se serrer.

Jamais on ne lui avait encore discuté le droit de se trouver dans une salle d'attente de première classe.

— Ignoriez-vous que la récompense serait coquette ?

— Je pouvais m'en douter.

Lottie prit son sourire le plus aguerri.

— Il était en effet facile de remarquer que ces petits étaient bien traités et allaient manquer à leur famille.

— Quel aplomb ! Elle a probablement volé elle-même ces

enfants, décréta l'aînée des deux femmes d'un air suffisant qui dissimulait mal un sourire mauvais. Je vais tout de suite en informer le steward.

— Oui, appelle-le, maman ! Pourquoi n'y ai-je pas pensé moi-même ? Certaines personnes aiment se donner de grands airs. Il devrait exister une loi !

Lottie tourna les yeux vers les visages hostiles qui l'entouraient et la considéraient de haut. La plupart des gens présents l'avaient pourtant vue refuser la pièce de monnaie que lui proposait la nounou. Ils savaient aussi qu'elle avait ramené les enfants par simple bonté d'âme. Mais aucun ne se donna la peine de le dire.

— La récompense a été pour moi les larmes de joie que ces petits ont versées en retrouvant leur nounou. C'est seulement aux gens très niais qu'il faut se donner la peine d'expliquer ce genre de choses.

Sur ces mots, elle releva le menton, ignorant le steward qui avançait vers elle au pas de charge en la fixant de son regard porcin.

— À présent, vous voudrez m'excuser, mais je crois l'air plus sain dans la salle d'attente de la troisième classe…

Elle sortit de la pièce en veillant à ne pas trébucher. Ses mains tremblaient quand elle s'adossa au mur pour s'accorder un court instant de répit et remettre de l'ordre dans ses pensées.

Comment les gens pouvaient-ils se montrer aussi cruels ?

Portant la main à ses lèvres, elle s'interdit de pleurer. Dommage que tout ce qu'elle entreprenait fût sujet à de fausses interprétations. Redressant les épaules, elle prit la résolution de ne jamais se conduire comme ces deux femmes ni comme les voyageurs de la salle d'attente.

Elle avait parcouru la moitié du chemin la ramenant en troisième classe lorsqu'elle reconnut Tristan, un journal sous le bras, qui se dirigeait vers elle.

Sourcils froncés, il lui dit d'un air terrible :

— Vous arrivez de la première classe. N'essayez pas de nier, je vous ai vue sortir de la salle d'attente avec précipitation.

Elle leva la main pour l'intimer au silence.

— Avant de sauter aux conclusions hâtives, apprenez que j'avais une très bonne raison de m'y trouver.

— Je ne doute pas que vous le pensiez, en tout cas.

Haussant un sourcil, Tristan poursuivit :

— Qu'étiez-vous donc partie y chercher ? Un siège plus confortable ? Un endroit où vous ne seriez pas mêlée aux gens ordinaires ?

Le cœur de Lottie dégringola dans sa poitrine. L'ironie de la situation était terrible et ne lui échappait pas. Elle s'éclaircit la gorge. Cette fois, si Tristan ne comprenait pas, il ne comprendrait jamais.

— Ne vous avisez surtout pas de me dire que ma place n'était pas là-bas ! dit-elle, excédée. J'ai entendu proférer assez de stupidités de cet ordre pour aujourd'hui. À commencer par le steward qui a tenté de me repousser alors que j'étais à peine entrée.

— Vous êtes-vous rendue là-bas pour prouver quelque chose ?

Tout en parlant, Tristan tapotait, à intervalles réguliers, l'extrémité de son journal contre la paume de sa main.

— Ne vous avais-je pas dit ce qui arriverait ?

— Je suis allée accompagner des enfants égarés qui cherchaient leur nounou.

Comme Tristan se détendait et s'abstenait de nouveaux commentaires, elle lui rapporta toute l'histoire.

Il l'écouta avec attention, hochant la tête à plusieurs reprises.

— Les passagers de la salle d'attente ont vraiment été horribles, dit-elle en guise de conclusion. C'est avec plaisir que je vais retrouver la troisième classe.

— Qu'ont-ils fait ?

— Tout pour me faire comprendre que je n'étais pas à ma

vraie place. La nounou m'a même proposé de l'argent pour me *récompenser*.

Elle fit disparaître d'un geste vif les larmes qui lui montaient aux yeux.

— Bien sûr, j'ai refusé.

Tristan l'entoura de son bras, La force qu'il diffusa se répandit immédiatement en elle.

— Certaines personnes ne prêtent attention qu'à l'apparence extérieure, remarqua-t-il.

— Mais… même si ma robe est froissée et tachée par endroits, j'ai l'air présentable, se défendit-elle en reniflant. Elle n'a que six mois et sa coupe est très actuelle.

Tristan lui attrapa le menton entre le pouce et l'index.

— À moi, vous me paraissez présentable, si ce n'est un petit peu froissée. Voulez-vous aller vous asseoir dans la salle d'attente de la première classe ? Si oui, j'irai prendre les arrangements nécessaires. C'est très faisable.

Lottie secoua la tête. Après ce qu'elle venait de lui rapporter…

— Plus maintenant que je connais les snobs qui l'occupent.

— Vous aviez de bonnes intentions, Lottie. Vous avez fait ce qu'il fallait faire.

— Je sais, mais pourquoi gâchent-ils tout sans arrêt ?

— Il va bientôt être temps de monter à bord du train. Oubliez ces gens. Ils sont sans importance.

Elle lui posa une main sur l'avant-bras.

— Ils étaient tous aussi atroces les uns que les autres…

— Réalisez-vous à présent les ravages que peut opérer l'orgueil ? s'enquit Tristan tandis qu'elle remarquait une étrange lumière s'allumer dans ses yeux.

— Jamais je ne me suis conduite de la sorte.

— En êtes-vous certaine ?

Elle réfléchit. Dorénavant, en tout cas, elle ferait l'effort de regarder les gens qui l'entouraient et de converser aimablement avec eux au lieu de commencer par essayer de définir leur statut social. La leçon avait été rude. Malheureusement, il lui était impossible d'expliquer tout cela à Tristan. Il risquerait de la prendre pour un monstre. Or, elle n'était pas un monstre.

— À ma connaissance, je n'ai jamais agi ainsi, réitéra-t-elle. Et j'espère ne pas me tromper en l'affirmant.

9

Sourcils froncés, Tristan examinait la gare de triage. Lui qui avait compté sur Mrs Elton pour leur envoyer un métayer avec un véhicule n'apercevait rien de tel. Juste quelques chariots plutôt mal en point. Or, jamais Mrs Elton ne leur aurait envoyé un véhicule aussi lent, incapable de rallier le domaine en un temps raisonnable. Il jura entre ses dents. À l'évidence, il allait falloir se débrouiller autrement.

— Quelque chose ne va pas, Tristan ? interrogea Lottie en abrégeant ses adieux avec la veuve d'un fermier. Je vois à votre expression qu'il y a un problème. Est-ce parce que le train est arrivé avec une demi-heure de retard ? De toute façon, nous ne pouvons plus rien y changer.

— Il semblerait que mes prévisions se révèlent fausses. Aucun véhicule ne nous attend. Curieux… Mrs Elton se montre en général très efficace.

— L'aubergiste n'a peut-être pas envoyé votre lettre. A priori, je ne lui faisais pas confiance.

— C'est probablement cela.

Il étudia de nouveau la gare qui se vidait très vite. Hélas, aucun chariot de ferme pour faire son apparition magique. De son côté, il n'avait pas l'intention de demeurer immobile en attendant le miracle.

— Allons voir si les écuries sont ouvertes, dit-il. Là, ils

auront sûrement un attelage à nous louer. J'aimerais arriver à Gortner avant la tombée de la nuit.

— Mais... Est-ce que cela ne va pas coûter trop cher ?

Il inclina la tête sur le côté. Lottie avait changé depuis ce matin. Dans le train, elle avait parlé aux gens à côté d'elle et distrait quelques enfants en leur chantant des chansons. Qu'est-ce qui relevait du spectacle et qu'est-ce qui était authentique ? Bien qu'il n'en sût rien, il était au moins certain que quelque chose s'était passé en elle. Il eut un léger sourire. Son propre plan fonctionnait. Oui, Lottie commençait à songer aux autres.

— Avez-vous une meilleure proposition à me soumettre ?

— Le frère de Mrs Foster est venu la chercher. C'est un fermier et le chariot tiré par les deux bœufs blancs que vous voyez là-bas est le sien.

Ce disant, Lottie adressa un large geste en direction de la veuve qui lui rendit son signe avec un grand sourire.

— Mrs Foster nous a offert deux places dans ce chariot. Si nous le désirons, son frère et elle peuvent nous déposer à la croisée des chemins menant à Gortner. Elle a dit que, de là, ce n'était plus très loin - un mile ou deux - et que deux personnes de plus à l'arrière du chariot ne changeraient rien du tout pour eux. Mais vous êtes resté si vague sur la façon dont nous allions rallier le nord de la vallée de la Tyne que j'ai préféré vous informer d'abord de sa proposition.

— Je ne suis jamais vague, riposta-t-il, irrité, en croisant les bras.

Visiblement, Lottie ne le croyait pas capable de se débrouiller par lui-même. Quant à Mrs Foster, elle se trompait dans son évaluation des distances car Gortner Hall se trouvait plutôt à cinq miles de la croisée des chemins qu'à un ou deux.

— Les écuries contiennent sûrement une solution, répéta-t-il.

— Me croyez-vous donc trop fragile pour entreprendre ce petit trajet dans un chariot à foin tiré par des bœufs ?

insista Lottie. C'est pourtant ce que fait, par ici, le commun des mortels ...

Ajustant son chapeau, elle ajouta :

— Ensuite, un mile ou deux ne représentent rien pour moi.

— Cela fait plus qu...

Il s'interrompit. Lottie avait envie de le faire, eh bien, il allait la laisser. Ce serait pour elle une expérience supplémentaire. Parfois, il fallait savoir tirer profit des situations inattendues.

— Ne soyez pas buté ! le pressa-t-elle. Grâce à moi, nous économiserons de l'argent.

Les lèvres de la jeune femme s'étirèrent de la manière la plus exquise.

— Au fond, je suis quelqu'un d'ordinaire, Tristan...

— Très bien, Lottie. Si vous tenez tant que cela à voyager en char à bœufs, nous le ferons. Passez devant et occupez-vous-en.

Quelques instants plus tard, la femme rondelette s'approchait de lui.

— Eh bien, ce sera avec plaisir, sir. Votre gentille femme et moi avons déjà échangé nos recettes de cuisine et elle a des idées fort intéressantes. De la fleur de sureau et des groseilles dans le condiment... Je n'y avais jamais pensé mais je vais essayer le plus tôt possible.

— Vraiment ?

Les yeux de Lottie étincelèrent.

— Tout à l'heure, alors que vous vous étiez réfugié dans votre journal, j'ai trouvé en Mrs Foster une âme sœur. Elle m'a indiqué une recette de violettes au sucre que je trouve bien plus simple que celle de Lucy.

— Vos dons ne cessent de me surprendre.

Lottie lui sourit.

— Je me suis résignée à mon destin... Cela va être très amusant d'être la femme d'un propriétaire terrien local.

Il releva la tête. *Résignée à mon destin.* Était-ce pour Lottie une façon de parler ou d'exprimer le fond de sa pensée ? Proposer de parcourir le chemin à pied était-il un stratagème ? Pensait-elle qu'il refuserait de la laisser marcher pendant cinq miles, lui permettant ainsi d'utiliser son argent pour louer un véhicule plus cher ? Quoi qu'il en fût, il irait jusqu'au bout. De cette façon, Lottie apprendrait à écouter.

Mrs Foster les mena jusqu'au chariot où son frère leur adressa un sourire affable. Il était au courant et serait ravi de les déposer à la croisée des chemins menant à Gortner Hall. L'espace d'un instant, Tristan eut l'impression que Lottie hésitait. Mais la seconde d'après, elle grimpait dans le chariot et posait le bout des doigts sur le foin entreposé à l'arrière. Sa robe, au départ d'un blanc immaculé, était à présent parsemée de brins de paille. Elle ne parut pas s'en soucier.

— Venez, Tristan. Le trajet va être très amusant. Lors d'une discussion précédente, n'aviez-vous pas mentionné les bottes de foin ?

— Pour y dormir. Non pour y voyager.

— Du moment où ce chariot nous mène à destination, cela ne me dérange pas d'essayer.

Il retint un sourire de satisfaction. Décidément, Lottie prenait encore plus de leçons qu'il ne l'avait prévu.

— Le domaine est-il vraiment en aussi mauvais état que me l'a laissé entendre Mrs Foster ?

— Pire, répondit-il sans hésiter.

— Mon dernier mari – Dieu ait son âme –, dit la dame rondelette, avait coutume de dire que tout ce dont un domaine a besoin est de quelqu'un qui sache l'aimer. Voilà pourquoi Mr Foster détestait ce qui est arrivé à celui-ci. Cette façon dont le vieux lord l'a traité après...

Tristan ne la laissa pas finir.

— Si vous voulez arriver à Wark avant la tombée de la nuit, dit-il en se tournant vers elle, je crois que nous aurions intérêt à partir sans attendre.

Lottie n'avait pas besoin d'apprendre les détails du scandale de la bouche d'une inconnue. Elle en connaissait déjà la trame et, pour le restant, il saurait le lui révéler en temps voulu.

— Permettez-moi de vous aider à descendre.

Lottie attrapa avec reconnaissance la main que lui tendait Tristan et quitta le chariot à foin. Le voyage s'était révélé encore plus inconfortable qu'elle ne l'avait pensé et également beaucoup plus long. Elle était percluse de courbatures.

Mrs Foster et son frère levèrent la main en signe d'au revoir et repartirent, apparemment indifférents au caractère extraordinairement inconfortable de leur véhicule.

Ce fut d'un air faussement assuré que Lottie débarrassa sa robe de quelques brins de paille car, dès qu'elle avait vu apparaître la croisée des chemins balayée par le vent, un nœud s'était formé dans sa gorge.

— À quelle distance se trouve Gortner Hall ? D'après Mrs Foster, il n'est pas très loin.

— Plusieurs miles. J'ai essayé de vous prévenir, Lottie, mais vous avez insisté pour accepter son invitation sur le chariot de son frère. Il aurait été délicat de ma part de refuser puisque, comme vous l'avez justement fait valoir, le voyage était gratuit.

Elle déglutit avec difficulté. L'endroit était complètement désert. Pas une maison, pas un cheval ni le moindre véhicule en vue. Pas même une ferme où quémander une tasse de thé. Ils se trouvaient dans les landes sauvages du Northumberland et, même si le mois de mai touchait à sa fin, le vent du nord soufflait en rafale. Lottie ajusta mieux sa pelisse autour d'elle, regrettant que sa robe en soie et cachemire ne fût pas plus épaisse. Avec un soupir, elle suivit un instant des yeux la traînée de poussière qui s'élevait derrière le chariot des Foster qui s'éloignait.

— Combien de temps ? demanda-t-elle seulement.

— Une heure ou deux. Nous avons cinq miles à parcourir.

— Une heure ou deux à marcher !

Elle baissa les yeux vers son pied gracieusement chaussé. Les souliers qu'elle portait aujourd'hui l'avaient rendue si fière lorsqu'elle les avait achetés à Newcastle, l'automne dernier, chez Bainbridges's ! Et, dans une heure, ils seraient en lambeaux ! Pourquoi n'avait-elle pas insisté pour se procurer des bottes à Gretna Green ou à Carlisle avec l'argent de Lord Thorngrafton ?

— Vous devez vous tromper... Mrs Foster m'a bien dit moins d'un mile.

— C'est vous qui avez insisté pour accepter sa proposition, mais Mrs Foster est une femme de la campagne et sa notion des distances diffère quelque peu de la vôtre ou de la mienne. J'ai tenté de vous le faire comprendre en vous proposant de nous rendre plutôt à l'écurie pour louer un véhicule, mais vous avez choisi de croire une inconnue.

— Je ne suis pas équipée pour la marche, c'est vous-même qui me l'avez fait remarquer ! Il y a moins de vingt-quatre heures... !

Inclinant la tête, elle plongea dans les yeux noirs, luttant contre la tentation de pleurer.

— Maman va sans aucun doute m'envoyer bientôt plusieurs malles contenant certains vêtements et accessoires de mon trousseau. Mais je pensais qu'après mon mariage je serais plus occupée à me promener dans ma calèche qu'à déambuler dans la lande sauvage.

Le coin de ses lèvres tremblait.

— Faudra-t-il donc que je songe à posséder différentes tenues ?

— Je doute fort que nous rencontrions qui que ce soit dans le coin. Et même si cela arrivait, la personne que nous croiserions oublierait aussitôt votre étrange accoutrement.

— Je ne vois pas ce que vous trouvez de drôle à cela. Personne ne m'a jamais instruite sur l'art de m'habiller au cours d'une fuite amoureuse. Ce n'était pas enseigné dans mes cours de bonnes manières.

Sur ces mots, fatiguée de devoir se justifier pour tout et des taquineries incessantes de Tristan, elle s'engagea sur le sentier le plus proche. En trouvant un moyen de lui faire économiser de l'argent, elle s'était pourtant sentie si fière ! Et voilà qu'une fois de plus tout partait à vau-l'eau. De la même façon, elle avait cru que Tristan saurait l'apprivoiser et veiller sur elle. Mais il n'attendait en fait qu'une chose : qu'elle demeure solide et sans faillir. Malheureusement, c'était plutôt plein de cloques et de meurtrissures que ses pieds sortiraient de cette pénible expérience.

— À présent, dit-elle, je préférerais que nous nous mettions en route. Je saurai au moins que chaque pas me rapproche du but.

— Réagissez-vous souvent de la sorte ?

— Quand je n'ai aucun pouvoir sur les choses qui m'arrivent, je les prends du bon côté. Du moins, j'essaie. Et puis, une lady ne doit jamais laisser deviner sa détresse.

— Vivez-vous toujours votre vie selon des règles aussi bien établies ?

Dans les yeux de Tristan, la petite flamme dansait.

— J'aime comprendre quelles règles j'enfreins. De cette façon, je saisis mieux les attentes des gens.

Elle regarda Tristan. Même s'il se moquait d'elle, pas question de baisser la tête. À l'évidence, il considérait toute la situation comme une vaste plaisanterie, mais c'était facile pour lui. Ce n'était pas lui qui souffrait...

— Cinq miles, avez-vous dit... Et sans doute pas même une tasse de thé bien chaud à l'arrivée.

Comme Tristan lui posait la main sur le bras et l'attirait contre son corps puissant, elle sentit son souffle la frôler. Aussitôt, une vague de chaleur la recouvrit. Elle déglutit, tentant de se concentrer sur autre chose que sur le physique de Tristan. Ses lèvres… L'arc parfait de ses sourcils… Sans succès.

— Si vous voulez rejoindre le domaine, remarqua Tristan, vous n'êtes pas sur le meilleur chemin. Par là, vous augmentez la distance.

Elle repoussa son envie pressante de se laisser aller contre lui pour sentir, juste encore une fois, leurs corps serrés l'un contre l'autre.

— Pourquoi personne n'est venu nous chercher ? Tout cela aurait si facilement pu être évité…

Sur ces mots, elle leva d'un geste las sa main gantée et frôla la joue de Tristan. Il chercha ses lèvres, les effleura.

— Je l'ignore. Si un occupant du domaine a été chargé de cela et qu'il a préféré s'arrêter boire au Railway's Arms ou au Country, il devra s'expliquer !

Là-dessus, Tristan remonta ses mains jusqu'aux frêles épaules qu'il caressa doucement. Sa respiration s'accéléra.

Il reprit :

— Une dame, Mrs Elton, s'occupe du domaine qui, je le précise, n'est pas complètement en ruine.

— Nous aurons au moins un toit au-dessus de nos têtes.

Lottie leva les yeux vers le ciel. Des nuages gris s'y amoncelaient depuis le début de la journée et, en cette fin d'après-midi, l'inhabituelle fraîcheur régnante présageait de la pluie avant le lever du jour.

— Oui, un toit au-dessus de nos têtes et une tasse de thé bien chaude pour qui en émettra le souhait. Ou, pourquoi pas, quelque chose de plus fort…

Leurs doigts s'entrelacèrent.

— Plus un lit bien doux avec des draps propres, garni de coussins et aussi de rideaux pour se couper du monde.

— Cela semble divin !

Lottie baissa la tête. À chaque respiration, elle s'imprégnait davantage de la senteur de Tristan et avait envie d'aller jusqu'à l'enivrement. Ses lèvres étaient gonflées comme s'il les avait parsemées de baisers. Elle aurait voulu se conduire de manière éhontée et exiger de lui qu'il l'embrassât non entre quatre murs, mais ici même où n'importe qui pouvait les voir.

— Un jour, je promets de vous acheter une nouvelle robe. Et elle sera beaucoup mieux indiquée pour la marche que celle que vous portez aujourd'hui.

— Or vous tenez toujours vos promesses.

— Du mieux que je peux.

Il retira ses mains et lui demanda, une flamme au fond des yeux :

— Voulez-vous venir avec moi et être ma femme... malgré le caractère inapproprié de votre tenue ?

Lottie eut envie de prendre l'air sévère, mais les commissures de ses lèvres se soulevèrent malgré elle et elle se retrouva prise dans une véritable bulle de bonheur. Tristan voulait d'elle pour femme. Il la voulait vraiment. Et il arborait le même sourire. Ce fut ensuite le même rire qui leur échappa pour ne bientôt faire qu'un. Dérangés, quelques pigeons ramiers s'envolèrent dans un bruyant battement d'ailes.

— Il semblerait que je sois coincée ici avec vous.

— Il semblerait, oui.

Lui posant une main sur la nuque, il baissa la tête jusqu'à ce que leurs fronts se touchent. Les rubans du chapeau de paille se dénouèrent, avant que le chapeau lui-même glisse jusqu'à terre. Lottie renversa la tête en arrière. Tristan avait commencé à lui parsemer les paupières, les joues et le bout du nez de baisers légers comme autant de petits papillons.

Avant de lui réclamer ses lèvres.

Levant les bras, elle les lui glissa autour du cou. La nature de leur baiser changea. Tristan réclamait de plus en plus. Elle entrouvrit les lèvres. De la chaleur en fusion s'immisçait en elle, lui faisant cambrer les reins et rendant ses seins plus durs. Elle se serra plus près de lui. Lui seul pouvait lui apporter ce qu'elle désirait.

— Vous satisferiez-vous d'une botte de foin au lieu d'un lit ? demanda-t-il contre ses lèvres. Vous et moi avec la lune et les étoiles pour couvertures...

— Vous aviez promis un lit, remarqua-t-elle d'une voix rauque qu'elle eut du mal à reconnaître et qui lui fit un peu peur. Ne tenez-vous pas toujours vos promesses ?

Tristan chercha son regard avec intensité. Elle recula d'un demi-pas.

— Un lit..., dit-il. Ma femme insiste pour avoir un lit.

— Avec des draps propres et des rideaux pour mieux se couper du monde extérieur.

— Cela peut se faire... Si vous le requérez vraiment.

Du bout de son ongle, Tristan lui dessinait le contour des lèvres. Ces lèvres que les baisers avaient maintenant rosies lui envoyaient des vagues de chaleur dans tout le corps. Pour une fois, elle apprécia la sensation de son corset, seul capable de la maintenir en position parfaitement verticale.

— Vous avez fait glisser mon chapeau et il est tombé dans une flaque, dit-elle pour tenter d'atténuer son désir.

— Les chapeaux sont d'atroces objets, dit Tristan tandis qu'un petit sourire lui illuminait le visage.

Elle se baissa pour le ramasser et le maintint loin d'elle pour éviter l'eau boueuse qui s'en égouttait. Alors que, tête penchée, elle fixait l'accessoire, il lui parut soudain parfaitement symboliser la situation : immaculé au départ, mais à présent souillé et ce, sans espoir de rédemption.

— Je ne pourrai plus le porter. Même les rubans sont trop sales pour être récupérés au lavage. Je vais devoir en acheter un autre. Il m'avait coûté trois guinées.

— Nous aurons besoin de cet argent pour d'autres dépenses. Et vous avez forcément plus d'un chapeau.

— Oui, mais il faudra des jours avant qu'ils parviennent

au domaine. Entre-temps, mon nez aura eu le temps de se parsemer de mille et une taches de rousseur. Or, j'ai beaucoup travaillé pour conserver un teint parfait.

— Je suis sûr que vous aurez l'air charmante avec des taches de rousseur.

— Ne croyez pas vous en tirer par la flatterie. Elle ne me soulage même pas.

Tristan lui ramassa son chapeau et le noua par son ruban à la bandoulière du sac.

— Je l'examinerai demain. Son état n'est peut-être pas aussi désespéré que vous le croyez.

— Vous voulez dire qu'il l'est plus... Je connais bien les chapeaux.

— À présent, nous devons y aller, Lottie. Il ne passera ni chevaux ni chariots ici. Au cas où ce serait dans cet espoir que vous m'avez embrassé...

— Bien sûr que non, répondit-elle, stupéfaite.

Comment Tristan pouvait-il la soupçonner de cela ?

— J'ai passé tous ces derniers mois à la campagne. Les routes comme celle-ci ne me sont donc pas étrangères et je sais très bien que le passage y est à peu près nul.

— Pourquoi m'avez-vous embrassé ?

La même chaleur que tout à l'heure la prit. Elle tourna les talons.

— Vous êtes un homme impossible. Mais...

Elle hésita avant d'ajouter avec un sourire légèrement coquet :

— Il est vrai que vous avez porté mon sac tout du long.

— Et si je refusais de continuer ?

— Ne chercheriez-vous pas à ce que je vous embrasse de nouveau ? demanda-t-elle en réprimant son tremblement intérieur.

Jusqu'à aujourd'hui, le badinage l'avait toujours amusée et elle en connaissait les rouages. Mais voilà que, soudain, elle se mettait à le prendre au sérieux et à désirer que les mots espiègles et coquins qu'elle échangeait avec Tristan soient plus que de simples mots.

— Après tout, je ne suis pas tenu de le porter, ajouta Tristan en posant le sac à terre avec un petit air provocant.

— Aucune importance Nous enverrons un chariot le prendre quand nous serons arrivés. D'ailleurs, pourquoi ne pas rallier *vous-même* le domaine à pied et envoyer un chariot *me* chercher ainsi que, par la même occasion... le sac ?

— Ainsi que vous l'avez vu, trouver un chariot disponible par ici n'est pas affaire facile et peut demander des jours. Or n'oubliez pas que vous désirez une bonne tasse de thé bien chaude... Sans parler du cake aux fruits de Mrs Elton...

— Mrs Elton ?

— La veuve qui s'occupe de tout au domaine.

— Mais alors... C'est à elle que je pourrai demander de m'aider à m'habiller dans le futur !

Lottie s'était redressée. Cela vaudrait peut-être mieux ainsi. Car si Tristan continuait à la toucher, elle allait fondre, c'était évident. Or, elle se savait prête à lui montrer sa dévotion d'épouse. Sa dévotion... Non sa passion. La différence était de taille.

— Non car Mrs Elton va partir. Inutile d'employer une gouvernante au domaine alors que je viens d'épouser une femme qui désire acheter des chapeaux onéreux.

— Maman a une gouvernante. Elle en a d'ailleurs employé toute une kyrielle.

— Votre mère aurait-elle du mal à garder ses servantes ?

— Parfois, répondit-elle avec réticence. Elle a surtout tendance à choisir celles qui ne conviennent pas.

— Plutôt que d'en faire autant, vous auriez aussi vite fait d'apprendre à diriger un domaine. Ma mère, par exemple, a toujours été sa propre gouvernante.

Lottie le considéra d'un air incrédule. Apprendre à gérer

un domaine ! Décidément, ce mariage semblait devoir créer beaucoup de bouleversements dans sa vie.

— Cela me changera de l'épinglage.

Tristan rit.

— Étiez-vous à ce point éprise d'épinglage ?

— Vous voulez dire que je déteste cela ! répondit-elle sans hésiter. Je l'ai même toujours eu en horreur ! Encore une activité que je pratiquais uniquement parce que c'est ce que l'on attendait de moi.

— Nous pourrons rompre d'autant plus facilement avec cette habitude que la pelote à épingles n'a jamais été la devise de Gortner Hall.

— Ne disposerai-je pour autant d'aucune aide ? demanda-t-elle en recouvrant le fil de ses pensées. Devrai-je tout faire moi-même ? Bien que je sache mettre les fruits en conserve, ou préparer les chutneys et les confitures, je ne suis pas cuisinière. Il m'est même arrivé, je dois l'avouer, de faire brûler des cakes...

Tristan lui prit la main et la porta à ses lèvres.

— Ah, Lottie, vous avez une manière si adorable de rapporter toutes ces choses ! Si vous me regardez sans arrêt comme ça, je sais que je ne vous battrai pas quand vous ferez brûler des cakes.

— Vous auriez pu me battre ?

Elle détesta la manière dont sa voix trembla. Jamais elle n'avait pris Tristan pour un homme capable de battre sa femme. Aurait-elle pu se tromper à ce point sur l'homme qu'elle avait épousé ? En même temps, à peine eut-elle posé sa question que le front de Tristan se plissa. Cette réaction la mit aussitôt sur le qui-vive.

— Non. Et je n'admets d'ailleurs pas ce genre de comportement. Les hommes qui agissent ainsi sont pour moi des lâches. Et je ne suis pas un lâche !

— Je n'ai jamais dit – ni d'ailleurs pensé – que vous l'étiez, remarqua-t-elle tout en se sentant malgré tout libérée d'un gros poids.

Tristan avait pris cet exemple pour plaisanter, sans songer un instant qu'elle pût le prendre au sérieux. Il leur restait encore tant de choses à découvrir l'un sur l'autre !

— En revanche, reprit-il sur un ton soudain joyeux, s'il est une chose que je ferai toujours volontiers, c'est lacer votre corset. Je suis même tout à fait résolu à devenir une parfaite habilleuse.

Cette fois, le frisson qui parcourut Lottie fut délicieux. C'était plutôt pendant que Tristan la déshabillerait qu'elle voulait sentir ses mains sur elle. À cette pensée, le feu s'alluma en elle… vite éteint par les conseils de sa mère qui lui revinrent brutalement à l'esprit pour lui rappeler qu'elle n'était pas la courtisane de Tristan ni sa maîtresse. Mais qu'elle était sa femme.

— Il me semble que nous parlions de nous mettre en route pour Gortner Hall, dit-elle. J'aimerais beaucoup arriver là-bas avant la nuit.

— Comme vous voulez.

10

Tristan considéra la maison avec un froncement de sourcils. Les tours gothiques que son grand-père avait bâties projetaient leur éclat argenté vers la nuit. Tout près d'eux, une chouette effraie glissait à basse altitude comme un fantôme ailé. Elle pénétra à l'intérieur par une fenêtre au carreau brisé et disparut. Vue ainsi, la maison ne donnait pas à penser qu'elle était habitée.

Pourquoi Mrs Elton n'avait-elle pas laissé au moins une lampe allumée ? se demanda-t-il. Cela ne lui ressemblait guère. D'autant que la note qu'il avait fait envoyer en quittant le Shaw's Hotel contenait des consignes précises. Sans parler de la seconde, expédiée de Gretna Green. Dans chacune, il précisait la date de leur arrivée.

— Voilà donc votre domaine ? demanda Lottie en brisant le silence qui avait régné entre eux depuis qu'ils avaient quitté la croisée des chemins. Il paraît tout droit sorti d'un roman Minerva Press. En même temps, pour une raison que je ne m'explique pas vraiment, il vous va très bien. Je ne vous aurais pas imaginé vivre dans une maison sans charme, bien nette et bien rangée. Celle-ci a peut-être du charme.

— Ce domaine appartenait à mon oncle. J'en ai hérité.

Il passa la porte plongée dans l'obscurité, étonné par l'amertume contenue dans sa propre voix.

— Le toit a grand besoin de réparation, les chéneaux ont

connu des jours meilleurs et une famille de chouettes a élu domicile dans l'une des chambres du haut. Par bonheur, quelques chambres restent tout de même habitables.

— Les pauvres n'ont pas le choix.

— J'ai pensé que vous l'apprécieriez.

— Avec le temps sans doute... Lorsque je m'y serai habituée. Mais pour le moment, elle me paraît horriblement grande et... euh... en ruine. Heureusement qu'elle a un toit. Et puis, de toute façon, elle ne peut être plus atroce que cette auberge.

— Vous avez sans doute raison. En attendant, je ne m'explique pas l'absence de Mrs Elton.

— Elle a pu croire que vous devriez repartir aussitôt pour le continent, dit Lottie en croisant les bras avec un rire étranglé.

— Non, Mrs Elton est au fait de ma vie passée et présente. La raison est forcément autre.

— Vous voulez dire que cette dame ne vous considère pas comme un être méchant et irrécupérable...

L'amusement contenu dans la voix de Lottie... l'amusa.

— Elle pense à moi comme à un gamin en culottes courtes qui a perdu sa mère.

— Je suis sûre que vous étiez adorable quand vous étiez petit.

— Là-dessus, il faudra interroger Mrs Elton en personne car je suis le plus mal placé pour donner mon avis, répondit Tristan en résistant à la tentation de prendre Lottie dans ses bras.

Il allait devoir attendre encore quelques minutes.

— Il va vous falloir la renvoyer parce que vous m'avez épousée, reprit-elle. Est-ce très juste ?

— Elle ne mourra pas de faim.

— On ne peut pas faire cela aux gens, insista Lottie en tapant le bout de son index contre ses lèvres.

Il vit son front pâle se plisser.

— Il doit exister d'autres moyens de réaliser des économies.

Je pourrai par exemple m'autoriser à sortir même vêtue d'une robe un peu ancienne ou mon chapeau pas tout à fait neuf.

— Pourquoi manifestez-vous une telle préoccupation pour une femme que vous n'avez jamais vue ?

— Que l'on connaisse ou non la personne ne compte pas. Il y a un certain nombre de principes à respecter, voilà tout. Autrement, le monde serait horrible.

Lottie tenta de terminer sa phrase par un petit rire. Mais il savait déjà quel genre de femme elle était. Pas une snob en tout cas. Sa relation amicale avec Mrs Foster ou son inquiétude à l'égard des deux enfants perdus dans la gare l'avaient assez prouvé. Oui, il savait et comprenait tout ce qu'elle exprimait, même quand elle se montrait maladroite.

Tendant le bras vers elle, il la prit par les épaules.

— Mrs Elton vous remerciera de votre sollicitude.

— Pensez à ce que je viens de vous dire, Tristan, répondit Lottie avec tant de sérieux qu'il dut faire appel à toute sa maîtrise pour ne pas la serrer contre lui et lui murmurer à l'oreille que, grâce à elle, Mrs Elton serait bien protégée, et qu'elle-même pourrait avoir toutes les servantes qu'elle voudrait pourvu qu'elle continuât à le regarder ainsi pendant longtemps sous les rayons argentés de la lune.

— Je considérerai votre requête, répondit-il en se détournant de son regard lumineux.

Là-dessus, il frappa quelques coups vifs contre la grande porte. Mais aucun son provenant de l'intérieur ne lui répondit. Alors, glissant la main dans la lanterne, il en extirpa la clé de secours qui avait toujours été cachée là. Ce geste tout simple contribua pour beaucoup à lui faire recouvrer son assurance. Il devait se montrer calme et ne pas mettre fin à l'expérience avant d'être sûr que Lottie avait bien profité de ses leçons.

— Mrs Elton est une femme sur qui l'on peut absolument compter, dit-il. Le fait de disparaître comme cela ne lui ressemble pas du tout.

— J'avais cru comprendre que vous aviez hérité du domaine il y a peu de temps.

— Mrs Elton était déjà la gouvernante de mon père quand j'étais jeune garçon. Après la mort de mon père, mon oncle a, à son tour, décidé de la prendre à son service.

— Mais où est donc cette estimée Mrs Elton ? C'est tout de même en songeant à ses toasts beurrés, à son cake aux fruits et à son thé chaud que j'ai trouvé la force de parcourir le dernier mile…, ajouta Lottie avec un petit sourire.

Tristan la considéra avec attention.

— Le chemin a vraiment été aussi difficile que cela ?

Constatant que le visage de sa jeune femme était légèrement tiré par la douleur et qu'elle boitillait, un remords le traversa. Au cours du trajet, Lottie ne s'était pas plainte une seule fois. Si elle avait souffert, ne l'aurait-elle tout naturellement pas fait savoir ? Jusqu'à présent elle n'avait pas hésité à exprimer ses sentiments de malaise ou d'inconfort.

— J'ai connu des jours plus agréables, mais je survivrai…, commença-t-elle en soupirant.

Avant d'ajouter, la lèvre inférieure tremblante :

— Malgré tout, j'aurais vraiment apprécié de bonnes tranches de pain chaud beurré et du cake aux fruits…

— Je suis sûr que je vais nous trouver quelque chose, repartit aussitôt Tristan. Mrs Elton aura certainement laissé du cake dans une boîte. Il est vraiment étrange qu'elle ne soit pas là.

— Une personne du domaine est peut-être tombée malade…, hasarda Lottie tandis qu'il donnait un coup d'épaule contre la lourde porte un peu coincée.

Enfin, elle s'ouvrit.

Une odeur de froid et d'humidité, mêlée à une touche de cire d'abeille, assaillit Tristan. Sur la petite table, à gauche de la porte, attendaient une chandelle et une boîte d'allumettes. Il alluma la lampe, aperçut la note posée à côté et s'en saisit.

— La nièce de Mrs Elton vient d'avoir des jumeaux,

déclara-t-il en lisant le message. Mrs Elton est partie s'en occuper en pensant que cela ne causerait pas d'inconvénient puisqu'elle rentre jeudi midi. Sa note date d'avant-hier. Ceci explique tout...

— Que faisons-nous maintenant ? demanda Lottie en regardant autour d'elle en frissonnant.

Bien que la grande entrée fût nette et propre, la décoration datait de la guerre, voire d'avant. Par endroits, le papier mural en soie était sale et déchiré, et sa couleur blanche avait pris l'aspect jaunâtre que laissent les années qui passent.

— Suis-je censée découvrir ma chambre toute seule ? Y aurait-il quelque chose à manger ?

L'envie de prendre Tristan par le bras la tenaillait. Pourquoi avait-elle lu autant de livres Minerva Press appartenant à cousine Frances ? Le souvenir de leur atmosphère mystérieuse ne contribuait pas à la rassurer. Chaque bruit manquait de la faire sursauter.

— Je n'ai certainement pas l'intention de vous laisser toute seule, Lottie. Vous êtes ma femme.

Tristan sourit.

— La chambre des maîtres est en bon état. Avant de me rendre sur la tombe de mes parents, j'avais passé quelques jours ici.

La chambre des maîtres... Il était rare que maris et femmes partagent la même chambre. Lottie préféra se concentrer sur le papier mural déchiré que sur Tristan. Qu'allait-il se passer à présent ? Ils se trouvaient tous les deux dans la même pièce. Et tout seuls. Tristan n'avait donc plus aucune raison de ne pas la toucher et de ne pas l'embrasser comme il l'avait fait à la croisée des chemins. En même temps, elle n'oubliait pas sa propre inexpérience et découvrait que le désir et la peur se maintenaient en elle à niveau égal.

— Heureusement que je ne fais pas partie de la classe moyenne supérieure, Lottie.

La voix sèche de Tristan la ramena à l'instant présent.

— Car je crois que ses règles feraient surgir en moi le rebelle. Si vous en émettez la requête, nous ferons chambre à part. Simplement, je me rappelle que mes parents ont toujours dormi dans le même lit.

— Certains d'entre nous n'ont pas le choix en la matière, Mr Dyvelston. Tout dépend de l'endroit où nous sommes nés et ce qu'ensuite nous aspirons à devenir.

— En ce qui vous concerne, vous aspiriez à une existence d'épinglage, de coquillages à peindre et de visites de voisinage.

— Là, vous confondez avec ma mère et ma belle-sœur.

Sur cette réplique, Lottie ramena son réticule devant elle comme une protection, sans jamais révéler à quel point ses chaussures la faisaient souffrir. Elle n'osait même pas se laisser tomber sur une chaise pour reposer ses pieds blessés et examiner ses chaussures.

Au cours de la dernière partie du chemin, elle avait senti le froid s'infiltrer à travers ses semelles et était certaine qu'un grand trou s'était formé dans sa chaussure droite. Comment avait-elle pu être assez naïve pour croire ce que lui avait assuré l'insouciante Mrs Foster ? Une agréable promenade ? Peut-être pour quelqu'un équipé de bottes résistantes, mais ce n'était pas son cas, et elle avait maintenant les pieds en feu.

Et surtout, elle rêvait d'une tasse de thé bien chaud. Ou, à défaut, de chocolat.

Faux..., se dit-elle aussitôt avec lucidité. À qui essayait-elle de mentir ? À elle-même peut-être... En fait, elle n'aspirait qu'à renouer avec sa vie d'avant, celle qu'elle menait avant de rencontrer Tristan. Elle aurait même écouté avec plaisir cousine Frances lui raconter l'un de ses romans tant ses propres aventures la lassaient. Mais elle était mariée et ne pouvait plus revenir en arrière. Du reste, cela aurait signifié renoncer à Tristan et à ses baisers.

— Si maman et Lucy semblent se contenter de piquer des

pelotes à épingles et d'organiser des visites, pour ma part, j'aime surtout peindre des paysages. Cela me permet en outre d'avoir, lors des visites, un autre sujet de conversation.

— Avec tout le respect que je vous dois, Lottie, cette réponse n'en est pas une. Comme vous en parliez vous-même, c'est ce que vous attendez de l'existence qui compte. Non ce que les autres veulent pour vous.

Elle fixa ses gants tachés.

— Jusqu'ici, très peu de gens se sont donné la peine de m'interroger sur mes véritables envies. Et un plus petit nombre encore m'a écoutée lorsque, par hasard, il m'arrivait d'évoquer de moi-même l'une de ces envies.

— En cet instant présent, je vous écoute, Lottie.

Il lui posa très brièvement la main sur l'épaule.

— Qu'attendez-vous de la vie ? Quelle sorte d'existence voudriez-vous mener ?

Une où je serais aimée et où j'aimerais en retour.

Les mots avaient jailli dans son esprit, mais elle savait qu'elle ne pouvait les dire à Tristan. L'amour n'avait rien à voir dans l'affaire qu'ils avaient conclue et elle ne devait pas l'oublier. Peut-être qu'avec le temps, quand ils seraient parvenus à une sorte d'amitié... *Amitié* ? Non... Elle attendait plus que cela.

— Vous m'aviez promis...

Sentant sa gorge se serrer, elle recula d'un pas. Dans son geste, une écharde pénétra dans sa plante de pied par sa semelle trouée. Elle tressaillit en retenant un petit cri. Mais pas question pour autant de se pencher sur le problème.

— Que se passe-t-il ? demanda Tristan, en redevenant dur. Pourquoi refusez-vous de me répondre, Carlotta ? Que me cachez-vous ?

— Nous avions convenu que vous ne m'appelleriez pas *Carlotta*.

Elle croisa les bras. Tout ce qui arrivait était la faute de Tristan et il ne pensait même pas à lui demander si cette longue marche forcée ne l'avait pas meurtrie. Pourtant, quand il avait accepté de monter dans le chariot à foin, il savait très bien combien, ensuite, le chemin serait long ! Et voilà qu'après l'avoir manipulée il l'appelait *Carlotta*. Les larmes s'accumulaient au bord de ses cils, menaçant de se déverser.

Tristan lui glissa une main sous le bras.

— Je le fais seulement quand je vois, comme maintenant, que vous êtes blessée mais refusez d'en convenir. Maintenant expliquez-moi ce qui vous arrive. Vous tenez à peine debout.

— Rien, rien du tout.

D'un geste vif, elle dégagea son bras. Pas question de commencer à pleurer. Elle ne pourrait plus s'arrêter et n'avait aucune envie de faire une scène.

— Cela me paraît bien plus que *rien du tout*, insista Tristan.

Ignorant la main qu'il lui tendait, elle s'appliqua à se diriger à pas lents vers une chaise. Maintenant que ses pieds étaient au repos, ils gonflaient. Aussi longtemps qu'elle avait marché, ils ne l'avaient pas fait souffrir car elle s'appliquait à les poser l'un devant l'autre sans songer au reste. Mais à présent, dans ce décor et ce hall tristes, ses pieds la brûlaient, engendrant une douleur de plus en plus vive. Impossible d'en supporter davantage. En même temps, pas question de donner à Tristan le plaisir de l'emporter sur elle. À l'évidence, il la prenait pour une jeune femme trop gâtée et incapable de rien faire.

Elle biaisa :

— Rien que ma tenue n'ait laissé prévoir, si vous préférez.

Puis elle ajouta dans un haussement d'épaules :

— Je vous avais expliqué que je n'étais pas équipée pour la marche et vous saviez à combien de temps nous nous trouvions de Gortner Hall. Malgré cela, vous m'avez laissée choisir de parcourir le chemin à pied.

— Asseyez-vous.

— Inutile, riposta-t-elle en continuant à refouler ses larmes. J'ai beau avoir perdu mon chapeau, et mes chaussures ont beau être maintenant détruites, je n'ai pas encore regardé les déchirures de ma robe. Comment maman a-t-elle pu estimer qu'un vêtement de soie fine et de cachemire conviendrait à un voyage pareil ? Je n'en ai pas la moindre idée mais j'ai eu tort de l'écouter. Quant au reste, je me dis que, par ici, beaucoup de gens ont dû traverser des moments pires encore.

Comme Tristan fermait les yeux, bras tendus le long du corps et poings serrés, elle se sentit prête à laisser exploser sa colère. Mais quand il ouvrit les paupières et qu'elle rencontra son regard, elle vit son visage et ses doigts se détendre.

— Lottie, s'il vous plaît, je vous en prie, asseyez-vous et permettez-moi de regarder ce qui ne va pas.

La voix de Tristan, douce comme le velours, glissait sur elle à l'instar d'une caresse.

— Je n'ai pas pensé à votre tenue, reprit-il. Je voulais juste vous donner une leçon pour vous apprendre à mieux assumer les problèmes. J'ai eu tort.

— Me donner *quoi* ? *Une leçon !*

Elle suspendit sa respiration. De quel droit Tristan s'estimait-il légitime à lui enseigner quoi que ce fût ? Elle qui avait accepté cette marche en pensant aider !

— Vous avez donc autorisé que tout cela arrive ! s'exclama-t-elle, scandalisée.

— J'avais omis de considérer votre tenue.

— Ce n'est pas vrai. Vous saviez que je n'étais pas correctement équipée pour une marche aussi longue.

— Nous ajouterons les chaussures à la liste de vos vêtements à remplacer.

— C'était ma paire préférée, nota-t-elle en les regardant d'un air dépité. La plus jolie.

— Je vais voir ce que l'on peut faire. Mais à présent…

Il lui posa une main sur le bras.

— Ma principale préoccupation est votre état physique. Les chaussures ne sont que des choses. Vous, en revanche, êtes une personne et vous souffrez. Or, jamais je n'ai voulu vous faire souffrir. Je suis désolé, Lottie. Profondément.

La réplique qu'elle s'apprêtait à dire mourut sur ses lèvres. Il était désolé ? Il s'excusait ? Lui, Tristan ? Au moment où elle s'apprêtait à le haïr, il faisait cela ! Le regard d'amadou qu'il posait sur elle était si intense et le regret qu'il lui exprimait apparemment si sincère que son cœur s'en trouva tout chamboulé. Ce fut alors qu'elle comprit qu'elle pourrait presque tout pardonner à cet homme.

Autour d'elle, l'atmosphère sembla brusquement changer. Même la petite chaise près de la table paraissait l'attendre. Reconnaissante, elle s'y laissa choir et retira ses chaussures. Le visage de Tristan s'assombrit tandis que les bas qu'elle déroulait sur ses mollets révélaient l'étendue des dégâts. Le premier était déchiré et le pied de Lottie était très rouge. Elle leva les yeux vers Tristan. Lèvres pincées, regard rivé sur le second bas, il hochait la tête en silence.

— Je vous rappelle que j'ai parcouru tout le chemin sans me plaindre, dit-elle au cas où il s'aviserait encore une fois de lui reprocher quoi que ce fût.

— Vos pieds saignent, dit Tristan en faisant glisser un doigt sur la plante de pied abîmée.

Ce fut avec délicatesse qu'il lui enleva ensuite l'autre bas. Elle essaya de ne pas tressaillir pendant que les longs doigts poursuivaient leur examen.

— Vous avez des ampoules dont trois ont éclaté. Quand comptiez-vous me dire que vos pieds étaient à ce point blessés ? Aimez-vous jouer les martyrs ?

— Je pensais que vous me preniez pour une personne trop gâtée et je voulais vous montrer qu'il n'en était rien en ne me lamentant pas.

Tristan s'agenouilla, lui prit la cheville dans une main et la caressa en silence avec douceur.

Au-dessus de lui, le visage penché sur sa nuque, les yeux

fixés sur le noir bleuté de ses cheveux et sur la façon dont ils bouclaient dans le cou, Lottie résistait à l'envie d'y glisser la main.

— Tristan, murmura-t-elle, pourquoi êtes-vous en colère contre moi ?

Lui reposant doucement la jambe, il se releva et lui tendit la chandelle.

— Prenez-la et surtout, ne la soufflez pas. Nous allons monter l'escalier. Que nous ne nous retrouvions pas dans l'obscurité !

Elle retint un soupir. Tristan ne cessait de lui en demander plus. Hier, il l'avait laissée toute seule. Aujourd'hui, il lui avait fait emprunter le train parlementaire, il l'avait ensuite abandonnée à elle-même dans une salle d'attente troisième classe, avant de la laisser quémander deux places dans le chariot de la veuve d'un fermier puis parcourir des miles, équipée de chaussures de salon.

— Mes jambes refusent de me porter, déclara-t-elle en parvenant au bas des marches.

— Je ne vous demande pas de marcher, seulement de veiller à ce que la lumière ne s'éteigne pas. Pour le reste, je m'en occupe. Je vais vous porter jusqu'à l'étage.

L'instant d'après, Tristan la soulevait dans ses bras comme si elle n'avait pas pesé plus lourd qu'une plume.

— Je vais tomber.

— Pas avec mes bras autour de vous.

Il avait les lèvres juste au-dessus de ses cheveux et elle entendait son cœur comme s'il battait dans sa propre poitrine.

— Où m'emmenez-vous ?

— Dans la chambre. J'ai là quelque chose qui pourrait aider à calmer votre douleur.

Tout en parlant, Tristan la fit remonter au creux de ses bras pour la rapprocher de son torse. Mais son contact restait impersonnel.

Elle ferma les yeux. Un feu liquide lui parcourait les veines. Elle voulait, certes, aller dans la chambre des maîtres, mais pas si elle était incapable de marcher. Car la maison était vide et seul Tristan pouvait l'aider à se déshabiller.

Pendant la montée, elle se concentra volontairement sur les portraits accrochés au mur.

— Votre famille ? demanda-t-elle tant les personnes représentées avaient en commun avec lui l'air sauvage et indompté des êtres qui s'apprêtent à conquérir le monde.

— Ce sont les Dyvelston. Je suis le dernier.

Tristan ajouta avec un sourire en biais :

— Une lignée aussi longue pour aboutir à la personne que je suis. Une personne indigne.

Le cerveau de Lottie bourdonnait. Sa fatigue était telle qu'elle ne parvenait même plus à réfléchir. Juste à refuser que Tristan se décrivît comme indigne. Ne l'avait-il pas sauvée deux fois ? Chez lui, la gentillesse n'était jamais loin.

— Je reconnais votre cousin Lord Thorngrafton, dit-elle en passant devant un tableau.

— Et moi, j'essaie de ne pas songer à lui.

— Mais sûrement que votre oncle..., commença Lottie en tournant la tête.

— Maintenez la chandelle bien droite pour que je voie bien où je pose les pieds.

Elle leva plus haut la bougie qui étendit aussitôt les ombres sur les murs de l'entrée, puis fixa le portrait à moitié déchiré d'une femme vêtue à la mode qui régnait une décennie plus tôt. La dorure du cadre était somptueuse mais le portrait avait été lacéré en plusieurs endroits et sur toute sa hauteur.

— Qui a fait cela ?

— Savez-vous que vous devenez un peu lourde dans mes bras ?

Ce disant, Tristan la fit bouger pour qu'au lieu de voir le portrait, elle se retrouvât les yeux devant ses lèvres.

— J'aurais dû monter, même en boitillant, dit-elle. Peu importe le temps que j'aurais mis. Je suis lourde, il est vrai. Cousine Frances ne me dit-elle pas que je ressemble à un cochon farci ?

— Ne pensez-vous pas avoir assez marché pour aujourd'hui ? En outre, vous n'avez rien d'un cochon farci. Bien trop légère pour cela.

— Je préfère vous croire que cousine Frances…

Arrivé sur le palier du premier étage, Tristan s'arrêta, tendit une main et poussa devant lui la porte qui alla claquer contre le mur. Lottie regarda par-dessus son épaule.

Un grand lit d'acajou aux colonnes tendues de rideaux en velours bordeaux occupait une bonne partie de la pièce. Un lavabo en bois de bouleau dans un coin, un tapis épais au sol et des murs propres sans la moindre toile d'araignée.

— C'était ma chambre, dit Tristan, et à présent, c'est la vôtre. Deux antichambres y mènent de part et d'autre.

— Elle est très jolie.

— Je suis content qu'elle vous plaise. C'était celle de mes grands-parents.

Lui prenant la bougie des mains, Tristan la plaça sur la chaise à côté du lit.

— Vous pouvez ôter vos bras de mon cou, à présent, dit-il.

Il ne bougea plus du tout pendant qu'elle s'exécutait, comme s'il voulait lui laisser éprouver les contours de son corps et la solidité de ses muscles. Une minuscule étincelle s'alluma dans un coin de son cœur mais elle l'étouffa. Sans doute Tristan avait-il seulement voulu ne pas la brusquer.

— Et que se passe-t-il maintenant ? s'enquit-elle d'une voix qui lui parut anormalement aiguë tandis qu'elle s'asseyait avec précaution sur le bord du lit.

— Je dois regarder vos pieds.

Marchant jusqu'à la table de toilette, Tristan y attrapa une petite boîte.

— Cet onguent m'a été remis par un médecin d'Antioche.

— Je vais l'étaler moi-même.

— Êtes-vous certaine que vous le ferez dans les règles de l'art ?

Elle fixa un point au-dessus de la tête de Tristan. Le souvenir de son mari en train de lui caresser la cheville et les mollets venait de lui revenir à l'esprit, faisant sourdre en elle une nouvelle vague de chaleur. Mais elle ne commettrait pas la même erreur que la nuit dernière. Elle allait au contraire prouver qu'elle avait appris sa leçon et se conduire comme se conduit une lady bien née.

— Je préfère le faire moi-même, répéta-t-elle. Je sais quelles ampoules sont les plus douloureuses.

— Si tel est votre désir.

— Oui, confirma-t-elle en lui tendant sa main ouverte.

Tristan y déposa la petite boîte.

— Une légère quantité suffit, fit-il remarquer en s'éloignant.

Elle hocha la tête, concentrée sur la façon d'ouvrir la boîte tout en s'exhortant à oublier les yeux noirs de Tristan et à retenir les mots qui se pressaient sur ses lèvres pour qu'il demeure à son côté. Le moment de se conduire comme une épouse convenable venait décidément de sonner.

— Ne vous inquiétez pas, dit-elle. Je suis sûre que les dégâts sont moins terribles qu'ils n'en ont l'air.

— Je me sens quand même responsable de la situation.

Sans répondre, elle étala un peu de baume sur ses blessures. Tristan avait eu raison de le lui conseiller. L'impression de brûlure s'estompa presque tout de suite.

— J'ai déjà moins mal, déclara-t-elle. Dans quelques jours, la situation se sera à l'évidence beaucoup améliorée.

— Vous semblez en effet fort capable de vous débrouiller et n'avez plus besoin de mon assistance, remarqua-t-il en la considérant avec une attention redoublée. Voulez-vous que je laisse la chandelle ?

— Ce serait gentil, répondit-elle, agacée par cette petite voix qui sortait de sa gorge et qu'elle ne reconnaissait pas.

Se levant, elle lui tendit la main.

— Bonne nuit, Tristan.

Ignorant son geste, Tristan prit une autre chandelle pour lui et l'alluma.

— Si c'est ce que vous désirez...

Lottie se mordit la lèvre. Tristan allait partir et, au matin, ils seraient plus que jamais des étrangers l'un pour l'autre. Pourtant, ses anciennes peurs s'étaient éloignées, elle voulait maintenant être vraiment sa femme, qu'il l'embrasse et que les sensations ardentes qu'il lui avait fait connaître la saisissent de nouveau.

— Restez, dit-elle alors en s'emparant de tout son courage.

Tristan posa sur elle un regard prudent, se reprochant la situation présente. Tout ce que Lottie lui avait dit était vrai. Il aurait pu empêcher qu'elle se meurtrisse ainsi et parcoure tant de miles. Mais c'était pour lui enseigner quelque chose qu'il avait agi de la sorte. Et non pour la faire souffrir.

— Je ne peux pas dormir avec mon corset.

La phrase était tombée au milieu du silence. Lottie se leva, traversée par une douleur qui lui irradia le pied droit et la tétanisa. L'ignorant, elle commença à ouvrir les boutons de ses vêtements. Ses joues étaient roses et son regard resta baissé tout le temps où elle s'attela à la tâche. Était-ce vraiment tout ce à quoi elle aspirait en cet instant précis, se demandait-elle : se débarrasser de son corset ?

— Le bouton du milieu est un peu difficile.

— Les contorsions que vous vous obligez à faire risquent de vous faire mal.

Tristan avait à peine reconnu sa voix tant il luttait contre son envie intense d'arracher les vêtements de Lottie, de révéler sa peau de satin et d'explorer ses courbes et ses formes jusqu'à ce qu'il l'entende gémir dans ses bras. Mais il devait s'y prendre avec douceur. Avancer pas à pas. Au pas de Lottie.

S'approchant d'elle, il ouvrit le bouton récalcitrant et reprit immédiatement ses distances.

Toujours debout et le dos tourné, Lottie ne réagit pas à la remarque. Centimètre après centimètre, sa robe s'ouvrait, révélant peu à peu sa peau laiteuse. Lorsqu'il l'avait portée dans l'escalier, il pensait qu'elle avait compris combien il avait besoin d'elle. Mais depuis ce matin, il l'avait trop bousculée, lui en avait trop demandé. Le résultat était qu'elle était à présent moralement et physiquement épuisée. Il faudrait attendre demain, quand elle serait moins fatiguée et que sa douleur se serait atténuée. Oui, se montrer patient était indispensable, même s'il mourait d'envie de la prendre dans ses bras… et de se fondre en elle.

— Votre bouton est ouvert.

— Merci.

Elle inspira profondément et se mit à frissonner.

— À présent, reprit-il, vous devez rester tranquille. Au risque de gâcher les bienfaits du baume.

Pourrait-il ouvrir tous les boutons ? se demanda-t-il en les comptant. Sûrement. Ne les avait-il pas fermés ce matin ? Certes, mais, en l'occurrence, la bruyante chambre d'auberge où ils avaient passé la nuit n'avait rien à voir avec le profond silence de cette chambre.

— Je vais tâcher de me montrer raisonnable, dit alors Lottie. J'ai tant envie de bien faire ! Mais parfois, les choses semblent arriver d'elles-mêmes et donnent l'impression que l'on ne peut rien y changer.

Tout en parlant, Lottie entendit que sa voix était presque redevenue celle d'une enfant. Et elle sentit sa peau frissonner comme celle d'un pur-sang avant une course.

— Il m'est très difficile de retirer mes vêtements sans assistance. Je parle des boutons qui se trouvent derrière.

Là, j'ai réussi à ouvrir les premiers. Mais ceux du bas sont strictement impossibles à atteindre.

— Alors, je vais faire de mon mieux.

Comme il lui posait la main sur l'épaule, la robe glissa davantage, révélant la naissance du décolleté. Il aperçut une peau lisse qui suppliait que l'on y goûtât. Sans réfléchir, il se pencha et y posa les lèvres. Lottie prit une profonde inspiration mais ne s'éloigna pas.

— Lottie...

Un pas et il fut contre elle. Leurs corps se touchèrent. Dans un geste délibérément lent, Lottie se retourna, leva les bras, lui en entoura le cou et l'attira vers elle. Leurs lèvres s'unirent. Il apprécia sa douceur, son innocente passion. La timidité avec laquelle elle glissa la langue entre ses dents et la retira pour recommencer aussitôt. Pleine de désir mais dénué d'expérience. Un mélange qui la rendait follement attirante.

Ce fut avec toute l'énergie refoulée de leurs précédentes rencontres qu'il lui répondit. Son sexe était devenu dur au point de lui faire mal, le pressant d'agir. Mais c'est lentement qu'il voulait initier Lottie au plaisir et lui faire découvrir que la passion pouvait être douce. Car il avait déjà vu ce qui arrivait quand une femme n'était pas guidée correctement. Lottie n'était pas une courtisane ni une quelconque beauté blasée, mariée à un homme trop âgé mais versé dans les techniques amoureuses. Non, elle était son épouse, sa femme innocente et méritait qu'il prît le plus grand soin d'elle.

Les yeux de Lottie, que la passion écarquillait, se levèrent vers lui quand il détacha ses lèvres.

— Quelque chose ne va pas ? s'enquit-elle.

— Tout va très bien, au contraire, puisque je n'ai pas fini de terminer d'ouvrir tous vos boutons...

Tout en parlant, il fit glisser davantage la robe, libérant de plus en plus de peau blanche et de courbes délicieuses.

— Il est vrai que vous avez promis d'être mon habilleuse.

— Ainsi que votre déshabilleuse à en croire ce qui se passe ce soir. Et tout cela peut demander un certain temps.

Leurs regards se croisèrent en même temps. Tendant la main, il lui toucha les lèvres du bout de l'index.

Décidant de faire durer la torture exquise, il la fit pivoter de nouveau sur elle-même pour ouvrir chaque bouton un par un sans se presser. Enfin, la robe tomba à terre dans un soupir.

Comme il retirait le corset, ses jointures effleurèrent les seins blancs. Il s'arrêta, brûlant d'envie de glisser ses mains pour les en recouvrir, de sentir leurs aréoles entre ses doigts et d'entendre Lottie haleter de plaisir, tandis qu'elle demeurerait sans bouger, le souffle coupé. Mais il avait décidé d'adopter le rythme de sa jeune femme et il le ferait.

— Je peux finir, à présent, dit Lottie d'une voix très légèrement cassée qui lui fit comprendre qu'elle n'avait pas détesté son contact.

— Non, non, permettez-moi. J'ai quelque expérience des sous-vêtements féminins.

Sans attendre la réponse, il lui prit de la main la cordelette qu'elle avait saisie.

Ce ne fut que quand il lui eut retiré ses jupons, que Lottie, en chemise, remarqua sans se retourner :

— On dit que vous êtes un débauché...

— Réputation tout à fait imméritée.

Lui posant la main sur la nuque, il ajouta :

— Ces femmes appartiennent au passé. Vous, vous êtes mon présent et mon avenir.

Pendant tout le temps où Tristan l'avait déshabillée, le feu avait brûlé en Lottie, menaçant de submerger ses sens et de venir à bout de ses bonnes résolutions. Elle aurait voulu se retourner vers lui et l'embrasser mais n'avait pas osé. Pour préserver sa dignité d'épouse.

Les mains de Tristan se posèrent soudain sur ses épaules et l'attirèrent de nouveau en arrière. L'instant d'après, elle sentait le sexe dur de Tristan contre ses fesses. Une sensation nouvelle qui l'exalta et l'alarma tout à la fois. La certitude d'approcher un beau mystère noir, profond et absolu.

— Vous êtes mon épouse et il n'y a personne ici pour nous interrompre.

Son épouse. Une épouse n'était pas une maîtresse. Et les hommes en attendaient des choses bien différentes. Elle avança d'un pas, s'arrachant à la tentation qui se tenait là, derrière elle.

— Je n'ai plus besoin d'assistance. Je peux faire le reste seule.

Tristan la fit tourner sur elle-même jusqu'à ce qu'elle lui fît face.

— Et à moi, qui va me porter assistance ?

Elle demeura interdite

— Je n'ai jamais déshabillé un homme de ma vie et ne saurais même pas par où commencer. Et puis...

Elle sourit, s'essayant à l'humour.

— Je suis si maladroite que je risquerais de vous étrangler en voulant retirer votre chemise.

— Comme vous voudrez...

En un geste, Tristan venait de se débarrasser lui-même de sa veste. Lottie regarda ensuite les grandes mains qui déboutonnaient la chemise blanche. Et la retiraient.

Sa respiration se suspendit. Toute la journée, elle s'était demandé si elle n'avait pas imaginé la large carrure et la musculature de Tristan. Et elle constatait à présent que ce qu'elle avait vu lors d'un bref regard au petit matin n'avait vraiment pas été assez. Aussi se délecta-t-elle de la vue de la peau dorée et de la fine toison noire qui se faufilait vers le bas avant de disparaître dans le pantalon couleur crème.

Comme Tristan surprenait son regard et qu'un sourire entendu étirait ses lèvres, elle détourna la tête, un peu honteuse. Certes, certaines choses se faisaient le plus souvent la nuit, sous les couvertures. Pourtant, elle préférait les voir.

— Vous avez le droit de me regarder si je peux en faire autant de mon côté, dit-il en lui faisant tourner la tête pour que leurs regards se rencontrent.

— Que voulez-vous dire ?

Pour toute réponse, Tristan glissa la main sous son corsage. La caresse sur sa peau eut beau être très lente et presque paresseuse, elle fit néanmoins réagir Lottie d'une manière qui la surprit. En un court instant, ses tétons se transformèrent en petits bourgeons pointus et un désir primitif s'empara d'elle.

Tendant à son tour la main, elle caressa les soyeux cheveux noirs tandis que Tristan faisait pleuvoir une nuée de baisers sur sa gorge. Avec un petit cri étranglé, elle l'attira dans ses bras.

— Vous êtes à peine couverte, lui chuchota-t-il. Je ne voudrais pas que vous attrapiez froid.

Elle resta muette. Sous sa chemise, ses seins gonflés devenaient douloureux. Son envie de voir les lèvres de Tristan s'y poser était incommensurable. Tremblante, elle leva les bras, autorisant de fait Tristan à lui ôter son dernier vêtement.

— Toute seule dans le grand lit, vous risqueriez aussi d'attraper froid, lui chuchota-t-il en la soulevant pour l'asseoir sur le lit.

Une délicate senteur de lavande et d'amidon vint l'envelopper comme un doux cocon.

— Puis-je me coucher avec vous ? demanda-t-il.

Elle acquiesça de la tête, incapable de proférer un son.

Le lit s'enfonça un peu quand Tristan se coucha sur elle, la recouvrant, la réchauffant, la rapprochant de l'odeur de lavande des draps.

Enfin, elle pouvait se régaler des lèvres pleines. Et elle ne s'en priva pas tandis qu'il plaquait le torse contre ses seins. C'était si bon de se sentir désirée. Chaque partie de son corps semblait s'enflammer… Avant de fondre de ravissement.

L'instant d'après, les doigts de Tristan se frayèrent un chemin vers son ventre jusqu'à l'apex de ses cuisses et le joli triangle doré qui se détachait contre la peau blanche. Ils se glissèrent dans sa chair jusqu'à atteindre le cœur de son intimité qu'ils caressèrent en cercles concentriques semblant ne jamais devoir finir. Sensation trop exquise qui lui torturait délicieusement le corps. Lottie perdit la notion du temps et de tout ce qui l'entourait. Seuls les doigts de Tristan empruntant les chemins d'un plaisir dont elle n'aurait jamais imaginé qu'ils puissent exister, retenaient sa conscience.

À présent, elle réclamait quelque chose de plus, quelque chose capable de calmer le feu qui brûlait en elle. Elle gémit. Agrippant ses mains aux épaules de Tristan, elle le força à revenir assez près pour prendre sa bouche. Leurs langues se mêlèrent, augmentant le désir qu'elle avait de lui. Son corps se cambra contre le corps de Tristan, elle sentit l'érection à travers le pantalon.

Elle posa les doigts sur sa ceinture, désireuse d'éprouver le contact de cette peau encore inconnue contre la sienne. Mais le premier bouton refusait de s'ouvrir.

Deux mains capturèrent la sienne et l'arrêtèrent.

— Patience...

— S'il vous plaît..., gémit-elle en agitant sa tête sur l'oreiller, les mains accrochées au drap, sans savoir vraiment ce qu'elle le suppliait ainsi de lui donner.

— Ce n'est pas facile, lui murmura-t-il en retour. Je vais devoir vous faire un peu mal. Mais cela ne durera qu'un très court instant. Me faites-vous confiance ?

Elle hocha légèrement la tête. Son corps tout entier le désirait.

Tristan ouvrit son pantalon, le fit glisser le long de ses jambes jusqu'au sol et s'en débarrassa d'un coup de pied. Quand, à présent nu, il s'étendit sur elle, elle sentit sa bouche devenir toute sèche en éprouvant la virilité de Tristan contre son bas-ventre. Glissant la main entre leurs deux peaux, elle l'arrêta sur le membre tendu. Dur et velouté. Mais quand elle voulut mieux le découvrir, Tristan l'arrêta.

— Plus tard, chuchota-t-il.

Elle regretta sa hardiesse, déglutit avec difficulté, se reprochant de se montrer aussi désirante.

— Je comprends.

— Pardonnez-moi. Parfois, j'oublie votre inexpérience.

Tout en parlant, Tristan lui avait pris la main. Il la porta à ses lèvres et lui embrassa lentement chaque doigt.

— Je veux rendre ce que nous allons faire le plus doux possible, expliqua-t-il à mi-voix.

— Mais…

— J'y tiens.

Il se faufila entre ses cuisses et entra doucement en elle. La douleur qu'elle éprouva quand elle s'ouvrit à lui pour le laisser pénétrer fut très brève. Il resta ensuite un moment sans bouger, lui traçant juste du bout d'un doigt le contour des yeux, du nez et de la bouche.

— Vous n'avez plus trop mal ?

— Non.

Alors, il reprit ses lèvres, réveillant les feux qu'il avait allumés un peu plus tôt.

Elle arqua le bassin pour être plus près de lui et ce fut ensemble qu'ils commencèrent à bouger lentement, puis de plus en plus vite, jusqu'à ce qu'elle ait l'étrange impression de tomber dans un abîme. Elle étouffa un cri, tenta de s'accrocher à ce qui lui restait de lucidité. Échoua.

Tristan considéra Lottie, heureux de ne voir sur son visage aucun signe de douleur. Il s'était retenu autant qu'il avait pu, de toutes ses forces. Mais le désir avait été plus fort et anéanti ses efforts. Plongeant dans les yeux étoilés, il y découvrit les traces de la passion qui s'y nichaient encore.

— Vous ai-je fait mal ? lui demanda-t-il.

— Un peu au début. Mais ensuite…

Le sourire de Lottie remplaça la fin de sa phrase. Tristan lui pressa les lèvres sur la tempe, empli de fierté.

Il ne s'était pas trompé. Sa femme serait bientôt celle dont il avait rêvé. Son expérience fonctionnait. Et un jour, il lui révélerait toute la vérité.

— Ce sera mieux la prochaine fois, je le promets.

— Et vous tenez toujours vos promesses.

En guise de réponse, il la reprit contre lui et arrêta son rire avec un baiser. Bientôt, oui bientôt, il lui révélerait la vérité. Mais, pour le moment, il voulait profiter encore un peu de son innocence.

Et rien ne l'arrêterait.

11

— Pourquoi n'avez-vous pas voulu me dire qui ce portrait représentait ? Pourquoi avez-vous délibérément changé de sujet ? demanda Lottie alors que le soleil du matin filtrait à travers les rideaux.

Cela faisait presque une heure qu'elle était réveillée et qu'elle écoutait Tristan dormir à son côté d'un sommeil paisible, tout en réfléchissant et en repassant les derniers événements dans sa tête. Un seul n'avait pas trouvé sa place : le portrait. Qui pouvait avoir eu l'idée de laisser un portrait ainsi entaillé accroché au mur ?

— Ce n'était pas important, répondit la voix endormie de Tristan. Et ça ne l'est toujours pas. Il vaut mieux oublier. C'est de l'histoire ancienne. Rien à voir avec vous ni avec nous.

Ramenant les genoux contre sa poitrine, elle considéra Tristan derrière le fin rideau de ses cheveux.

— J'aimerais tout de même savoir.

Il s'assit en face d'elle, lui ramena une longue mèche derrière l'oreille, lui caressa la joue et sentit aussitôt la myriade de sensations qui la traversait.

— Il s'agit du portrait de l'ancienne femme de mon oncle. Mais vous ne le verrez plus.

— Qui l'a abîmé comme ça ? Votre oncle ?

Se dégageant, elle s'assit et regarda Tristan en face.

— Il a l'air d'avoir coûté cher.

— Décidément, repartit-il, vous refusez d'avoir l'esprit distrait, ce matin.

En même temps, Tristan lui entoura l'épaule de son bras et l'attira contre lui d'un geste ferme.

— J'aurais peut-être dû vous poser la question hier soir, reprit-elle, mais d'autres choses m'occupaient l'esprit.

Elle détourna la tête. Faire des allusions à ce qui s'était passé entre eux pendant la nuit la gênait.

— Mon oncle...

Tristan s'arrêta et dut prendre une longue inspiration pour pouvoir poursuivre :

— C'est lui qui a fait réaliser ce portrait à l'époque. Il aurait presque fallu pouvoir lui poser la question en direct. En ce qui me concerne, j'étais déjà parti.

— Mais pourquoi avoir tailladé ce tableau de la sorte ? Il a dû y avoir une bonne raison !

— Vous lisez trop souvent vos romans.

— Ce sont ceux de cousine Frances, corrigea-t-elle en se soulevant sur un coude pour mieux le regarder.

En remarquant la petite fossette qui se creusait à la commissure des lèvres de Tristan, elle comprit qu'il la taquinait. Elle se détendit, heureuse de voir qu'ils avaient atteint un stade leur permettant de se mesurer avec humour.

— En ce qui me concerne, j'écoute surtout les récits détaillés que Frances m'en fait. Voilà pourquoi j'en conclus que cette maison pourrait figurer dans l'un des romans en question. Elle en possède l'atmosphère.

— Vraiment ?

— Sans le moindre doute. Cousine Frances ne manquera d'ailleurs pas de le souligner lorsqu'elle viendra.

Lottie corrigea :

— Si elle vient...

Un court silence s'installa avant qu'elle reprenne :

— Tout de même, je me demande comment une personne,

quelle qu'elle soit, peut avoir laissé sombrer une maison pareille ! Elle a pourtant dû être aimée en son temps ?

— Et comment ! Mon père et ma mère l'adoraient. Mais comme mon père et mon oncle ne s'entendaient pas, après la mort de mon grand-père, mes parents sont partis s'installer près de Haydon Bridge.

Lottie tapa des mains sur ses genoux.

— Vous, vous cherchez à me distraire avec vos parents ! Pourquoi votre oncle a-t-il laissé cette maison dans cet état ?

Tristan considéra les lèvres de Lottie, aussi jolies qu'un bouton de rose, et la nacre de sa peau. Il replia les genoux comme elle tout en réfléchissant. Que pouvait-il lui dire et que devait-elle savoir ?

— D'après ce que m'a écrit plus tard Mrs Elton, je crois que mon oncle n'est jamais revenu ici après que sa femme l'a eu abandonné. Or, à l'époque, lui et moi nous étions déjà très éloignés.

— Comme c'est triste. Le départ de son épouse a dû trop l'affliger. Sans doute l'aimait-il beaucoup.

— La seule chose qu'aimait beaucoup mon oncle était l'argent. Avec, bien sûr, tout ce que cet argent lui permettait d'acquérir. Il était aussi très attaché à préserver la réputation du nom *Dyvelston* et à ne pas le voir étalé dans la presse à scandale. Mais là...

Tristan plissa les lèvres.

— Il a échoué !

— Et... sa femme... Qu'éprouvait-il pour elle ?

— Elle n'était que l'une de ses acquisitions, un objet vivant, un trophée pour ses vieux jours.

— Exactement ce que Sir Geoffrey comptait faire de moi.

— Peut-être, mais cela n'a guère retenu mon attention. Ce n'est pas Sir Geoffrey que vous avez épousé. C'est moi.

Par cette remarque, Tristan espérait avoir clos le sujet.

Il n'avait pas envie de déterrer de vieux souvenirs sur les turbulences de sa jeunesse passée.

— À quoi ressemblait-elle, votre... tante ? demanda-t-elle sans le regarder. Quand je rencontrerai les voisins, ils seront tous au courant et feront forcément des allusions. Comme Mrs Foster hier, par exemple. Elle a dit quelque chose que je n'ai pas compris. Il serait plus sain que vous me racontiez tout vous-même.

— Mrs Foster avait plus d'un côté irritant ! grommela Tristan. Je n'aurais pas dû vous laisser accepter qu'elle et son frère nous conduisent à la croisée des chemins.

— Encore une fois, vous essayez de changer de sujet. C'est votre tante dont nous parlons, non des gens que j'ai rencontrés dans le train parlementaire. Vous l'avez tout de même connue !

Tristan déplia les genoux et se laissa aller en arrière jusqu'à ce que sa tête rencontre l'oreiller et son regard le ciel de lit. Comment parler de la belle, de l'insaisissable, de la traîtresse Suzanne ?

— Belle, charmante, beaucoup plus jeune que mon oncle, aperçue la dernière fois en compagnie d'un comte italien.

Lottie rit et, attrapant la main de Tristan, la pressa contre sa joue.

— Vous semblez connaître beaucoup de femmes surprises avec des comtes italiens.

Tristan retira sa main.

— Parce qu'il s'agit de la même.

Lottie eut un moment de saisissement.

— Vous vous étiez donc enfui avec votre tante... Rien d'étonnant à ce que l'on vous considère depuis comme quelqu'un de scandaleux.

Elle s'assit dans le lit en ignorant le drap qui glissait à terre.

— Rappelez-vous que tout cela s'est passé il y a dix ans, la reprit Tristan en l'attirant contre lui d'un geste ferme. Le problème ne concernait donc que mon oncle et moi. Rien à voir avec vous. Pauvre idiot que j'étais ! Je n'avais pas compris que je me faisais manipuler à la fois par mon oncle et par sa femme… J'étais jeune, naïf, et totalement convaincu de mon infaillible supériorité et de ma virilité.

Lottie se dégagea de son emprise et le regarda fixement.

— Votre tante, Tristan… Comment avez-vous pu ? Elle devait être beaucoup plus âgée que vous…

— Je n'ai jamais prétendu être parfait, Lottie. Au moment de notre rencontre, vous saviez que j'avais eu un passé scandaleux.

Tristan se passa la main sur les yeux. Il n'était pas prêt pour cette conversation. Son existence comprenait un certain nombre de périodes qu'il ne désirait pas revisiter.

— À l'époque, tout cela semblait follement sauvage ! Avec ses cinq ans de plus que moi, la femme de mon oncle réussissait très bien à se faire comprendre. Pour le reste, jamais je ne l'ai considérée comme ma tante. Pour moi, c'était la femme de mon oncle et cela s'arrêtait là. Quant à celui-ci, il était parfaitement conscient de la fascination que j'exerçais sur elle.

Un muscle tressaillit dans sa mâchoire

— Au départ, il l'a du reste encouragée.

Les yeux de Lottie s'écarquillèrent de surprise tandis qu'il poursuivait :

— Mon oncle a peut-être vu là un moyen de s'assurer d'avoir un enfant porteur du sang des Dyvelston plutôt que d'un sang inconnu. Mais nous n'en avons jamais parlé. Je suis, de plus, navré de dire que je ne me montrais pas très discret. Enfin, pour ma défense, j'ajouterai tout de même que j'étais jeune et d'une arrogance aveugle.

— Comment cela s'est-il terminé ?

— Le destin s'en est mêlé et a brouillé les cartes. Suzanne a décidé de partir avec moi sur le continent.

Il eut un rire amer.

— Sachez, à ce propos, que mon oncle ne nous a pas du tout poursuivis. Je crois même qu'il était satisfait d'être débarrassé d'elle et de son attirance pour les jolies choses. À vrai dire, ils étaient fatigués l'un de l'autre et comme j'étais leur petit jouet...

— Mais... c'est monstrueux ! Comment peut-on se montrer aussi cruel ?

— Mon oncle était ainsi. Il voulait à tout prix avoir un fils. C'était devenu pour lui une obsession.

Devant son expression, Lottie fut soudain certaine qu'il laissait volontairement plus d'un détail dans l'ombre.

— Il ne s'agit pas d'une époque dont je suis fier, Lottie. Mais elle m'a aidé à me forger le caractère.

— Je pense que votre oncle a quasiment détruit le portrait de sa femme, mais l'a laissé suspendu dans le couloir au milieu des autres pour que vous le trouviez quel que soit le jour où vous reviendriez.

— En effet, mais j'ai choisi de l'ignorer. Cette toile ne représente rien pour moi.

Comme un frémissement parcourait Lottie, elle repoussa de son souvenir le regard et le sourire de cette femme qui restaient visibles sur le tableau tailladé.

— Quel comportement horrible ! Il aurait dû assumer le fait que vous teniez à elle...

— Cela fait des années que Suzanne a cessé de compter pour moi.

— Mais... Mais...

— C'est de l'histoire ancienne, Lottie, répéta-t-il en lui passant doucement la main sur l'aine. Encore une fois, tout cela remonte à une décennie. Et j'ai échappé au pire. J'avais atteint ma majorité et mon oncle ne pouvait plus grand-chose contre moi. La prochaine fois, rappelez-moi plutôt de vous raconter une aventure terrible qui vous fera dresser les cheveux sur la tête !

Il sourit et reprit :

— Les feuilles à scandale ont fait leurs choux gras de ce méli-mélo pendant quelques années. Le temps pour moi de prendre les leçons qu'il fallait et de grandir.

— Et, tel le fils prodigue, de revenir un jour chez vous.

— C'est une façon de voir.

— Est-ce que... Suzanne est heureuse ? demanda Lottie en se hissant sur un coude.

— Sa vie est meilleure sous le soleil d'Italie. Les comtes italiens possédant châteaux, argent et leurs entrées dans les endroits cotés se révèlent aujourd'hui bien plus à son goût que les jeunes hommes aux manières charmantes.

Il eut un petit rire bref.

— Salutaire et inoubliable leçon...

Lottie se mordilla la lèvre. L'avait-il personnellement jugée ainsi lors de leur rencontre au Shaw's ? Comme une femme décidée à s'emparer des attributs de la fortune et à se vendre au plus offrant dans le but de satisfaire les ambitions de sa mère ? Comme une autre Suzanne...

— Le scandale est-il la raison pour laquelle vous vous êtes senti incapable de rentrer chez vous après la mort de votre oncle ?

— Mes raisons pour ne pas rentrer ont été nombreuses.

Sur ces mots, il tendit la main avec douceur vers le front de Lottie et en profita pour lui embrasser les paupières, le nez, déposant partout de petits baisers qui propagèrent en elle une délicieuse chaleur.

— Mais ces raisons ont toutes disparu aujourd'hui. Dans cette maison, nous allons créer notre foyer, vous et moi. Elle coule dans mon sang et je n'ai pas l'intention de la quitter.

— Pourquoi est-ce à vous que votre oncle l'a léguée ?

— Parce que c'est ainsi. À présent, assez parlé d'histoire

ancienne et de scandales révolus. Vous voici chez moi, dans mon lit, et c'est tout ce dont j'ai besoin.

Il embrassa l'épaule de Lottie, rallumant instantanément le feu qui couvait en elle. Et dès qu'elle tourna le visage vers lui, il s'empara de ses lèvres.

Ce ne fut que beaucoup plus tard qu'il comprit qu'il n'avait pas répondu à sa dernière question.

Le soleil pénétrait déjà dans la chambre quand Lottie se réveilla. Seul le creux dans l'oreiller de Tristan témoignait qu'il avait passé la nuit ici. Contente de disposer d'un peu d'intimité, elle sortit du lit et alla faire sa toilette, regrettant tout de même qu'il ne l'ait pas embrassée en partant.

Puis elle attrapa entre deux doigts sa robe bien abîmée, avec la conscience qu'elle devrait s'en contenter jusqu'à ce qu'elle découvre s'il se trouvait dans la maison des vêtements susceptibles de la dépanner jusqu'à l'arrivée de ses malles. Ici, de toute façon, il n'y avait personne pour la voir... Sauf Tristan qui, lui, la connaissait même nue. À cette pensée, ses joues se teintèrent de rose.

Un peignoir de coton blanc gisait au pied du lit. Elle s'y glissa avec un plaisir non feint, laissant ses cheveux tomber librement sur ses épaules.

Puis elle se saisit du miroir et se trouva le visage d'une femme qui avait été bien embrassée. Cela frôlait même le dévergondage. Si les amies de sa mère l'avaient vue en ce moment, nul doute qu'elles auraient échangé des regards choqués. Le pire était peut-être qu'elle s'en moquait complètement. Elle reposa le miroir avec un bruit sourd. À présent, elle comprenait pourquoi on offrait aux femmes un voyage de noces. Parce que c'était le seul moment où l'on pouvait traiter les épouses comme des maîtresses.

Décidément, sa mère avait eu tort de prétendre que les hommes n'aimaient pas lire la passion que ressentait leur femme. En tout cas, Tristan, lui, semblait l'apprécier.

avec l'air de vouloir dire quelque chose. Comme aucun son n'en sortait, Lottie se permit un petit sourire. Certaines personnes ne pouvaient à l'évidence pas s'empêcher de citer les noms titrés, et cette maladie ne touchait apparemment pas que sa mère et les amies de celle-ci. Mais tout de même... Mrs Elton aurait dû savoir que jamais Lord Thorngrafton ne se présenterait chez son cousin sans y avoir été préalablement invité et qu'il y amènerait encore moins l'une de ses bonnes amies. L'idée même était risible.

— Si vous pouviez me trouver un semblant de petit déjeuner, dit-elle en changeant de sujet afin de dissiper la gêne, j'apprécierais beaucoup.

Sur ces mots, elle s'accroupit pour caresser le tout petit terrier qui inclina sa tête rousse et blanche, vint la renifler et lui posa sa tête microscopique dans la main.

Mrs Elton s'éclaircit la gorge.

— Le chien s'appelle Joss. Il est très pointilleux sur les gens avec qui il pourrait éventuellement lier amitié.

— Il est adorable.

Lottie caressa de nouveau l'animal et lui gratta le menton tandis qu'il se couchait à ses pieds.

— Vous serait-il possible, demanda-t-elle enfin en levant les yeux vers la gouvernante, de me donner une tranche de pain grillé que je partagerais avec Joss ?

Mrs Elton eut l'air un peu choqué par cette dernière précision, mais posa sans discuter deux tranches de pain sur le gril.

— Tristan Dyvelston sait-il que vous êtes ici ?

— Bien sûr.

Lottie attendit quelques instants. La situation commençait à lui plaire. Dans une poignée de secondes, la femme s'excuserait de s'être montrée aussi impolie à son égard. Elle retint un sourire. Ne jamais oublier que les mouches s'attrapaient mieux avec du miel qu'avec du vinaigre. Battant des cils, elle prit son expression la plus innocente.

— Nous nous sommes mariés à Gretna Green avant-hier.

— Je n'en avais pas entendu parler. Mais j'étais loin et je ne suis rentrée qu'il y a une heure et depuis, je n'ai pas trouvé le temps de trier le courrier.

Là-dessus, la gouvernante claqua la langue et retourna le pain sur le grilloir. Lottie vit ses yeux aller et venir sur elle.

— Ainsi, il vous a épousée à Gretna Green ? Pourquoi a-t-il éprouvé le besoin de faire cela ? Attendez-vous un enfant ?

— Vous devrez le lui demander, répondit-elle en tendant la main pour montrer son alliance en fer. En tout cas, nous sommes mari et femme. Quant à notre mariage, il est tout ce qu'il y a de plus légal. Je ne suis pas une catin.

— Je n'en doute pas. Maintenant que je vous vois plus correctement, je réalise mon erreur. Excusez-moi, Miss...

— Lottie Dyvelston, Charlton de mon nom de jeune fille.

Elle tendit la main à la femme.

— Nous attendons l'arrivée de mes malles. Tout s'est passé si soudainement... Pour ma part, je ne pensais pas que vous rentriez avant plusieurs jours.

— Ça, je n'en doute pas.

Le visage de Mrs Elton prit une expression froissée. Elle s'essuya le coin de l'œil avec son tablier.

— Je suis surprise, voilà tout. Jamais encore je n'avais imaginé Master Tristan marié. Concernant Master Peter, c'est évidemment une autre histoire. Depuis toujours, il cherche à se trouver une épouse.

— Je connais Lord Thorngrafton au même titre que Tristan et je n'ai pas l'impression que le premier cherche à se marier.

Mrs Elton lui décocha un nouveau et étrange regard... Avant de se tourner vers son plan de travail.

— En tout cas, ajouta Lottie, c'est ce que j'ai ressenti jusqu'à présent.

Ce disant, elle pinça le petit espace de peau situé entre ses deux yeux. Certes, les familles accordaient parfois une certaine liberté de conduite à leurs servantes et serviteurs, mais le cas de Mrs Elton dépassait la normale. Face à cette étrange personne, Lottie décida de changer de tactique.

— Mes malles ne sont pas encore arrivées et ma robe est devenue importable. Puis-je vous déranger et vous demander si vous pourriez me trouver d'autres vêtements dans lesquels je m'occuperais de la maison ?

— La femme de l'ancien Lord Thorngrafton ne levait jamais son délicat petit doigt, repartit la gouvernante, interloquée. Et j'avoue que je n'aurais pas cru voir le jour où l'épouse de maître Tristan mettrait la main à la pâte. Si vous voulez bien pardonner mon franc-parler, je ne trouve pas cela bien ni convenable.

— J'ai l'esprit pratique, répondit-elle en fronçant les sourcils.

La comparaison avec Suzanne ne lui plaisait pas du tout. Elle était autre chose qu'une fille riche et gâtée. Même chez sa mère, elle avait toujours aimé aider.

— Maman pensait qu'une femme doit être aussi utile que jolie. De plus, quand on sait soi-même accomplir une tâche, il est beaucoup plus facile de s'adresser ensuite aux servantes.

— C'est un point de vue intéressant.

Sur cette appréciation, Mrs Elton lui tendit une tranche de pain. Lottie la partagea tout de suite en deux morceaux. Elle en présenta un à Joss. Le chien lui lécha les doigts avant d'attraper le pain avec un petit jappement.

— Ah, Lottie, c'est ici que je vous trouve !

À peine Tristan eut-il pénétré dans la cuisine qu'elle sentit ses joues s'enflammer et que la façon dont il l'avait tenue la nuit dernière lui revint en mémoire. Il arrivait de l'extérieur. Cela se voyait à son entrain et à ses yeux brillants. Comment pouvait-il lui avoir autant manqué pendant la courte période de leur première séparation ?

— Et voici Mrs Elton..., ajouta-t-il en apercevant la dame

âgée. Quelle surprise ! Je n'avais pas réalisé que vous étiez de retour.

Rejoignant la gouvernante, il l'entoura de ses bras. Aux pieds de celle-ci, le tout petit terrier aboya.

— Master... Tristan, dit Mrs Elton d'une voix à la fois grognon et moqueuse, tandis qu'il lui arrangeait sa jolie cape blanche à rubans mise en désordre par son geste. Laissez-moi vous regarder. Vous êtes donc marié...

— En effet.

Tendant la main vers Lottie, il l'attira à lui.

— Je m'attendais d'ailleurs à ce que ma douce épouse reste toute la journée au lit tant notre journée d'hier s'est révélée exténuante.

Les joues de Lottie s'empourprèrent. Elle se détacha de Tristan en jetant un bref coup d'œil à Mrs Elton, certaine de croiser son regard désapprobateur. À sa grande surprise, ce fut le contraire qu'elle vit. Mrs Elton rayonnait littéralement. Se levant, la gouvernante alla s'activer autour du gril.

— J'avais faim en me réveillant, dit Lottie à Tristan en tendant la main vers le chien pour lui faire profiter du reste de sa tranche de pain. Un peu plus tard, je suis descendue à votre rencontre et à la recherche de nourriture. C'est là que j'ai rencontré Mrs Elton. Au début, il y a eu une petite confusion, mais tout est démêlé à présent.

— Quelle confusion ? demanda vivement Tristan.

— Mrs Elton m'avait prise pour l'une des pouliches de Lord Thorngrafton. Mais je lui ai tout expliqué. L'erreur était normale tant elle s'attendait peu à nous trouver ici.

Les yeux de Tristan se firent plus noirs. Il changea de position, mal à l'aise.

— Et qu'avez-vous expliqué à Mrs Elton ?

— Je lui ai raconté notre mariage hâtif qui a paru l'abasourdir. Je suis aussi devenue amie avec son petit chien.

Lottie avait saisi le bras de Tristan et baissé la voix en

parlant. Un peu plus loin, Mrs Elton rangeait maintenant les ustensiles de cuisine.

— Je ne suis pas sûre qu'elle ait saisi que vous avez l'intention de vous débarrasser d'elle. En tout cas, pas une fois elle n'a mentionné l'éventualité d'un quelconque départ. Et… Tristan, elle vous a connu quand vous étiez en culottes courtes. Il doit bien exister un moyen…

Tristan se frotta le menton. Ses yeux étaient embués.

— Si vous voulez bien m'excuser… Il y a quelque chose dont Mrs Elton et moi devons discuter.

Lottie se mordilla la lèvre, regrettant d'avoir abordé le problème du statut de la gouvernante. Mais voir que l'on se débarrassait d'elle la gênait. Mrs Elton avait paru si heureuse en revoyant Tristan ! Dire que toute cette joie allait être brisée ! À moins que Tristan n'envoyât la gouvernante à Lord Thorngrafton. Après tout, celle-ci semblait bien l'aimer. Et si Tristan n'y pensait pas de lui-même, elle lui glisserait l'idée à l'oreille à la première occasion.

— Très bien, répondit-elle. Je vais attendre dans le salon que vous ayez terminé. Les choses à faire ne manquent pas pour rendre à cette maison la douceur d'un foyer.

Sur ces mots, elle se baissa pour une dernière caresse sur la tête du minuscule Joss et ajouta en se redressant :

— Je suis très contente d'avoir fait votre connaissance, Mrs Elton.

— Et moi aussi, my lady, repartit la gouvernante avec une révérence. Je vais regarder au plus vite si je peux vous trouver une ou deux robes portables. À mon avis, il y en a dans l'une des chambres du grenier. Elles ne sont pas à la dernière mode, mais n'en seront pas moins utilisables.

— Oh ! je ne suis pas une lady, remarqua-t-elle avec un petit rire. Je ne possède pas de titre ! En revanche, je me débrouille fort bien avec un fil et une aiguille. Et quand on sait à quel point une robe peut changer d'aspect grâce à quelques lacets en plus...

Tristan attendit d'entendre les pas de Lottie décliner pour aller fermer complètement la porte.

— J'imagine que vous vous demandez à quoi rime tout ceci, dit-il en se tournant vers Mrs Elton qui fronçait les sourcils d'un air grognon.

— Pourquoi devrais-je savoir quoi que ce soit ? répondit-elle en attrapant une casserole derrière elle avec un reniflement ostensible. Après tout, cela ne fait que trois générations que votre famille m'emploie... Trois générations, Tristan Dyvelston. Et j'ai changé vos langes quand vous étiez petit. Ne l'oubliez pas !

Il posa les mains sur les épaules de son ancienne nounou, observant son visage ridé.

— Je n'ai jamais oublié et je vous en suis très reconnaissant, mais essayez de comprendre ce que je tente de faire.

— Quel but poursuivez-vous ? Et n'essayez pas de me jeter de la poudre aux yeux. Ils en ont trop vu pour que cela marche, vous savez. Je connais vos méthodes. En ce moment, vous avez le même regard que quand vous voliez le cake réservé au thé dînatoire de fin de journée.

— En l'occurrence, il ne s'agit pas du tout de cela.

— Alors, venez-en au fait, dit Mrs Elton en faisant un geste avec sa cuillère.

— J'essaie d'empêcher que m'arrive ce qui est advenu à mon oncle. En d'autres termes je refuse d'être marié à une femme qui ne verrait en moi que mon titre et ma fortune.

— Pourquoi l'avoir épousée alors ?

— Lottie fait partie de la haute société où on ne s'en prend pas à une vierge. Or, nous nous trouvions sur la terrasse d'un hôtel et...

Il s'arrêta avec circonspection.

— Vous la prenez pour une enfant gâtée et cela vous pose un problème ?

— Jamais je n'aurais épousé Lottie si je pensais cela d'elle. Mes raisons pour lui avoir menti sont authentiques.

— Vous pensez vraiment qu'elle ne connaît pas votre véritable identité ?

— J'en suis totalement convaincu.

Il s'appuya contre le buffet.

— Pour elle, Peter est le Lord Thorngrafton.

— Je m'en suis aperçue, répondit Mrs Elton en attisant le feu. Qu'est-ce que votre cousin et vous préparez encore ?

Tristan relata rapidement les détails à sa gouvernante dont l'expression ne varia pas pendant tout le récit.

— Voilà, vous comprenez maintenant pourquoi j'agis ainsi, dit-il à la fin.

— Et quand elle découvrira que vous l'avez menée en bateau... ?

Il fixa Mrs Elton.

— Je ne l'ai pas *menée en bateau*. Je l'ai épousée. Et dès que je ne douterai plus de la qualité de son attachement pour moi, je lui révélerai mon rang et ma fortune. Alors, elle sera folle de joie.

— Vous pouvez bien vous y connaître en chemins de fer et être doué pour les affaires, master Tristan, dit la gouvernante en tournant la tête de gauche et de droite, cela n'empêche que vous ne connaissiez pas les femmes.

— Et vous, vous vous faites trop de soucis. Lottie apprécie beaucoup les jolies choses et elle voulait épouser un homme titré. Son bonheur sera donc sans égal.

— Eh bien, moi je vous le dis, Tristan Dyvelston : personne ne peut prédire la réaction d'une femme et vous n'auriez jamais dû essayer de la tromper. Elle pourrait fort bien ressentir cela comme une injustice. Et je ne le lui reprocherais pas.

Tristan réfléchit très vite. Le lien qui l'attachait à Lottie était si nouveau et si fragile qu'il fallait le consolider. Il voulait aussi être certain de ne pas perdre son cœur pour une femme qui, de son côté, ne céderait qu'aux charmes de ses biens et de sa noblesse.

— Je lui raconterai tout quand je n'aurai plus l'ombre d'un doute. Et seulement alors.

— En amour, master Tristan, il faut savoir prendre quelques risques. Comme dans les affaires...

— Je suis décidé à réussir mon mariage à l'image de celui de mes parents. Quand ma mère a épousé mon père, elle savait qu'il n'hériterait sûrement pas du titre.

— Il est vrai que leur mariage a été un mariage d'amour...

— Tout ce que je vous demande est d'aller dans mon sens et de me laisser expliquer les choses moi-même à ma femme au moment et de la manière que je choisirai.

— Je ne lui mentirai pas non plus. Elle a bon cœur, celle-ci, et toutes les qualités qui vont avec.

Mrs Elton croisa les bras et lui jeta un regard perçant.

— Au cas où c'est ce que vous attendriez que je fasse...

— Mrs Elton...

— Je ne lui fournirai pas non plus d'informations, rassurez-vous. Mais, encore une fois, je vous préviens, master Tristan, tout cela va se terminer dans les larmes. Et ce ne seront pas les miennes qui seront versées...

— J'avancerai à mon rythme et révélerai la vérité à Lottie quand le temps sera venu pour moi de le faire.

— Vous êtes le maître.

— Oui, dit Tristan, qui tourna les talons et sortit sans un regard en arrière.

12

Lottie débarrassa les meubles du petit salon de leurs protections. Ils étaient tous, ainsi que le sofa, passés de mode et remontaient au moins à l'époque de Guillaume IV. Mais ils pouvaient encore servir. Pour pouvoir écrire tranquillement ses missives, un joli bureau en bois d'acajou se situait à l'endroit idéal devant une petite fenêtre.

Ouvrant le meuble, Lottie découvrit une provision de papier, un buvard, un stylo et de l'encre. La tentation de commencer à rédiger des lettres lui fit poser la main sur la chaise devant le bureau, mais elle s'arrêta dans son geste et provoqua, en refermant le bureau, un bruit qui se répandit dans la pièce.

Comment décrire la maison à sa famille sans se sentir mesquine ou grossière vis-à-vis de Tristan ? Il n'était pas responsable de l'état pitoyable de la demeure.

Et puis, elle avait envie de rester occupée pour ne pas songer à tout ce que son mariage allait changer dans son existence. Sans parler de Mrs Elton qui n'avait même pas été avertie de l'imminence de son propre congé. Bien sûr, les bonnes gouvernantes trouvaient facilement du travail, et n'importe où. Mais... Même si elles avaient l'âge de Mrs Elton ?

Lottie commença à empiler les linges dans un coin de la pièce. Après quelques aménagements, la pièce serait devenue très présentable.

— Mrs Elton a accepté de rester et vous fait parvenir ces

vêtements, déclara Tristan en entrant et en les déposant sur une chaise. Elle a pensé que vous voudriez peut-être vous changer tout de suite.

— Elle a *accepté de rester* ? répéta Lottie, intriguée, non sans sentir ses épaules se libérer d'un gros poids.

Cette petite gouvernante lui plaisait bien... Tristan s'était donc rendu à la raison.

— Mais... je croyais que...

— Elle n'a même pas voulu entendre parler d'un départ et m'a juste rappelé depuis combien de temps elle travaillait pour ma famille.

Haussant les épaules, il débarrassa de la poussière qui s'y était déposée la robe tachée de Lottie.

— Bref, Mrs Elton reste. Cela vous laissera davantage de temps pour vous. De toute façon, son point de vue est qu'il faut couver les jeunes femmes qui viennent de se marier.

— Et vous, avez-vous l'intention de me couver ?

— Je doute que vous me laisseriez faire, répondit-il avec un demi-sourire. Ce matin, vous avez refusé de rester au lit alors que j'avais anticipé que vous y demeureriez toute la journée.

— À mon réveil, vous aviez disparu. J'ai bien été obligée de me lever pour partir à votre recherche.

— Et vous m'avez trouvé. Ah, avant que j'oublie : Mrs Elton m'a dit qu'elle allait vous remettre davantage de vêtements plus tard.

— Et une solide paire de bottes.

— Également, confirma Tristan en lui prenant la main et en la portant à ses lèvres. Vous serez dorénavant chaussée de manière plus solide.

Le contact la fit doucement frissonner. Elle recula un peu tandis que Tristan continuait à la fixer.

— Vous allez avoir quelques jours pour vous reposer et découvrir la maison. Et quand vos pieds seront complètement guéris, je vous ferai visiter les terres.

— Aurai-je mon mot à dire sur la décoration ? On peut déjà faire pas mal de choses pour rendre cet endroit plus habitable. À commencer par remplacer les meubles.

— Toutes les économies que nous pourrons réaliser seront les bienvenues. Si vous me promettez pour autant de ne pas remplir la maison de pelotes à épingles pour les femmes des fermiers ni d'y recevoir des visites toute la journée, je serais heureux que vous en fassiez un véritable foyer.

La respiration de Lottie se suspendit. Elle en avait aussi tant envie !

— Inutile de ramener chaque fois la discussion aux pelotes à épingles, remarqua-t-elle néanmoins. Ne vous ai-je pas dit que je les avais toujours détestées ? Dites-moi plutôt comment vous aimez occuper vos soirées ?

— Quand je suis ici, j'aime lire et jouer aux échecs.

— J'ai découvert un échiquier, dit-elle en se tapotant les lèvres du bout des doigts. Vous pourriez m'apprendre… Henry y joue de temps en temps. Les règles ne doivent pas être trop compliquées. S'il les a intégrées…

— Vous n'êtes pas obligée d'apprendre à jouer juste pour me faire plaisir.

— Mais je veux apprendre ! se défendit-elle sur un ton plaintif.

Son ambition était de créer une véritable relation avec Tristan. Et si cela impliquait d'apprendre à jouer aux échecs, de couvrir les chaises ou de modérer ses propres extravagances, elle s'y mettrait. Non pour plaire à Tristan mais pour que leur mariage fût une réussite. Et ce, même si son désir de gagner le respect de Tristan, d'entendre son rire et de voir son regard s'illuminer était devenu si fort qu'il l'effrayait un peu.

— Nous verrons ce soir, dit-il.

Après une imperceptible hésitation, elle déclara très vite :

— Je ne voudrais pas d'un mariage où nous resterions distants. Maman et papa étaient heureux. Ils partageaient bon nombre d'occupations. Ils jouaient aux cartes, allaient danser, et papa aimait bien taquiner maman à ce propos. À mon avis, Henry et Lucy sont moins heureux. À part leurs enfants, ils ne partagent pas grand-chose. Voilà pourquoi, si vous aimez les échecs, j'aimerais que vous m'appreniez à y jouer. Personne ne s'est jamais soucié de le faire...

Sa voix avait faibli sur les derniers mots. Elle jeta un regard rapide à Tristan.

Il avait pâli. Sa pomme d'Adam monta et descendit plusieurs fois. Puis, alors qu'il paraissait sur le point de s'exprimer, il recouvra soudain le contrôle de soi et lui adressa un sourire inutilement indulgent.

— Je pense qu'il est temps que vous vous habilliez. Mrs Elton sera heureuse de vous assister dans cette tâche.

Elle battit des paupières pour que Tristan ne comprenne pas qu'elle était blessée. Qu'attendait-il exactement de ce mariage ?

— Je vais me changer, déclara-t-elle. La coupe des vêtements nécessitera sûrement d'être rafraîchie. Tant mieux, donc, si je m'y entends bien en couture. Surtout depuis que j'ai compris que je ne passerai pas mes soirées à jouer aux échecs...

Tristan lui tendit la main. Comme elle ignorait son geste, il la laissa retomber. Son regard était devenu impénétrable.

— Vous n'avez pas à faire quoi que ce soit juste pour me faire plaisir.

— Je sais, mais je vous ai dit que j'avais vraiment envie d'apprendre ! Cela occuperait mes soirées de manière agréable. D'autant que nous ne nous rendrons sûrement pas aux bals. Ou alors, il faudrait que je m'équipe de la fameuse paire de chaussures que nous allons m'acheter et que je sois devenue une vraie fille de la campagne.

Elle eut un rire forcé. Devant elle, Tristan fronçait les sourcils. Qu'avait-elle encore fait de travers ? Et pourquoi, échappant aux conventions, ne lui demandait-elle pas tout simplement de la prendre dans ses bras ? Très lasse, elle préféra esquiver.

— Et pour le moment, je ferais mieux d'aller me rendre présentable.

Et elle se hâta vers la porte. Pas question de s'humilier en demandant à Tristan de l'embrasser. Quand elle était contre lui, tout allait bien. C'est quand ils se trouvaient à l'extérieur de la chambre que les choses devenaient plus compliquées. Mais elle saurait lui démontrer qu'elle était capable de réaliser des économies et de faire revivre le domaine. Alors, leur lien encore ténu se raffermirait. Tout ce qu'elle voulait était que Tristan l'apprécie. Qu'il ait envie de passer du temps en sa compagnie juste comme elle avait envie d'en passer avec lui.

Deux jours plus tard, alors qu'ils parcouraient ensemble les terres du domaine, ce fut d'une seule oreille que Tristan écouta ce que lui proposait Lottie pour dépenser le moins d'argent possible. La situation devenait de plus en plus compliquée et les demi-vérités de plus en plus difficiles à faire passer.

En l'occurrence, il n'avait aucun besoin des plans que Lottie tirait sur la comète pour économiser. Ses affaires étaient florissantes et lui permettraient sans problème de restaurer le domaine. Pour autant, il restait impressionné par la façon dont sa femme prenait tout cela tellement à cœur et par ses idées aussi nombreuses qu'intéressantes. Couper les arbres abîmés pour dégager la vue et les vendre sous forme de bois de construction n'était pas la moins intéressante d'entre elles.

Se pouvait-il que Mrs Elton eût raison ? Lottie risquerait-elle de mal réagir quand elle apprendrait qu'il était riche ? Non, c'était une idée fausse. Sa femme en serait, au contraire, très soulagée. Malgré cela, il hésitait toujours à prendre le risque de lui révéler la vérité.

Soudain, il réalisa que Lottie s'était interrompue et le considérait d'un air narquois.

— Vous ne m'écoutez pas, Tristan. Or, hier soir, je vous ai battu aux échecs. Vous vous rappelez ?

— Comment pourrais-je l'oublier ?

— Alors, écoutez-moi, s'il vous plaît.

— Après avoir vendu le bois, que ferons-nous ? l'interrogea-t-il aussitôt tout en admirant la façon dont les rayons du soleil jouaient avec ses cheveux dorés.

L'envie de la prendre contre lui pour emprunter avec elle les chemins secrets du désir le tenaillait.

— J'ai évoqué la réponse à cette question il y a quelques instants, repartit-elle avec un petit geste la main, mais vous n'écoutiez pas. En cela, vous me faites penser à Henry quand j'aborde avec lui le sujet des actions. Il s'imagine en effet que celles des chemins de fer continueront à monter éternellement. Or c'est impossible. Car alors qui serait capable de se les offrir ?

— Sachez que je partage votre avis sur la question.

Il lui toucha la main.

— En vous disant cela, croyez bien que je n'essaie pas de vous faire plaisir. Ou alors juste un tout petit peu. Vous êtes si pleine d'idées qu'on dirait une abeille butinant de fleur en fleur sans presque jamais s'arrêter.

— J'aurais préféré un papillon, dit-elle avec une petite moue qui lui évoqua tout de suite le goût de leurs baisers. De plus, je ne parlais plus du bois de construction. J'en étais au retour triomphant que nous pourrions opérer à Newcastle. Et puis, j'ai aperçu cette cabane...

Il se rapprocha d'elle, prêt à l'emmener loin de la maison d'été de Suzanne, celle où elle divertissait ses amants en se plaignant de l'incommensurable ennui de la campagne. Pourquoi n'y avait-il pas pensé avant d'emprunter ce sentier ? Il n'avait aucune envie d'essayer de séduire Lottie dans cet endroit.

— Si nous allions l'examiner de plus près ? proposa Lottie. Je me sens l'âme d'une intrépide exploratrice.

— Pour quoi faire ? Cette hutte aurait dû être vendue.

Lottie le prit par la main.

— La visite sera amusante à raconter à mes amis quand nous reviendrons à Newcastle.

— C'est ici, à Gortner Hall, que nous allons nous installer.

— Bien sûr, mais vous me permettrez bien de rendre visite à ma mère et à ma belle-sœur... Vendre le bois des arbres rapporterait...

— Êtes-vous toujours aussi acharnée ? Est-il vraiment si important que vous sachiez tout sur le domaine dès aujourd'hui ?

Sa jeune femme battit des paupières tandis qu'un petit pli naissait entre ses yeux.

— Je voulais paraître intéressée par le domaine dont vous avez hérité.

— Être et paraître sont deux choses différentes.

— *Paraître* pour que vous remarquiez mon intérêt véritable ! dut-elle expliciter.

Puis, s'efforçant de sourire, elle ajouta :

— De plus, cette cabane m'intrigue. À votre avis, à quoi pouvait-elle servir ? À la contrebande ?

— Lottie...

S'approchant d'elle, il respira le frais parfum de son innocence et ferma les yeux tandis que l'intérieur de la hutte lui revenait aussitôt en mémoire : les deux Cupidon au regard concupiscent à l'entrée, le miroir placé avec astuce, les judas pour que son oncle puisse voir sans être vu. Non, ce n'était décidément pas ce qu'il voulait pour Lottie...

— Nous avons le temps, dit-il. De plus, vos pieds doivent vous faire encore mal.

— Mes pieds vont très bien. Et, en effet, j'ai terriblement hâte de savoir comment on pourrait ramener ce domaine à la vie !

Le visage de Lottie se fit plus grave lorsqu'elle ajouta :

— Je veux faire de ce mariage une vraie collaboration sans secrets entre nous. Est-ce trop demander ?

Il s'agita, un peu mal à l'aise. Les secrets... Il commençait justement à y en avoir beaucoup trop. De jour en jour, il trouvait de nouvelles raisons pour différer le moment de les révéler à Lottie et de tout lui expliquer. Elle et lui s'attachaient l'un à l'autre de manière indubitable et il ne voulait pas mettre ce rapprochement en danger. Quand serait-il enfin sûr que le désir de Lottie n'était pas seulement la manifestation de son devoir d'épouse, et leur mariage une manière d'obéir à sa mère ?

Il lui posa les mains sur les épaules.

— Vous n'avez pas à vous forcer avec moi. Il vous suffit d'être vous-même. Quant au domaine, il saura très bien prendre soin de lui tout seul.

— Et si je veux vous plaire, *moi*, que dois-je faire ?

— M'embrasser.

Lottie se haussa sur la pointe des pieds et l'embrassa sur la joue. Un baiser dévoué. Rien d'amoureux.

— Voilà. À présent, m'emmènerez-vous dans ce temple mystérieux ? Je suis sûre qu'une histoire se cache derrière tout cela. Cette cabane semble si perdue et abandonnée... Je veux pouvoir en parler à tout le monde. Surtout à Martha Irons pour qui la campagne est l'ennui personnifié.

— Vous devez m'embrasser mieux que cela, repartit-il en lui effleurant la joue. On aurait dit un baiser à un oncle que vous n'apprécieriez guère...

— Quelqu'un pourrait nous voir, rétorqua-t-elle en reculant hors d'atteinte. Mrs Elton de sa fenêtre, par exemple.

— Elle sait que nous venons de nous marier.

— Il y a aussi la petite fille qui s'occupe de l'arrière-cuisine et fait la lavandière. Sans parler de...

Lottie décompta sur ses doigts les noms de servantes et

de serviteurs. Une mauvaise excuse, se dit-il en sentant son cœur chavirer, un prétexte pour cacher le manque d'envie qu'elle avait de l'embrasser vraiment. Décidément, cette Lottie n'avait rien à voir avec la femme passionnée qu'il serrait la nuit contre lui. Pourtant, il savait qu'elle se cachait quelque part, attendant qu'on la déchaîne.

— Comment connaissez-vous toutes ces personnes ?

— J'ai des yeux et des oreilles, Tristan. Depuis mon arrivée, je les ai vues plusieurs fois. Il n'est d'ailleurs pas compliqué de voir que tout ce qui relève du lavage est acheminé jusqu'à cette partie du domaine.

Tristan fronça les sourcils. Lottie avait-elle pu en déduire le nombre total de gens qu'il employait ? Avait-elle commencé à comprendre ? Pourquoi ne lui avait-elle rien demandé ? Combien de temps leur restait-il pour profiter ensemble de cet état d'innocence ?

Une chose était sûre : pas question de franchir le pas avec elle tant qu'il lui resterait le moindre doute sur la nature exacte de ses sentiments pour lui.

— Ce sont des servantes et des serviteurs, Tristan, des êtres humains. Comment ne les remarquerais-je pas ?

Elle inclina la tête sur le côté. Si Tristan ne savait même pas combien de gens Mrs Elton employait pour la seconder, son air souvent confus s'expliquait mieux.

— Une femme doit toujours connaître le nombre et le nom des gens qu'elle emploie. Autrement, comment les gérer ?

— Je suis d'accord avec vous, mais dites-moi plutôt pourquoi vous tenez tant à vanter le domaine auprès de vos amies ?

— *Vanter* ? répéta-t-elle en le regardant sans comprendre. Si je veux que les gens entendent parler de vos réalisations c'est parce que je refuse qu'ils aient pitié de moi.

— Vous ne connaissez pas grand-chose de mes réalisations.

— Alors, révélez-les-moi. Nous avons bien convenu qu'il ne devait pas exister de secrets entre nous, n'est-ce pas ?

— Je le ferai au bon moment, dit Tristan tandis que ses yeux prenaient la couleur d'une obsidienne noire. Non pour nourrir votre vanité.

Elle fronça les sourcils.

— Ma vanité ? N'avez-vous pas entendu ce que je viens de vous dire ? Et ne suis-je pas votre femme ?

— Alors vous devriez m'embrasser mieux que cela au lieu de vous demander comment rendre, aux yeux de vos amis, votre existence à la campagne plus palpitante.

— Vous embrasser, d'accord. Mais pas dans un endroit où une servante pourrait nous surprendre, répéta-t-elle en espérant se faire enfin comprendre. Je ne pense pas avoir jamais vu Henry manifester ainsi son affection à sa femme. Il l'aime bien et ils ont eu des enfants ensemble mais je ne l'ai jamais vu l'embrasser... de la façon dont vous m'embrassez.

— Alors, Henry est un imbécile.

— C'est mon frère et vous ne devez pas parler ainsi de lui. Moi seule aurais le droit de me le permettre.

— Le baiser que vous venez de me donner ressemblait à un baiser que vous auriez pu lui donner.

Elle maudit la rougeur qu'elle sentit lui envahir le visage.

— Quel genre de baiser aviez-vous en tête ? Dites-le-moi ! Que je le garde en mémoire pour la prochaine fois...

Sans un mot, Tristan fondit sur elle et lui prit les lèvres avec fièvre, réveillant en un éclair toutes les sensations qu'elle avait tant de mal à refouler depuis le début de leur promenade. Il lui agrippa les fesses des deux mains et la rapprocha de lui sans lui laisser le moindre doute sur l'état de son érection.

— Ne pourrions-nous aller ailleurs, Tristan ? demanda-t-elle en haletant, tandis que son regard errait vers la maison, avant que ses paupières, soudain trop lourdes, se ferment. Dans un endroit plus privé ?

Sans paraître entendre, Tristan approfondit son baiser et la pressa davantage jusqu'à ce qu'elle se rende et referme les bras sur lui. Ses seins gonflés tendaient le coton de sa robe. Un gémissement lui échappa.

Au moment précis où elle cessait de s'inquiéter de l'endroit où ils se trouvaient, Tristan se dégagea et recula d'un pas avec une moue cynique. L'air frais s'engouffra entre eux.

— À présent, comprenez-vous le genre de baiser qu'une femme doit donner à son mari après seulement quelques jours de mariage ?

Pour calmer les battements fous de son cœur, elle s'appliqua à remettre de l'ordre dans sa tenue.

— Vous êtes ma femme ! insista-t-il. Mon épouse !

L'éclat de voix imprévisible et le brusque froncement de sourcils qui l'accompagna la firent reculer.

— Votre épouse, oui. Non votre maîtresse.

— Et il y aurait une différence ? demanda Tristan en arquant un sourcil. Dans ce cas, mon épouse, dites-moi donc ce que nous faisons, tous les deux, chaque nuit dans notre lit ? Cela relève-t-il du devoir conjugal ?

Elle se mordit la lèvre pour ne pas montrer combien il venait de la heurter. *Le devoir conjugal...* Parlait-il pour lui ?

— Certaines attentes sont...

— Des attentes émanant de qui ? De la société ? De moi ?

— De moi.

Lottie prit une profonde inspiration en s'efforçant de contenir sa colère.

— Je veux que notre mariage soit un succès. Or, j'ai bien remarqué que les hommes traitaient leur femme différemment de leurs amantes.

— Vous avez beaucoup à apprendre, Lottie. Quand deux personnes se désirent, il est tout à fait normal qu'elles se touchent. Et il n'y a rien de mal à s'embrasser à l'extérieur.

Tristan avait dit *désir*. Elle referma ses bras autour de sa taille. Pas *amour*. Or, le désir se fanait, mais l'amour non.

Tristan avait beau la désirer et même la satisfaire, il n'était pas amoureux d'elle.

Elle s'arrêta de respirer en découvrant qu'elle, en revanche, était en train de tomber amoureuse de lui. Une semaine plus tôt, elle ignorait encore jusqu'à l'existence de cet homme et voilà que son monde tournait maintenant autour de lui. Jusqu'à cette furieuse envie de réhabiliter le domaine de Gortner Hall qu'elle avait faite sienne. Certes, elle voulait devenir une bonne épouse, mais aussi quelqu'un de très important pour Tristan, quelqu'un qu'il considérerait avec passion.

— Je comprends, dit-elle seulement, d'une voix qu'elle espéra ferme.

Le masque gentil de Tristan glissa, aussitôt remplacé par celui de la fureur.

— Non, vous ne comprenez rien ! cria-t-il.

— Je comprends plus que ce dont vous voulez bien me créditer, riposta-t-elle sans ciller. Au Shaw's Hotel, vous m'avez vue comme une autre Suzanne. Une femme que sa famille voulait marier au premier lord offrant. Alors, vous avez cherché à me sauver de ce destin en m'embrassant. Mais nous avons hélas été pris et vous avez dû m'épouser. À partir de là, vous avez joué au chevalier servant à cause du souvenir de l'épouse de votre oncle. Mais, en fin de compte, rien de tout cela n'a le moindre rapport avec moi.

— Personne ne m'a obligé à vous épouser.

— Vous n'auriez pas dû vous inquiéter. D'une manière ou d'une autre, j'aurais trouvé le moyen de passer entre les mailles du filet de Sir Geoffrey Lea.

Elle s'arrêta, rassembla son courage et ajouta :

— Vous devez cesser de me voir en elle. La femme de votre oncle fait plutôt penser à une bête !

— Elle était gâtée et exigeante. Vous ai-je dit que vous l'étiez ?

— Je ne suis pas gâtée. J'aime les jolies choses et les fêtes, c'est vrai. Mais cela ne m'empêche pas d'être généreuse envers les pauvres ni de me dévouer sans compter pour les bonnes œuvres. Et chaque fois que j'apporte ma contribution à un marché d'entraide, ce n'est pas pour m'attribuer le stand des rubans ou des accessoires, mais pour offrir mon assistance là où elle peut se révéler utile.

— Craignez-vous que les gens vous prennent pour une enfant gâtée ? Est-ce pour cela que vous vous défendez de l'être ? Qu'allez-vous me raconter à présent ? Que vous donnez vos robes passées de mode à vos servantes ?

— Nous partagions, maman et moi, les services d'une servante. Et c'est ce que celle-ci attendait, oui. Nous trouvions cela normal et, de son côté, elle n'avait pas honte. Je suis même sûre qu'elle était reconnaissante de nos dons.

— Vous partagiez une servante ? Par mesure d'économie ?

Tristan se moquait d'elle, la dévalorisait.

— Si c'est tout ce dont vous avez envie de me parler, répondit-elle, glaciale, je me demande pourquoi vous m'avez épousée.

Elle compta jusqu'à trois, ferma les poings, s'efforça d'ouvrir les doigts l'un après l'autre.

— Pourquoi vous êtes-vous marié avec moi ? Pour que je devienne le joyau de votre domaine ? Pour me sauver à défaut d'avoir su sauver l'autre femme ? Je n'avais pas besoin que vous vous sacrifiiez, Tristan.

Une veine battant sur sa tempe, Tristan continua à la fixer sans un mot. Pourquoi ne la prenait-il pas dans ses bras ? Probablement parce qu'il n'en avait pas envie.

Pivotant sur les talons, elle commença à s'éloigner.

— Où allez-vous ? demanda-t-il. Cette discussion est loin d'être terminée.

— Nous la reprendrons plus tard, répondit-elle en se retournant pour le considérer avec hauteur. Pour le moment, je m'en vais écrire des lettres, des tas et des tas de lettres.

— Pour raconter à vos amies que vous êtes mal traitée,

que vous vous retrouvez enterrée vivante dans un coin de campagne isolé et que vous avez commis une terrible erreur !

— Non, que ce domaine est merveilleux et à quel point mon voyage de noces s'est révélé splendide.

Elle s'interrompit, prit une profonde inspiration et ajouta :

— Peut-être – juste peut-être – qu'alors à force de l'écrire et de le répéter, finirai-je par réussir à y croire. Bonne journée, sir.

— Attendez !

Tristan venait de la rattraper. Baissant les yeux vers la main qui lui avait saisi le poignet, elle la fixa sans un mot. Un par un, les doigts de Tristan se desserrèrent. Lottie ne bougea pas.

— C'est la femme de mon oncle qui, il y a dix ans, utilisait cette hutte. Pour se distraire avec ses amants. Et ce n'est pas un endroit où je voudrais voir entrer ma femme. Je refuse que vous vous sentiez jamais salie ou incorrecte.

— Il aurait été plus utile et plus intelligent de me le dire tout de suite, déclara-t-elle, toujours aussi glaciale, en contenant le sentiment de jalousie qui la traversait.

Finalement, elle avait vu juste. Pour Tristan, elle n'était qu'un symbole. Rien de plus.

— Je ne voudrais pas déranger vos souvenirs de jeunesse, ajouta-t-elle.

— Cela n'a rien à voir avec ma jeunesse et tout à voir avec vous, avec ce besoin de conformité et d'excuser le comportement des gens qui est le vôtre.

— Comment osez-vous dire cela ! Vous oubliez qui vous êtes, Tristan Dyvelston.

— Je suis votre mari et nous vivrons à l'endroit que j'ai élu.

— J'ai juste tenté de vous aider. Pour votre part, vous ne trouvez, en réponse, qu'à poursuivre vos petits secrets. Peut-être que si vous m'aviez révélé la vérité...

— Bonne journée, madame, dit soudain Tristan à son tour en l'interrompant. Quand vous m'aurez présenté vos excuses, nous pourrons reprendre cette discussion.

Sur ces mots, il s'éloigna,

Elle le suivit des yeux, affligée de comprendre qu'il l'avait seulement retenue pour pouvoir quitter les lieux avant elle... Et en plus, il lui réclamait des excuses. S'excuser ? Elle ? Et pour quelle raison ?

Quand, plusieurs heures plus tard, Lottie eut terminé d'écrire à ses amies et relations pour leur raconter son mariage, elle se sentait beaucoup mieux. Pourtant, à chaque ligne, il lui devenait plus difficile de travestir la situation qui était la sienne.

Portant l'extrémité du stylo à ses lèvres, elle chercha ensuite le meilleur ton à adopter vis-à-vis de sa famille. Pour commencer, vis-à-vis de Lucy. Finalement, elle opta pour une description des merveilleux remparts sur lesquels ses neveux pourraient jouer aux soldats, sans oublier de faire rêver Lucy elle-même sur les belles promenades auxquelles invitaient les jardins.

Quand elle eut terminé, se penchant un peu plus sur sa page, elle ajouta :

Enfin, très chère Lucy, maman se montre ces derniers temps si tête en l'air que je crains qu'elle n'ait oublié de m'expédier mes malles. Je me rappelle avec quelle gentillesse tu m'avais envoyé mes affaires à Haydon Bridge et me demande si tu pourrais en faire autant aujourd'hui. Le problème serait ainsi résolu de la manière la plus simple.

Après avoir ajouté la formule de politesse, elle ramena une mèche de cheveux derrière son oreille, sortit le billet de banque de son réticule, le posa sur le petit bureau en acajou et reprit le stylo.

Cher Lord Thorngrafton,

Mille mercis po...

Le stylo lui échappa, créant une petite tache d'encre sur le papier. Mais elle ne s'arrêterait pas pour si peu. Non seulement elle allait renvoyer son argent à Lord Thorngrafton, mais elle l'accompagnerait d'un gentil message le conviant à venir à Gortner Hall quand bon lui semblerait. Il s'agissait bien sûr d'une aimable civilité, mais qui pouvait peser dans sa tentative pour apaiser les tensions régnant entre Tristan et son cousin.

Lorsqu'elle eut terminé, elle passa le buvard sur sa feuille, la plia en deux, glissa le billet à l'intérieur et la scella. Mais où l'envoyer ? Elle fronça les sourcils. Pas question de demander à Tristan l'adresse de son cousin. Pour qu'il ait la surprise quand Lord Thorngrafton se manifesterait. Elle tapota le bout de son stylo contre le bois du bureau.

Ce fut alors que la solution se présenta à son esprit. Limpide. Parfaite.

L'instant d'après, elle adressait sa missive :

Lord Thorngrafton,

Aux bons soins du Shaw's Hotel de Gilsland.

Si Lord Thorngrafton ne s'y trouvait plus, l'hôtel ferait suivre le courrier chez lui. Lottie sourit et, enfin, ses épaules se détendirent.

Son plan était sans défaut et démontrerait à Tristan qu'elle était une femme utile qui prenait ses devoirs d'épouse au sérieux. Pour elle, du reste, loin d'être un devoir, les rapports sociaux représentaient un plaisir.

Lottie se sentait toujours en odeur de sainteté quand elle découvrit Mrs Elton dans la cuisine.

— J'imagine qu'il y a quelqu'un qui ramasse le courrier…

— Oui. Le jeune homme qui s'en occupe devrait arriver dans une petite heure. Mais le maître…

— Je n'ai pas envie de déranger Tr… Mr Dyvelston, l'interrompit-elle avec son plus joli sourire, bien décidée à ne pas entrer dans des détails qui ne regardaient ni Mrs Elton ni le personnel en général. Il doit avoir mille et une choses plus intéressantes à faire que de veiller sur ma correspondance.

Elle attendit la réaction en s'appliquant à ne pas passer nerveusement d'un pied sur l'autre comme une enfant. Le fait d'aller trouver Tristan gâcherait, c'était certain, tout l'effet de surprise.

— Je comprends votre raisonnement, dit Mrs Elton en ramenant son châle sur ses épaules. Il a en effet tant à penser en ce moment !

— Il s'agit d'une lettre pour son cousin que j'ai particulièrement à cœur d'envoyer. Il y a eu tellement de dissensions entre Lord Thorngrafton et Mr Dyvelston que, si personne ne bouge, je crains que ni l'un ni l'autre ne fassent jamais le premier pas.

— Vous êtes une bonne âme, *madam*, ça, c'est sûr. Je l'ai su dès le moment où vous êtes entrée dans la cuisine. Joss sent tout de suite le caractère des gens.

— Joss est un chien merveilleux.

En entendant son nom, le tout petit terrier jappa en agitant la queue tandis qu'une étrange expression se peignait sur le visage de Mrs Elton comme si elle était à deux doigts de pleurer.

— Je veillerai à ce que cette lettre parte bien, dit celle-ci en se reprenant. Vous pouvez compter sur moi. À mon avis, elle contribuera beaucoup à ce que les deux hommes se réconcilient.

— Vraiment ?

Lottie se balança sur ses talons, heureuse, en disant :

— Je l'espère tant ! C'est si terrible de s'affronter entre personnes de la même famille ! Je serais si heureuse que l'harmonie règne entre Tristan et Lord Thorngrafton ! Cela leur simplifierait tellement les choses !

— C'est aussi mon avis, *madam*.

Lottie passa quelques minutes supplémentaires à jouer avec le gentil terrier avant d'aller attendre les excuses de Tristan dans le petit salon. Elle avait décidé de les lui accorder avec une dignité royale. Gracieuse, mais sans condescendance. Et puisqu'ils se trouveraient à l'intérieur, elle le laisserait l'embrasser comme il se devait et lui ferait oublier le passé.

En arrivant dans la pièce, elle se dirigea vers le sofa situé juste en face de la porte, la meilleure place pour patienter. À côté, l'échiquier était déjà installé et attendait. Dès que Tristan aurait présenté ses excuses, elle lui proposerait de commencer une partie.

À l'extérieur, de lourds pas masculins se firent soudain entendre. Elle les entendit se rapprocher. Quelques secondes plus tard, ils s'arrêtaient devant la porte. Retenant son souffle, elle ferma les yeux et entrouvrit les lèvres, prête à accueillir Tristan et à recevoir son baiser. Mais, très vite, les pas s'éloignèrent.

Quand la pendule égrena neuf coups, Lottie comprit que Tristan ne viendrait plus. Elle se leva, alla demander à Mrs Elton de venir l'aider à retirer son corset, puis monta dans sa chambre. Une fois dévêtue, elle choisit sa plus jolie chemise et laissa ses cheveux lâches sur ses épaules. Tristan aimait tant y plonger les doigts…

C'est un tapis doré, lui avait-il susurré la nuit dernière à l'oreille.

Se munissant d'un livre, elle l'ouvrit sur ses genoux et, sans même y jeter un coup d'œil, reprit son attente tandis que la cire de la chandelle se consumait peu à peu.

Cette fois, il allait la rejoindre.

Bientôt, le cliquetis reconnaissable de la porte de la chambre de Tristan, le bruit des bottes qu'il retirait et qui heurtaient le sol sans douceur, puis celui, mat, de ses vêtements glissant sur le plancher, la firent sursauter et frissonner jusqu'au fond de son être.

Comme elle aurait voulu qu'il entre et marche jusqu'à elle d'un pas décidé ! Elle souffla la bougie en toute hâte.

Le divan craqua dans la chambre de Tristan. Puis, plus rien. Lottie attendit. Attendit. Prêta l'oreille, capta le tic-tac distant d'une horloge.

Le temps passait. Enfin, Lottie battit plusieurs fois des paupières et ferma les yeux. Une larme roula sur sa joue. Tristan ne viendrait plus. Elle n'aurait pas l'occasion d'entendre ses excuses ni de les accepter.

Et elle n'aurait pas non plus l'occasion de lui murmurer les siennes…

13

La porte de la bibliothèque était hermétiquement fermée. Bien peu accueillant… Lottie s'arrêta et écouta, guettant le moindre son qui proviendrait de l'intérieur.

Quand, à l'issue de son petit déjeuner, elle avait rencontré Tristan, celui-ci s'était montré excessivement poli. Ensemble, ils s'étaient même débrouillés pour aborder un ou deux sujets sans importance. À plusieurs reprises, elle avait donné à Tristan l'occasion de lui présenter ses excuses mais il n'en avait rien fait. Sans se départir de sa politesse, il s'était ensuite éloigné.

De l'autre côté du couloir, juste en face de sa chambre, il y avait cette porte qu'elle allait maintenant devoir aller ouvrir pour accomplir quelque chose d'inimaginable : ravaler sa fierté et présenter, la première, ses excuses pour son comportement.

Le baiser indifférent qu'elle avait plaqué sur la joue de Tristan quand il lui avait demandé de l'embrasser avait été une erreur. De même qu'elle aurait dû ménager sa fierté toutes les fois où elle avait évoqué ses amies devant lui, et assumer une partie des torts après leur dispute.

Mais décidément, vivre seule au milieu de l'immense ruine qu'était Gortner Hall en se contentant de conversations minimalistes n'était pas vivre. Elle désirait plus. La compagnie de Tristan et son sourire lui manquaient tout comme la lumière de son regard. Malgré l'adversité qu'il avait dû affronter au cours de son existence, elle n'oubliait pas qu'il avait su la demander en mariage et lui éviter la honte. Elle désirait cet homme, le respectait et l'aimait. Même s'il ne le lui rendait pas, c'était déjà beaucoup plus qu'elle n'aurait pu attendre d'un mariage réalisé dans les conditions du sien.

Quant à elle, sa jalousie envers une femme appartenant à une époque révolue avait été stupide. D'autant que, s'il était impossible de modifier le passé, il était possible pour Tristan et elle d'évoluer et de parvenir à bien se comprendre.

Elle serra ses mains l'une contre l'autre pour les empêcher de trembler. Aujourd'hui, tout ce qu'elle voulait était renouer avec la passion qu'ils partageaient encore quelques jours plus tôt. Cette idée était-elle si extravagante ?

Une dernière fois, elle répéta le petit discours qu'elle avait préparé puis répété cinq fois devant le miroir de sa chambre. Il fallait qu'il soit parfait. Cinq minutes plus tard, elle se levait, prenait une profonde inspiration, traversait le couloir et frappait à la porte de Tristan.

— Entrez.

Elle ouvrit sans précipitation, avança et commença la première phrase de son discours. Mais, à un moment, commit l'erreur de regarder Tristan. La petite mèche de cheveux noirs qui lui barrait le front capta son regard, puis son attention. Ne resta que l'envie intense de la replacer avec tendresse. Elle le fixa, muette.

— Y a-t-il quelque chose dont vous ayez besoin ?

Vous.

Le mot ne franchit jamais ses lèvres. À moins que… Elle se mit à trembler. Et si elle l'avait prononcé sans s'en rendre compte ? Fermant les yeux, elle tâcha de recouvrer le fil de son petit discours. Mais les mots se refusèrent.

— Tristan, dit-elle en déglutissant, je suis venue dans cette pièce…

La suite resta bloquée dans sa gorge. La tentation de tourner les talons et de fuir la traversa. Cependant, au lieu d'y succomber, elle dessina un petit sourire sur ses lèvres. Finalement, n'était-ce pas la manière la plus simple et la plus jolie de faire passer à Tristan son message muet ?

— Vous arrive-t-il souvent d'énoncer ainsi des évidences ? s'enquit-il. Ou le faites-vous pour que je devine votre intention véritable ?

Le regard dont Tristan accompagna sa question était si sévère qu'elle sentit son sourire retomber comme une fleur qui se meurt.

— Non… C'est… Je voulais juste vous parler en urgence de quelque chose.

L'ostentation avec laquelle Tristan pointa les papiers qui recouvraient son bureau lui dit mieux que des mots qu'il avait beaucoup de travail et peu de temps à lui accorder.

Son cœur se serra. La situation devenait plus que critique.

— S'agit-il d'une nouvelle suggestion de votre invention et dont vous pourriez ensuite vous vanter auprès de vos amies ?

Elle ferma la porte derrière elle sans douceur.

— J'ai fermé la porte.

— J'ai vu.

— Vous ne me facilitez pas la vie. Il me semblait que vous étiez pourtant censé le faire.

Tristan se leva. Elle avisa son expression sévère, ses cheveux noirs retombant sur son front blanc. La petite mèche rebelle restait séduisante, mais c'était bien tout.

— Vraiment ?

S'approchant de son bureau, elle leva la tête vers lui. L'invitation était claire.

— Je suis venue m'excuser.

L'espace d'un éclair, l'expression de Tristan changea… Avant de redevenir exactement la même.

— De quoi ? Quel méfait avez-vous donc commis, Carlotta ?

Le choix du prénom la fit ciller. Tristan cherchait à la

provoquer. Mais elle ne laisserait pas passer la chance qui lui était donnée de poursuivre.

— J'aurais dû vous embrasser autrement. J'ai eu tort.

Elle se tut. Son front se plissa. Tristan n'avait pas fait un geste dans sa direction. S'y prenait-elle trop tard ?

— M'embrasserez-vous à présent ? demanda-t-il.

Il avait parlé si bas qu'elle ne fut d'abord pas sûre d'avoir bien saisi.

— Oui.

La seconde d'après, elle le rejoignait et lui enroulait les bras autour du cou. Doucement, elle lui rapprocha la tête de la sienne. Il lui frôla les lèvres des siennes. Douces d'abord, puis plus dures quand elle y glissa la langue. Leur baiser semblait ne jamais devoir finir. Lent. Agréable.

— Cela ira pour commencer, dit-il en lui prenant le visage entre ses mains. J'accepte vos excuses.

Elle recula, brusquement incertaine.

— Bien. Je peux donc vous laisser à votre travail maintenant. Vos papiers semblaient terriblement vous absorber quand je suis entrée.

— Les apparences peuvent être trompeuses.

— Vraiment ?

— Oui.

Pour le lui prouver, Tristan glissa les doigts entre les siens et l'attira de nouveau à lui. Presque en même temps, elle sentit qu'il déboutonnait sa robe.

— Très trompeuses, même...

Lui glissant la main dans les cheveux, il l'embrassa sur les tempes.

— Vous ne devez pas me craindre, Lottie. Je désire juste vous protéger.

Elle se raidit. Tristan allait-il l'emmener dans la chambre ? Et si Mrs Elton ou la blanchisseuse les surprenaient ? Comment réussirait-elle à les regarder ensuite en face ? Malgré cela, elle savait qu'elle voulait sentir le corps nu de Tristan contre le sien et lui prouver son désir.

— Il n'y a pas de lit ici.

— Nous n'en avons pas besoin, dit Tristan avec un rire rauque. Parfois, douce Lottie, j'oublie à quel point vous êtes vraiment innocente. J'ai hâte de vous apprendre. L'amour peut se faire n'importe où.

— Par terre ?

Elle préféra ne pas imaginer combien le sol devait être dur. Du reste, elle ne voulait rien imaginer du tout. La seule chose qu'elle voulait était que Tristan la serre contre lui et l'embrasse.

— S'il vous plaît, Tristan, pas par terre...

— Ici.

Il y eut un grand bruit. D'un seul geste, Tristan venait d'envoyer valser tous les documents qui se trouvaient sur sa table. Dans le mouvement, il souleva Lottie et l'étendit à leur place.

— Votre travail ! s'écria Lottie, affolée par les papiers à terre. Mais...

— Laissez tout cela comme ça. Et restez sur cette table.

Ce fut en la couvant des yeux qu'il fit glisser le haut de la robe de coton, délivrant ainsi une épaule d'un blanc laiteux.

Elle fronça les sourcils sans pouvoir toutefois réprimer les frissons qui la gagnaient. Que voulait faire Tristan ?

— Mais tout est mélangé à présent ! Vous étiez en train de travailler sur ces documents !

— Leur nouvelle place est parfaite, repartit Tristan d'une voix douce comme le miel. En ce qui concerne la table, en revanche, je lui ai trouvé une utilisation plus intéressante. Vous êtes à la bonne hauteur.

— À la bonne hauteur pour quoi ?

— Faites-moi confiance.

Tristan baissa les yeux vers le visage pâle de Lottie. Tous

ses muscles étaient tendus à l'extrême. Patience. Il voulait faire cela bien. Lottie était venue à lui et l'avait embrassé avec plus de fièvre qu'il ne s'y attendait. À présent, il désirait lui montrer que les manifestations de la passion ne devaient pas s'arrêter aux pièces obscures. Il voulait que Lottie lui cède totalement, ici même et maintenant.

Il lui saisit une chaussure et la lui retira. Puis l'autre. En s'efforçant de prendre tout son temps, il enroula les bas blancs le long des jambes fuselées, conscient que Lottie respirait plus vite. Comme il lui frôlait une petite blessure au pied et qu'elle tressaillait, il se baissa et embrassa son pied, appréciant en silence la perfection de sa peau. La mousse blanche de ses jupons dépassait joliment de la robe. Les retrousser et prendre Lottie tout de suite... Mais il se retint. Il devait aller lentement, savourer chaque instant.

— Que faites-vous ? demanda-t-elle en se soulevant sur un coude pour rabattre robe et jupons.

— Restez couchée. Je veux voir si vos pieds guérissent correctement.

— Vous auriez pu me le demander, dit-elle avec un sourire en ramenant l'une de ses anglaises derrière l'oreille. Votre onguent fait merveille depuis que je l'utilise !

— Je préfère m'en assurer. Laissez-moi examiner votre pied. Faites-moi ce plaisir.

Ce disant, il lui caressa la lèvre inférieure du plat de son pouce. Lottie frémit. Quand il commença à lui masser le pied, elle se laissa de nouveau aller en arrière.

— Nous pourrions nous installer sur le sofa pour cela, remarqua-t-elle d'une voix devenue étrangement rauque.

— Cette place est idéale pour ce que j'ai en tête. Faites-moi confiance.

— Je vous fais confiance. Vous êtes mon mari.

Il se pencha, lui lécha les orteils et le cou-de-pied. Un gémissement de plaisir sortit de la gorge de Lottie.

Puis, doucement, il posa l'un des pieds de Lottie sur sa propre épaule. Avant d'en faire autant avec l'autre. Entendit le soupir d'anticipation qu'elle délivra. Baissa les yeux vers elle. Ses jupons flottaient autour de son sexe rose. Il retint sa respiration et se régala du spectacle tandis qu'en lui, proche du point de rupture, son désir le faisait trembler. Mais il ne devait pas oublier que Lottie n'avait aucune expérience, qu'il devait l'éveiller lentement au plaisir, lui montrer ce qui pouvait se passer entre un homme et une femme, lui prouver qu'il était possible pour une femme d'explorer avec son mari les chemins de la passion et que le résultat obtenu était la chose la plus merveilleuse du monde.

— Avez-vous fini ? lui demanda Lottie.

— Fini ?

Il lui posa les mains sur les mollets et les caressa fermement.

— Je viens à peine de commencer. À présent, vous allez découvrir à quoi peut servir une table, pour quelle raison elle est plus nécessaire qu'un lit ou qu'un sofa et quel est son véritable usage.

— Son véritable usage ?

La langue que Lottie se passa sur les lèvres les fit briller.

— Détendez-vous et profitez de l'instant, dit-il. Mais...

Il lui toucha la main.

— Si, à un moment, vous avez envie d'arrêter, vous le dites et j'arrêterai aussitôt. Je ne veux vous donner que du plaisir.

— Du plaisir...

La voix rauque de Lottie excita son désir. Conserver son sang-froid lui devenait difficile.

— Et je vais m'y employer tout de suite.

Sur ces mots, il fit glisser sa main jusqu'au cœur désirant de Lottie et pénétrer ses doigts dans sa chaleur humide. Comme elle haletait, il se força à attendre. Pour voir si elle réclamait plus et pourrait en supporter davantage. Elle garda les yeux fermés sans émettre de protestation.

Quand il approfondit sa caresse, il la vit faire onduler son bassin et remuer sa tête de droite et de gauche. Douce et chaude, elle se mit à trembler tandis qu'il touchait en elle des endroits secrets. Il sentit ensuite le long frisson qui la traversait et les jambes qu'elle serrait plus fort sur ses épaules pour l'attirer davantage.

Il engouffra sa langue en elle, la lécha.

Lottie continuait à haleter et se tordre de plaisir. Il lui appuya légèrement sur le ventre pour calmer les vagues de désir et de plaisir mêlés qui la submergeaient.

— Tristan...

— Aimez-vous cela ? demanda-t-il en se redressant pour plonger le regard dans le sien.

Lottie acquiesça de la tête, incapable de répondre. La moindre particule de son corps semblait concentrée sur son propre sexe. Parmi les gens qu'elle connaissait, beaucoup en auraient été horrifiés, mais cela ne comptait pas. La langue de Tristan qui fouillait son intimité créait en elle un besoin de plus en plus fort. Oui, elle en voulait plus. Son corps, qui se cambrait pour appeler Tristan en elle et ses mains agrippées au rebord en bois de la table le criaient. Soudain, une immense vague déferla sur elle. Son univers explosa. Tristan continua à faire jouer sa langue entre ses cuisses.

Puis il s'arrêta, il releva la tête pour la regarder.

— Je veux que..., haleta-t-elle.

— Bientôt

Ce fut avec une lenteur délibérée que Tristan déboutonna son pantalon. Puis il la prit par les hanches, la souleva et la pénétra. Elle s'ouvrit davantage, le pressant de la prendre.

Tristan lui imposa un rythme d'abord lent, puis de plus en plus rapide. La table semblait glisser sous elle, mais elle se retenait à lui avec ses jambes et le menait plus loin pour assouvir son besoin de sentir son sexe entier en elle. Elle poussa un grand cri et sentit le monde exploser une seconde fois. Ce cri lui revint en écho quand, contre elle, Tristan atteignit aussi le plaisir.

Comme il la reposait sur la table, elle demeura pantelante, le regard rivé sur le plafond blanc. Une profonde langueur la gagna. Elle tendit la main, attrapa les doigts de Tristan et les ramena sur sa joue où elle les pressa en silence tant les mots demeuraient impuissants à exprimer ce qu'elle éprouvait. Si seulement cette merveilleuse impression avait pu se prolonger toujours...

Du bout de son pouce, Tristan suivit le contour des lèvres gonflées de Lottie, la souleva dans ses bras et la porta jusqu'au sofa. Il s'y assit en la gardant lovée contre lui, la tête enfouie dans son cou, la main jouant avec les boutons de sa chemise.

— Vous savez maintenant à quoi peut servir une table, dit-il d'une voix paresseuse.

Elle eut un rire léger.

— Je crois que je commence à comprendre. Mais peut-être me faudrait-il un petit rappel de temps en temps de mon mari

Tristan avait envie de crier et de danser. Il était parvenu à apprivoiser Lottie. C'était *pour lui* qu'elle l'aimait et non pour son argent ou son titre. À présent, il en était sûr.

— Vous sentez-vous bien ici ?

Un petit pli se forma entre les sourcils de Lottie.

— L'endroit est plein de promesses. Le sofa a-t-il aussi d'autres usages ?

Tristan éclata de rire. Il avait de nouveau envie de Lottie mais voulait qu'elle lui fasse complètement confiance et qu'entre eux tous les secrets soient levés. Mais comment ? S'il lui révélait la vérité, comprendrait-elle ce qui l'avait poussé à agir comme il l'avait fait ?

Il l'écarta en douceur.

— Je parlais de la maison en général.

— La maison est très bien... Du moment que j'y demeure avec vous.

— Nous devons parler, Lottie. De l'avenir. De ce qui va se passer après. Après ce... voyage de noces.

— Parler ? répéta-t-elle en se redressant, inquiète. Est-ce que quelque chose ne va pas ?

— Tout va bien, répondit-il en lui prenant les mains. Il y a juste quelques petites choses que...

La fin de sa phrase fut couverte par le bruit de coups portés contre la porte.

— Master ! Master ! cria la voix de Mrs Elton. Un homme demande à vous voir et jure que c'est urgent.

— Je le recevrai plus tard.

Il y eut un conciliabule. Puis la voix de Mrs Elton revint :

— Il dit être envoyé par Misters McGowan et Saidy, et répète que c'est urgent, sir. Important !

Tristan se passa la main dans les cheveux et jeta un regard à Lottie. Si McGowan et Saidy le faisaient déranger c'est que Peter n'avait pas tenu sa promesse...

Lottie allait devoir attendre. En la regardant, il ne put subitement s'empêcher de se demander à quoi elle ressemblerait, vêtue d'un simple collier de perles. Car c'est ce qu'il avait envie de lui donner dès son retour. Pour se tourner joliment avec elle vers l'avenir.

— Je dois partir, Lottie.

Il l'embrassa sur la joue.

— Faites-moi confiance sur cette histoire.

Il vit sa lèvre inférieure trembler.

— Vous allez me manquer.

— À moi aussi.

Comme elle commençait à mettre de l'ordre dans ses vêtements, il ajouta :

— Restez ainsi jusqu'à mon départ, je vous en prie, ma femme passionnée...

Lottie rougit très fort. Après un dernier regard, Tristan

s'efforça de s'éloigner sans se retourner. Dans quelques heures, tout serait enfin clair entre elle et lui.

— Il est à l'intérieur de l'étable. Ou du moins je pense qu'il y est. McGowan et moi l'y avons mis nous-mêmes, dit Saidy en rejetant la tête en arrière quand Tristan arriva à Mumps Ha', la célèbre brasserie située à un mile de Gilsland. J'aurais espéré mieux de la part de l'une de vos relations, Thorngrafton.

— L'avez-vous blessé ? demanda Tristan en tendant les rênes de son cheval au garçon d'écurie.

Le voyage depuis Gortner Hall avait pris plusieurs heures et le temps avait tourné. Un vent violent soufflait de l'est, créant un nuage de brume qui enveloppait la brasserie.

— Rappelez-vous que je vous avais dit de ne pas le toucher à moins que ce ne soit lui qui vous attaque personnellement.

— Il est arrivé tout gonflé d'orgueil et en se pavanant, répondit Saidy en faisant tourner son chapeau entre ses doigts. Au début, il a même affirmé être vous !

— Ça, il n'aurait pas dû le faire..., murmura sèchement Tristan en fixant ses gants.

— C'est tout de suite ce que j'ai pensé. Au point que j'ai dit à McGowan : « Voici l'homme que Thorngrafton nous a demandé de surveiller. Il n'a aucun droit d'utiliser son titre. » En tout cas, il avait la mise avec lui et on a pu jouer. Il ne cessait de se prétendre expert. Ensuite...

— Mais l'avez-vous blessé ? J'avais également dit *pas de violence physique*.

— Cela n'a pas été nécessaire. Sans doute avons-nous heurté sa fierté, mais à part cela, nous avons respecté vos ordres. Très vite, il s'est montré présomptueux et nous a pris, McGowan et moi, pour des amateurs. Alors il a perdu. Perdu énormément.

— Qui a ses reconnaissances de dettes ?

Le visage de l'homme prit un aspect rusé.

— Elles sont là, dit-il avec un regard au petit sac qu'il portait en bandoulière. Prêtes à l'achat.

— Très bien, dit-il en sortant une liasse de billets. Je suis acquéreur. À moins que vous ne préfériez que nous les jouions aux cartes ?

Saidy écarquilla les yeux.

— Aux cartes ! Avec vous ! Hors de question !

L'homme lui tendit les papiers en hâte tandis qu'il lui remettait les billets.

— J'espère qu'il n'y a pas d'extra, ajouta Tristan d'un air fin.

— Bien sûr que non. Nous ne recompterons même pas votre liasse. Votre réputation parle pour vous.

— Réputation justifiée, renchérit McGowan en sortant de l'écurie. Ce coup de poing que vous avez asséné à Den Casey… Tout le monde en parle encore à Gretna Green !

Tristan hocha la tête.

— Je vais voir Dyvelston.

Il pénétra dans l'écurie qui n'était guère qu'une masure, et avisa tout de suite une silhouette couchée à même le sol.

Elle geignit quand il approcha.

— Tu as tout et je n'ai plus rien…

— Je t'avais dit ce qui t'arriverait si tu te permettais de t'attribuer de nouveau mon identité.

— J'avais reçu une missive de Lottie Dyvelston. Adressée à *Lord Thorngrafton*. J'ai pris cela pour un signe de la providence.

— Une lettre de Lottie ! s'exclama Tristan, stupéfait. Que vient-elle faire ici ? Je ne te crois pas.

— Elle a expédié son émouvante épître au Shaw's Hotel, accompagnée d'une somme d'argent considérable.

Peter fit un sourire larmoyant.

— Elle restait sous l'impression que j'avais prié ton cocher de lui donner cet argent au cas où elle devrait fuir. *Te* fuir, donc…

— Robinson a été victime d'un étonnant… excès de zèle et de générosité, ce jour-là.

— Tu devrais tenir ton serviteur mieux que cela.

— En temps normal, j'y arrive.

Peter se tapota l'extrémité du nez.

— Oui, mais Lottie est particulièrement jolie.

— Je n'ai aucunement l'intention d'évoquer le physique de ma femme avec toi, repartit Tristan en cachant mal sa colère. Ni avec aucun autre homme d'ailleurs.

— Ta petite supercherie te poserait-elle quelques problèmes, Tristan ? Lottie n'est pas faible d'esprit, tu sais. En novembre, elle avait tout de suite vu clair dans mon jeu.

— Je ne vois pas ce dont tu parles.

Il croisa les bras avant de poursuivre :

— Je suis venu ici pour t'offrir une chance de te racheter. Une chance de sortir de ce trou à rats puant et de démarrer une nouvelle existence loin d'ici.

— Il semble que ta femme connaisse ton titre, poursuivit Peter comme s'il n'avait rien entendu. En outre, elle me prie de venir partager votre table dès que je me trouverai du côté de chez vous. Tout se passe donc comme si ce n'était pas moi qui avais besoin de me racheter, mais toi… Tu n'aurais pas dû induire ta femme en erreur, Tristan.

— C'est l'alcool qui t'égare, riposta-t-il en tapant la liasse de reconnaissances de dettes contre sa cuisse. J'ai racheté tes dettes.

Le rire de Peter jaillit et se répandit dans l'écurie.

— J'ai du mal à voir ce que la situation a de drôle.

— Ta femme.

— Qu'a-t-elle de nouveau à voir avec tout ceci ?

— Je suis un gentleman, Tristan. En conséquence de quoi, je n'emprunte jamais d'argent à une lady. J'ai donc renvoyé à Lady Thorngrafton son billet en y joignant mes compliments.

— Tu as renvoyé l'argent à Lottie ! répéta-t-il en articulant chaque mot, incapable d'en croire ses oreilles.

— Il m'a semblé qu'un geste magnanime était ce que je

pouvais faire de mieux pour m'attirer les bonnes grâces de la déesse de la chance.

Peter se croisa les mains derrière la tête.

— Comme tu peux le constater, je ne suis pas dénué de toute fibre familiale.

— Tu n'as agi ainsi que dans le but de me contrarier.

Le sourire de Peter s'élargit.

— Pour ça aussi...

Tristan réfléchit. À présent, les dés étaient jetés. Mais il allait parler à Lottie. En se dépêchant, il pouvait même arriver à Gortner Hall avant la lettre de Peter.

— Tu es incorrigible.

— Je suis ton seul parent, répondit son cousin en s'essuyant le visage avec son mouchoir. Tu me rends mes reconnaissances de dettes maintenant ? Tu as besoin de moi. Et peux compter sur ma complicité. Je raconterai que c'est moi qui t'ai entraîné dans cette situation. Sinon, quelle explication pourrais-tu fournir à ta femme ?

Tristan fixa son cousin. Pourquoi mentir à Lottie ?

— La vérité. Elle ne mérite pas moins.

— Mais... Mais...

— Je te répète que je veux te donner une chance de repartir de zéro, Peter. Mais sache que l'homme que tu tenteras d'escroquer la prochaine fois pourrait ne pas se montrer aussi généreux que moi.

— Tu me les rends ? lui demanda Peter.

Le visage de son cousin brillait sous la faible lumière. Tristan se passa la main dans les cheveux.

— Non, je les garde comme assurance car je deviens la première personne à qui tu devras justifier tes dépenses. Tu devras également ne plus jouer. Tu vas quitter cet endroit et démarrer une nouvelle vie ailleurs.

— Mais... Mais...

— As-tu de quoi me rembourser tes dettes ?

Peter secoua la tête.

— Non. Mes domaines sont hypothéqués. J'ai même engagé les bijoux de la famille. Mais tu vas me pardonner. Je suis ton cousin.

— Je t'avais prévenu que tu ne devais pas utiliser mon titre. Ce qui est mien demeure mien.

— Décidément, Tristan, tu me rappelles de plus en plus notre oncle.

— Je ne suis pas lui. Son destin n'est pas le mien.

Il se frotta les yeux, recouvrant peu à peu sa maîtrise.

— Peter, je veux ce qu'il y a de mieux pour toi. Pour que tu puisses prospérer.

Son cousin baissa la tête, vaincu.

— Où ? Où devrai-je aller ?

— Je vais t'arranger un passage pour les colonies. Si tu fais tes preuves avant, tu pourras partir d'ici. Je ne suis pas un homme sans pitié, Peter.

Tristan autorisa un sourire à s'épanouir sur son visage sévère.

— À quelle épreuve vas-tu me soumettre ? lui demanda Peter.

— Je n'ai pas encore décidé.

Là-dessus, il tourna les talons et laissa son cousin seul dans l'écurie malpropre.

14

Lottie demeura longtemps, les jambes ramenées sous elle, sur le sofa de la bibliothèque. Son corps se ressentait encore de l'échange passionné qu'elle avait eu avec Tristan. Il avait déclaré vouloir parler avec elle. Lui dire quelque chose. Mais quoi ? Était-ce parce qu'elle lui avait murmuré son amour à voix très basse et qu'il en avait perçu quelques bribes ?

Tristan éprouvait forcément des sentiments pour elle. Ce qu'ils avaient partagé allait au-delà du possible.

Oui, si ces hommes n'étaient pas arrivés avec leur requête urgente, Tristan aurait eu le temps de lui en dire plus. Pour le moment, elle se rappelait surtout qu'il avait évoqué un voyage de noces et attendait avec impatience la suite.

Un petit soupir lui échappa. Avait-elle dit quelque chose qu'elle n'aurait pas dû ? Avant l'arrivée des deux hommes, Tristan s'était montré caressant. Puis il avait brusquement changé d'attitude. Comme si les persiennes s'étaient refermées sur ses secrets. Or, elle voulait être sa principale confidente, celle vers laquelle il se tournait en premier, et construire avec lui un mariage tel qu'elle le rêvait depuis si longtemps : comme un château dans les nuages.

Incapable de demeurer plus longtemps assise, elle se mit à arpenter la bibliothèque et à chercher des moyens de la rénover. Quelques coussins en plus ne dépareraient pas le sofa. De la même façon, personne ne se plaindrait si les pieds de la table étaient recouverts.

Elle se baissa vers les documents que Tristan avait précipités au sol. Tristan lui avait dit de les laisser tels quels, mais c'était juste avant qu'il… Ses joues devinrent brûlantes. Il ne pouvait désirer qu'on les laisse par terre indéfiniment. Elle les ramassa et les regroupa en deux piles. Puis, d'un geste vague, elle attrapa le premier, commença à le compulser, s'arrêta brusquement, prit ceux du dessous, les parcourut à leur tour et fronça les sourcils. Tous étaient adressés à *Lord Thorngrafton*. Ils auraient donc dû se trouver en possession de Peter et non de Tristan. En même temps, il n'était pas rare qu'un homme d'affaires employât l'une de ses relations ou l'un de ses proches pour gérer ses dossiers. Si tel était le cas, alors Lord Thorngrafton et Tristan étaient amis. Or, Tristan affirmait le contraire depuis le début, bien que Lord Thorngrafton l'ait installé à son côté au Shaw's Hotel avant de lui prêter sa voiture ! C'était pourtant la seule explication possible. Il ne pouvait y en avoir d'autre.

Impossible, en effet, d'imaginer que Tristan ait acquis ces papiers de manière détournée en bernant par exemple quelqu'un sur sa véritable identité. Il était beaucoup trop intègre pour cela.

Malgré tout, comment s'expliquait le curieux regard qu'il lui avait jeté, lorsque, à leur première rencontre, elle lui avait dit connaître Lord Thorngrafton ? À moins que… Elle repoussa immédiatement l'idée irrationnelle qui lui venait à l'esprit, fruit d'une imagination trop fertile. De plus, le jour de leur mariage, Tristan avait forcément communiqué son nom au forgeron.

Se dirigeant en hâte vers le couloir, elle examina les portraits. La lignée des Dyvelston… Et elle était longue. Mais pourquoi le précédent Lord Thorngrafton avait-il légué le domaine à Tristan puisqu'il le détestait ? Avait-il eu le choix ? Elle attrapa la rampe en se concentrant. Quelque chose était en train de se faire jour dans son esprit.

Elle arrivait près de la cuisine quand elle se heurta à Mrs Elton.

— Vous m'avez surprise, mon enfant, dit la gouvernante en remettant son petit chapeau d'aplomb. Que se passe-t-il ? Vous semblez perturbée. Mais ne vous inquiétez pas, Master Tristan va revenir dès que possible.

Lottie se posa une main sur le ventre et respira à fond. Elle n'avait pas envie de laisser libre cours à sa nervosité.

— Je voudrais en apprendre un peu plus sur la famille de Tristan.

— Sa famille, *madam* ? répéta Mrs Elton en changeant de ton et en manifestant soudain un intérêt disproportionné pour l'ordonnance de sa tenue. Pardonnez-moi, mais Master Tristan serait sûrement mieux placé que moi pour vous renseigner sur le sujet.

— Tristan a dû partir précipitamment pour une affaire sans avoir le temps de m'indiquer quand il reviendrait. Or, j'ai besoin de quelques informations maintenant.

Lottie s'interrompit et compta jusqu'à dix.

— Il s'agit de son père. C'est sur son père que je voudrais en savoir plus.

— Lucas Dyvelston ? Un gentil maître. Au contraire de son frère, il trouvait toujours le temps pour les autres. Quel dommage qu'ils soient morts si tôt, lui et sa chère épouse ! Ce fut une tragédie. Leur histoire d'amour avait été si belle ! Tristan était leur unique enfant.

— Quelle était exactement sa relation à l'ancien Lord Thorngrafton ? Tristan m'en a dit pas mal sur le sujet, mais j'avoue avoir oublié beaucoup de choses.

S'aidant de son plus joli sourire, elle ajouta :

— Parfois, ma mémoire est une véritable passoire.

— Lucas était le plus jeune fils. Pour s'être marié contre la volonté de son père, il avait été banni. Cela ne l'avait néanmoins pas empêché d'amasser une petite fortune au fil du temps.

— Vous avez dit : *Le plus jeune fils*. La famille ne comptait-elle que deux frères ? interrogea Lottie en s'efforçant de garder un ton léger.

— J'ai dit cela ? La mère de Lucas a eu trois enfants et Lord Thorngrafton était l'aîné.

Lottie était à peu près certaine que Mrs Elton entendait les battements fous de son cœur quand elle dit :

— Ah ! ceci explique alors cela... Je me demandais où Peter Dyvelston, l'actuel Lord Thorngrafton, se positionnait dans le tableau. Si je comprends bien, l'oncle de Tristan n'a pas eu d'enfants.

— Master Peter ?

Mrs Elton regarda autour d'elle.

— Justement, cela me revient, maintenant... Quelque chose est arrivé pour vous mais, avec l'arrivée précipitée de ces deux hommes et le départ tout aussi précipité de Tristan, j'ai oublié de vous en avertir.

La gouvernante tendit la main vers une petite alcôve dont elle extirpa une lettre qu'elle lui tendit.

— Qui peut m'envoyer cela ? dit Lottie à haute voix en retournant la missive entre ses doigts. Je ne connais pas cette écriture.

— Master Peter. Je la reconnaîtrais entre mille.

— Mais... Pourquoi m'écrit-il une lettre ?

Elle serra les lèvres. D'abord l'argent et maintenant ceci... Chaque fois qu'elle croisait Lord Thorngrafton, quelque chose, ensuite, battait de l'aile.

— Peut-être pour répondre à la vôtre.

— Chère et douce Mrs Elton, s'écria-t-elle alors en se frappant le front du plat de la main. Mais oui, c'est sûrement cela ! Lord Thorngrafton ne fait que se comporter en gentleman.

Elle retourna de nouveau la missive d'un air pensif.

— Décidément, Tristan se trompe sur son cousin. Lord Thorngrafton a vraiment envie d'amitié entre eux.

— Master Tristan et Master Peter ont grandi non loin l'un de l'autre, comme les deux garçons du même âge qu'ils étaient.

— Je vais devoir lui répondre immédiatement.

— Ne devriez-vous pas plutôt attendre de savoir ce qu'en pense Master Tristan ?

— Je ne désire pas mêler Tristan à cet échange. Il y a assez de problèmes comme cela avec Lord Thorngrafton. De plus, le problème était simple : un homme n'envoie pas comme ça de l'argent à une femme mariée.

— Peut-être que Master Peter vous envoie juste un message et qu'il a une bonne raison pour le faire. Vous avez le droit de dire beaucoup de choses sur Master Peter, mais le fait est qu'il n'a jamais cherché à se montrer grossier. Son cœur est à la bonne place. À une époque, il idolâtrait littéralement Master Tristan et le suivait partout.

Lottie se frotta les yeux, réprimant une envie de pleurer. Les familles et leurs histoires ! Celle de Tristan paraissait encore pire que la sienne. En cet instant précis, une seule chose la rassurait : l'absence de Tristan. Jamais il ne devrait avoir connaissance de cet échange de missives.

Ouvrant la lettre, elle découvrit une carte ainsi rédigée :

À Lady Thorngrafton qui m'a fait tant d'honneur en me prêtant de l'argent. Mais je ne suis à ce point perdu de devoir en emprunter à une lady.

— Est-il devenu fou ? s'écria-t-elle en éloignant brusquement la carte de ses yeux. Je ne suis pas Lady Thorngrafton ! Je ne l'ai jamais été et ne le serai jamais ! C'est à Tristan que je suis mariée et...

Mrs Elton fit un geste de la main, mais elle l'arrêta.

— Qui est Peter Dyvelston ? Quelle relation a-t-il avec Lord Thorngrafton ?

— Ils sont cousins. La mère de Peter était la sœur de Lucas

Dyvelston. Master Peter est né Peter Burford, mais il a changé de patronyme pour hériter de la fortune de l'ancien Lord Thorngrafton, du moins de la partie qui n'était pas incluse dans la succession.

Les mots restaient suspendus. Le cerveau de Lottie bourdonnait. *Cousins...*

— Cousins germains ? Et Tristan était le fils de l'héritier ?

— Oui.

— Mais... cela ferait de Tristan le nouveau Lord Thorngrafton... Ce qu'il n'est pas.

Elle recula d'un pas, tandis qu'un terrible soupçon naissait dans son esprit. Était-il possible qu'elle se fût trompée pendant tout ce temps ?

— Tristan est-il Lord Thorngrafton ?

Mrs Elton acquiesça de la tête.

— J'avais dit à Lord Thorngrafton que je ne révélerais pas cette information de mon propre chef, mais que je ne mentirais pas non plus. Et de toute façon, *my lady*, vous avez tout compris par vous-même.

— Mais... pourquoi Tristan a-t-il fait cela ?

Elle baissa les yeux vers le billet.

— À quoi rime cette mascarade ?

— Sur ce point, dit Mrs Elton, il faudra interroger Sa Seigneurie.

La gouvernante secoua la tête.

— Je l'avais prévenu, vous savez...

My Lady, lady, Lady Thorngrafton... La tête de Lottie lui tournait presque. Elle avait un titre à présent... Mais qui lui laissait un goût amer quand elle l'entendait. Car Tristan lui avait menti. Et de manière délibérée. Les questions se bousculaient : avait-il prévu de la laisser encore longtemps dans l'ignorance ? De quelle façon ? Avait-il vraiment voulu l'abandonner ?

— J'ai été si aveugle... Que m'a-t-il caché d'autre ?

Elle s'arrêta. Pouvait-elle interroger Mrs Elton sur la situation financière de Tristan ? Elle aurait en tout cas pu retourner dans la bibliothèque et fouiller dans ses papiers. Mais cela aurait été trop laid.

— Pas *aveugle*, *my lady*. Induite en erreur.

— Je ne comprends pas.

— Lord Thorngrafton a la réputation d'avoir été un joueur de cartes invétéré dans sa jeunesse, *my lady*. Il garde secret ce qu'il veut garder secret... Quand bien même je l'avais averti que vous pourriez finir par tout deviner.

— Dois-je comprendre que Lord Thorngrafton pourrait réhabiliter son domaine sans devoir recourir à ma fortune ?

— Ce n'est pas vraiment à moi de répondre, *my lady*, mais je pense que Sa Seigneurie a accumulé beaucoup de réussites et que, connaissant son oncle comme il le connaissait, il savait qu'il hériterait, à sa mort, d'un domaine saccagé.

— Savez-vous dans quel genre d'affaires s'est lancé Tristan ?

— Dans les chemins de fer. Mais j'ai pu me tromper dans mes raisonnements. De toute façon, je ne vous ai rien dit.

Lottie ferma les yeux. Tristan était donc un roi des chemins de fer. Dès qu'elle avait entendu parler de Jack Stanton, elle aurait dû comprendre que quelque chose n'allait pas. Les deux hommes étaient à la fois amis et associés. Incapable d'imaginer cela, elle avait trop vite catalogué Jack comme un aventurier.

— Je vous remercie, Mrs Elton.

Elle quitta la cuisine pour aller s'installer dans le petit salon. Là, elle s'assit dans un fauteuil et s'enfouit la tête dans les mains. Tristan était titré et il avait de l'argent. Tout ce qu'elle avait toujours voulu avoir, sauf qu'il avait choisi de le lui cacher. Jusqu'à l'amener à croire qu'ils étaient presque pauvres. Mais pourquoi ? À quoi rimaient ces épreuves inutiles qu'il lui avait imposées et qu'elle avait acceptées sans jamais soupçonner qu'il se moquait d'elle ?

Il avait trahi sa confiance alors qu'elle croyait en lui. Or, malgré cela, en cet instant même, elle avait encore envie de le croire... Une colère froide s'abattit sur elle. Les choses devaient changer. Tristan n'avait pas le droit de la traiter de cette façon, et elle allait le lui faire comprendre !

Quand Tristan revint, le soleil du jour naissant frôlait le haut de la tour de Gortner Hall, conférant aux pierres une nuance légèrement rosée tandis que les murailles s'enveloppaient de brume. Le château semblait féerique. Valait-il la peine d'être restauré ou Lottie lui préférerait-elle une nouvelle construction étudiée pour mieux répondre à ses besoins ? Quoi qu'il en fût, elle pourrait être heureuse ici, il le savait. Du reste, il le lui préciserait quand il lui aurait raconté sa petite mystification. Et il ne doutait pas qu'elle serait positivement ravie d'avoir reçu une information erronée sur leurs finances. Oui, en lui révélant tout à sa manière, elle comprendrait.

Le bruit de ses bottes foulant le sol résonna dans la vaste entrée, avant de s'arrêter net. Tristan venait d'apercevoir Lottie assise dans le fond de la pièce et vêtue de sa robe d'intérieur fort retouchée. Son sac gisait à ses pieds et une lueur très déterminée brillait au fond de son regard.

— Vous êtes de retour, Tristan.

— Ne me dites pas que vous avez veillé toute la nuit, dit-il en se forçant à sourire pour évacuer le sentiment de malaise qui le prenait.

— Je suis quelqu'un de généreux. Du moins, c'est ce que tout le monde dit autour de moi.

Tristan se pencha vers elle, lui prit les mains et la fit se lever. Il voulait faire disparaître le petit pli apparu entre ses beaux sourcils blonds.

— Me direz-vous bonjour comme il faut ? dit-il en lui prenant les lèvres.

Lottie n'opposa pas de résistance, mais son baiser ne

contenait pas la même ardeur que d'habitude. L'instant d'après, elle reculait comme si elle s'était brûlée à son contact, posait les mains sur ses joues et se détournait. Pourquoi portait-elle des gants ? se demanda-t-il en les fixant d'un air inquiet. Était-elle sur le départ ? Avait-elle une visite à rendre ? Un frisson lui parcourut la colonne vertébrale.

— Y a-t-il un problème, Lottie ? S'est-il passé quelque chose ?

— Devrait-il s'être passé quelque chose ?

Elle avait parlé sur un ton tendu et son regard était anormalement brillant.

— Je ne suis pas d'humeur à jouer au jeu des devinettes.

— Assez drôlement, moi non plus.

Elle croisa les bras.

— Devinettes et charades ne m'ont jamais beaucoup amusée.

Un sentiment de fatigue s'abattit sur lui. Il n'était pas rentré avec l'envie de démarrer une querelle. Tout ce qu'il voulait était retrouver son lit en compagnie de Lottie pour se perdre dans sa douceur. Au réveil, il la prendrait dans ses bras, lui expliquerait tout et elle lui pardonnerait. Impossible d'en douter.

— Je n'ai pas fermé l'œil de la nuit, dit-il en se frottant la nuque. Mais au moins, mes affaires sont résolues.

— Tant mieux, j'en suis contente.

Lottie ne bougeait pas. Ne lui venait-il pas à l'idée qu'il pouvait avoir envie d'aller se coucher… avec elle ?

— Que s'est-il passé, Lottie ?

— Une lettre est arrivée pendant votre absence. Adressée à *Lady Thorngrafton*.

— Peter m'a dit qu'il l'avait envoyée, répondit-il en maudissant son cousin en silence.

Qu'à cela ne tienne. Il saurait bien envoyer Peter au diable dans l'enfer qu'il méritait ! Mais à présent, comment arrêter cette conversation ? Car s'il avait prévu d'en tenir une avec Lottie, ce n'était pas pour qu'elle tourne autour de Peter.

— Les mauvaises plaisanteries amusent beaucoup mon cousin. Je suppose qu'il les trouve pleines d'humour. Quant à la lettre, j'avais osé espérer qu'elle aurait du retard.

— Pleines d'humour ? Envoyer une forte somme d'argent à une femme mariée est pour lui de *l'humour* !

— Peter sait qui est Lady Thorngrafton.

— Alors, dites-moi son nom. Que je lui envoie directement la somme.

Lottie attendit la réponse. En agissant ainsi, au lieu d'accuser Tristan, elle lui donnait une chance. Car, même maintenant, elle voulait encore croire qu'il ne s'agissait entre eux que d'un terrible malentendu et qu'il n'avait pas essayé de la mystifier.

— C'est la femme de Lord Thorngrafton.

Tristan avait exprimé sa réponse fuyante sur un ton définitif qui tentait de clore le débat.

Sauf qu'elle n'était pas d'accord. Avant de le clore, il lui fallait obtenir de vraies réponses à ses questions. C'était son droit de les obtenir et elle n'avait plus envie de tergiverser.

Se redressant de toute sa hauteur, elle carra les épaules et le regarda dans les yeux.

— Êtes-vous Lord Thorngrafton ?

— Vous ne poseriez pas la question si vous n'aviez pas une idée de la réponse.

Tristan s'approcha d'elle mais elle recula. S'il la prenait dans ses bras, elle serait capable de lui pardonner avant même qu'il le lui ait demandé. Or elle n'y était pas encore prête. Il fallait en outre lui apprendre qu'on ne plaisantait pas avec elle de cette façon, qu'elle avait cessé de jouer à son petit jeu, de danser à son rythme et qu'il l'avait blessée.

— Une supposition n'est pas une réponse concrète. Or, nous parlons d'un fait. Qui est l'actuel Lord Thorngrafton ?

— Voulez-vous que je le sois ? Est-ce ce que vous désirez ? Un titre... Ou désirez-vous votre mari ?

— Ne répondez pas à ma question par une autre question, je vous prie. J'ai le droit de connaître la vérité et je veux la connaître.

— Je suis Lord Thorngrafton.

Un mur de colère froide se dressa autour de Lottie. Tristan était bel et bien Lord Thorngrafton bien qu'il lui ait délibérément fait croire le contraire, se faisant même passer pour un pauvre homme sans le moindre projet d'avenir. Oui, pendant tout le temps où elle lui avait fait confiance, il lui mentait sciemment ...

— Pourquoi l'avoir nié ?

— Je ne l'ai jamais nié. Comment l'aurais-je pu puisque ce titre est inhérent à ma naissance ?

Tristan haussa les épaules.

— Mais comment empêcher que les autres pensent ce qu'ils veulent ? Pour ma part, je n'ai rien dit. Ni dans un sens ni dans l'autre. Vous avez juste cru à vos propres suppositions.

— Et vous m'y avez activement aidée puisque vous m'avez vous-même présenté votre cousin. C'est mal de votre part.

Elle serra les poings.

— Très mal.

— À aucun moment je n'ai pris conscience que vous aviez besoin d'aide, dit-il alors que ses yeux semblaient devenus deux petits blocs de granit. Vous sembliez juste résolue à penser que mon cousin était Lord Thorngrafton.

— Je le tenais de lui.

Elle avait gardé la tête haute mais se sentait intérieurement anéantie. Tristan osait l'accuser d'avoir entretenu le quiproquo. Elle ! Mais pas question de se mettre à crier. Il réclamait de la rationalité ? Elle allait lui en donner.

— Votre cousin s'était d'ailleurs présenté comme cela

devant tout le monde. À Newcastle, il avait même apporté des papiers. Je n'avais donc aucune raison de douter.

— Il mentait.

— Certes, mais vous me l'apprenez seulement maintenant. C'est au Shaw's Hotel que vous auriez dû réagir.

En parlant, Lottie se pressait les doigts sur les tempes. Plus question de s'en laisser compter. Elle allait découvrir toute la vérité à présent.

— Votre tentative pour déformer les faits est inutile..., ajouta-t-elle. Vous êtes le seul responsable de ce pseudo-malentendu.

— J'ai fait ce que je pensais devoir faire.

Quelque chose brûlait dans le regard de Tristan.

— J'ai voulu me protéger. Je craignais que votre mère ait vent de notre première rencontre ou apprenne que j'étais titré.

— Alors, vous avez préféré me séduire.

Comme Tristan restait bouche bée et qu'aucun son n'en sortait, elle ajouta :

— Vous n'aviez pas prévu la réponse à cette question, dirait-on...

— Je ne suis pas un goujat.

— Votre oncle vous a-t-il légué de l'argent ? M'avez-vous également induite en erreur à ce sujet ?

— Mon oncle a cherché à me laisser sans le sou et avec un château délabré.

— Ce n'est pas une réponse.

Hors d'elle, elle se retenait pour ne pas taper du pied comme une enfant en colère.

— C'est cependant la seule que vous obtiendrez pour le moment.

— Je veux une réponse, Tristan. Je l'exige. Votre oncle avait-il fait fortune ?

— Regardez autour de vous, reprit-il avec un large geste de la main. Cette maison n'est plus que l'ombre de ce qu'elle était autrefois. Gortner Hall était le plus beau domaine de la région. Il n'est plus qu'une ruine.

— Je faisais allusion à autre chose et vous le savez. C'est bien votre cocher qui m'a donné le billet à Gretna Green, n'est-ce pas ? Suivant en cela vos ordres, je présume... Parce que vous vouliez me voir partir. Parce que vous n'aviez pas l'intention de m'épouser...

— Je vous ai retrouvée et me suis porté à votre secours ! s'écria Tristan en lui tendant la main dans un geste d'apaisement.

— Après m'avoir abandonnée seule dans la cour, c'était bien la moindre des choses... En somme, vous avez créé un problème, qui m'a exposée à un terrible danger, juste pour pouvoir le résoudre en personne au dernier moment.

Elle le fixa.

— Pourquoi être venu me chercher, Tristan ?

— Vous me demandez cela pour faire semblant d'être en colère contre moi.

— Nul besoin de faire semblant, je vous assure, Lord Thorngrafton, répliqua-t-elle en lui rendant son regard sans ciller.

Tristan ne détourna pas le sien, mais ses épaules s'affaissèrent. Il se passa la main sur les joues.

— Devons-nous vraiment rester là à nous disputer comme des chiffonniers ? Je n'ai pas dormi de la nuit, Carlotta. Alors, autorisez-moi à aller me coucher et nous poursuivrons cette discussion demain. Je pourrai tout vous expliquer si vous m'en laissez la possibilité. En fait, j'avais besoin d'être sûr, voilà tout.

— Non ! dit-elle, le front haut, mais le cœur en morceaux.

Elle avait aimé Tristan, lui avait offert toute sa confiance et à présent, il lui demandait de repousser l'explication qu'il lui devait. Elle n'accéderait pas à cette requête. Pas après qu'il l'avait aussi mal traitée, pas après tout ce qu'il lui avait fait endurer.

— C'est maintenant que nous finirons cette discussion. Et non demain.

— Non ? dit Tristan en avançant vers elle, mains tendues.

Comme elle esquivait, il laissa ses bras retomber le long de son corps.

— Nous sommes mariés.

— Le sommes-nous vraiment ? repartit-elle en clignant des paupières pour maîtriser les larmes qui lui montaient aux yeux. Après tout, jamais vous n'avez annoncé votre titre. Sans doute aviez-vous prévu de me repousser une fois que vous vous seriez bien amusé...

— Notre mariage est légal, Lottie. Vous êtes ma femme. J'ai décliné mon nom et mon titre au forgeron.

— En prenant toutes les précautions pour que je ne les entende pas...

L'atrocité du comportement de Tristan lui apparaissait maintenant dans toute sa crudité.

— Depuis le début, je comprends que vous n'avez fait que m'abuser.

— Vous m'aviez dit que vous resteriez dans la cour.

— Tant que je me trouvais en sécurité à l'intérieur du vôtre ! Mais à partir du moment où le cocher m'avait laissée seule dehors, sans chaperon ni escorte, dans un endroit aussi... exposé, je devais attendre de me faire attaquer ?

— J'allais vous dire toute la vérité, Lottie.

— Quand ? Vous aviez tout loisir de le faire avant !

Les lèvres de Tristan se pincèrent en une mince ligne blanche.

— Je vous aurais parlé dès que j'aurais été sûr. Nous étions en voyage de noces, la chance pour nous d'apprendre à mieux nous connaître.

— Quel voyage de noces ! Que racontez-vous ! Jamais vous n'avez fait la moindre tentative pour me connaître mieux.

Elle attrapa son sac.

— Je vous quitte, Tristan. Je retourne à mon univers. Celui-ci est trop factice. Ce que nous avons partagé aussi. Vous vous êtes joué de moi.

— Il existe une explication.

— Vous êtes le seul à le penser, rétorqua-t-elle tandis que son ventre se contractait et que le nœud dans sa gorge se serrait davantage.

Si cela continuait, elle ne pourrait plus s'en débarrasser. À moins de libérer ses sanglots depuis trop longtemps contenus. Or, il était hors de question de pleurer devant Tristan ni de lui montrer à quel point il l'avait meurtrie. Elle voulait se montrer forte.

— Après mûres réflexions, j'en suis arrivée à la conclusion que vous me croyiez orgueilleuse et pensiez que je méritais d'être punie. Mais rien ne vous autorisait à passer à l'acte, Tristan. Vous n'aviez pas le droit d'agir comme vous l'avez fait.

— J'avais tous les droits.

Horrifiée par la réponse, elle parvint une nouvelle fois à se maîtriser et ce fut avec calme qu'elle répliqua :

— L'homme que je croyais avoir épousé n'aurait jamais abrité ce genre de pensées, lui. Il était trop intègre.

— Et qu'allez-vous faire avec cela ? Je ne puis changer le passé.

— Vous quitter. Vous pouvez demeurer seul dans votre château en ruine et au milieu de vos souvenirs. Moi, je retourne au monde qui est le mien, peuplé de gens qui m'aiment. Si c'est cela, le mariage, alors le prix à payer est trop élevé pour moi.

— Je croyais vous plaire, repartit Tristan en la prenant contre lui.

Mais quand il baissa la tête, elle détourna la sienne et le repoussa. Alors, sans plus essayer de la retenir, il demeura complètement immobile, le menton relevé, l'air distant.

Elle déglutit avec difficulté. De nouveau, il tentait de se

servir d’elle. Mais cette fois, cela ne servirait à rien, c’était elle qui allait gagner… Qui avait presque gagné.

— L’attirance physique est morte, Tristan. Comme chaque fois que l’on trahit quelqu’un. Et vous m’avez trahie de la pire des façons.

Elle attrapa son réticule qu’elle ramena contre elle comme un bouclier. Car, si Tristan tentait un nouveau pas vers elle, la tentation risquait d’être trop forte et elle ne voulait à aucun prix céder. Oui, son seul but était de lui faire regarder les choses en face et comprendre tout ce par quoi elle était passée, tout ce qu’elle avait subi à cause de lui.

— Vous avez décidé que j’étais une ardoise vierge sur laquelle vous pouviez écrire à loisir, une pâte que vous pouviez mouler et façonner à votre guise sans jamais me demander mon avis ni mon autorisation.

— Je me suis peut-être montré autoritaire mais c’était pour la bonne cause. Parce qu’il fallait que je sache.

— *Peut-être* ? reprit-elle avec hauteur. Vous devriez dire *odieusement autoritaire*.

Elle conclut sa remarque d’un sourire mystérieux. Au cours de cette longue nuit, elle avait eu le temps d’élaborer un plan. Car elle n’était pas l’une de ces femmes désespérées, décidées à avoir un homme à n’importe quel prix. Tristan devait la désirer. Elle toute seule.

— Au revoir, Lord Thorngrafton.

— *Au revoir* ? Nous n’avons même pas commencé !

Elle cligna des paupières, attendant que le rugissement qui venait de s’échapper de la gorge de Tristan finisse de résonner à ses oreilles.

— Vous n’allez nulle part, Carlotta, je vous l’interdis.

— J’ai toujours détesté ce prénom, Lord Thorngrafton, vous le savez et l’utilisez exprès pour me blesser.

Sans faire demi-tour, elle lui tendit vaguement une main

qu'il ignora, préférant continuer à la fixer d'un regard plein de fureur. Mais elle ne cilla pas.

— Je pensais que le temps que nous avions passé ensemble me montrerait qui vous étiez vraiment ! rugit-il. C'est désormais chose faite !

Sur ces mots, Tristan sortit en claquant violemment la porte derrière lui.

Lottie attendit un instant, la tête penchée sur le côté. Un pas lourd résonna dans l'escalier.

Un sentiment terrible de vide l'envahit alors, les larmes lui montèrent aux yeux. Elle s'en débarrassa d'un geste rageur de la main. Ainsi, renversant une fois de plus les rôles, Tristan l'avait retenue uniquement pour pouvoir quitter les lieux avant elle. Eh bien, il trouverait une surprise à son retour.

Sans l'ombre d'une hésitation, elle ôta son alliance en fer et la posa sur la table de marbre de l'entrée à un endroit où Tristan ne pourrait manquer de la voir.

— Ce temps passé avec vous a été si agréable, Lord Thorngrafton ! Si éclairant ! Mais, comme je déteste les adieux qui s'éternisent, je vous laisse et vous souhaite bien du bonheur, déclara-t-elle à haute voix dans l'entrée désertée.

15

Tristan s'assit dans le petit salon vide et fit tourner l'anneau de fer entre ses doigts. Sans Lottie, la maison lui paraissait sans vie. Comment, en quelques jours seulement, en était-il arrivé à compter ainsi sur sa présence, à suivre ses déclarations d'une oreille attentive et à s'intéresser à ses derniers projets ? Depuis son départ, c'était une partie importante de lui-même qu'il avait perdue.

Elle allait revenir. En quittant le château, elle avait voulu accomplir un geste un peu grandiloquent, mais elle n'irait même pas jusqu'à la gare de Hexham. Tout ce qu'il avait à faire était d'attendre.

— Mrs Elton ? demanda-t-il, quel train Lottie devait-elle prendre ?

— L'express pour Newcastle.

Il leva les yeux vers l'horloge. Un grand sentiment d'abandon s'installa en lui. Si Lottie avait dû revenir, elle se trouverait déjà là...

Elle était partie. Sans un regard en arrière, sans attendre qu'il se soit expliqué.

Ce n'était pas ainsi que les choses étaient censées se passer. Car, s'il avait prévu qu'elle serait un peu fâchée contre lui, il s'était aussi dit qu'elle serait heureuse de voir ses rêves devenus réalité.

Après un dernier regard à l'alliance, il la glissa dans sa

poche. Tout à l'heure, il l'enfermerait dans une boîte et ne l'en sortirait plus jamais. Quant à lui, il allait quitter cet endroit pour ne plus y revenir.

Il marcha vers le milieu de la pièce et il posa les mains à plat sur le manteau de la cheminée. Son oncle avait-il ressenti la même chose quand Suzanne l'avait quitté ? Lui-même ne cherchait-il qu'à posséder Lottie ? Allait-il retourner tranquillement à ses affaires comme si Lottie n'était jamais entrée dans sa vie ?

Il eut un sourire désabusé. C'était presque comme si son oncle lui avait tendu un piège et qu'il s'était dirigé droit dedans. Était-il devenu son oncle ?

Tristan rejeta cette étrange question dans l'instant. Non, posséder Lottie ne l'intéressait pas. Il la voulait dans son existence car, sans elle, cette existence était dépeuplée. Pourtant, il ne lui avait même pas demandé de rester...

Il glissa la main dans l'autre poche de son manteau, que le miroir noir de Lottie n'avait pas quittée depuis qu'il l'avait ramassé à terre.

À partir de maintenant, son seul but serait de faire revenir sa femme et de se battre pour elle. Adieu charades et devinettes. Lottie valait tellement plus ! Pourquoi n'avait-il pas réalisé tout cela plus tôt ?

Oui, il la ramènerait à Gortner Hall. Dût-il passer sa vie à y parvenir.

Pour cela, il devrait se montrer patient et tirer les leçons de ce qu'il avait appris. Dire qu'il réalisait seulement maintenant l'importance de cet enjeu : l'amour de Lottie.

— C'est donc la fin de ton histoire ? demanda Lucy Charlton en se penchant en avant pour toucher la main de Lottie.

Celle-ci regarda le visage contrarié de sa belle-sœur.

— Oui, dit-elle. Ensuite, je suis venue ici.

Lottie renversa la tête contre le dossier du confortable

fauteuil de cuir de la salle à manger de Lucy et Henry. Ici, il ne pouvait rien lui arriver de mauvais. Les murs étaient peints du rouge le plus en vogue, les dossiers de chaises étaient lacés de rubans blancs tandis que des pelotes, piquées d'épingles dessinant des motifs choisis avec soin par les amies de Lucy, s'offraient à la vue et l'admiration des visiteurs. Familier, rassurant, mais quelque peu étouffant. Au cours du voyage qui l'avait menée à Newcastle, Lottie s'était dit que si elle arrivait sans encombre jusqu'ici tout irait bien. Mais elle s'était trompée. Tout était loin d'être bien.

Elle avait mal partout, une grande lassitude s'était abattue sur elle et, si elle ne pleurait pas, c'était juste parce qu'il ne lui restait plus de larmes. Telle une cosse desséchée, elle doutait de pouvoir ressentir un jour une nouvelle émotion.

— Lord Thorngrafton aura tenté de te retenir...

— Non, Lucy, il n'a pas fait la moindre tentative. Mrs Elton m'avait commandé un chariot qui m'a conduite à la gare. Là, l'express est arrivé très vite. Puis j'ai pris une voiture qui m'a menée chez toi.

— Ta mère demeure au Shaw's Hotel. Elle conserve l'espoir d'un mariage entre elle et Sir Geoffrey Lea. Sans compter que le tien la rend très fière.

— Sait-elle que Tristan a un titre ?

— Au départ, elle l'ignorait. Mais je crois que Sir Geoffrey le lui a révélé un peu plus tard pour la réconforter.

— Sir Geoffrey était au courant ! Pourquoi ne me l'a-t-il pas dit ?

— Qui aurais-tu choisi d'épouser alors ? demanda Lucy avec une lueur gentiment amusée au fond des yeux.

Tristan, répondit intérieurement Lottie. *L'homme à qui j'ai dit oui. L'homme dont je crains qu'il n'existe pas en fait.*

— Cette question n'est pas pertinente, Lucy. Face à l'entêtement de maman, j'aurais fini par trouver un moyen.

— Tu as ton titre, à présent. N'est-ce pas ce que tu désirais le plus et depuis longtemps ?

— Les temps changent, répondit-elle en se passant une main sur le visage. Tu dois me trouver fort ennuyeuse, Lucy. J'ai très peu dormi la nuit dernière et presque pas dans le train. Je suis d'une bien piètre compagnie. J'espère que tu ne m'en voudras pas.

Lucy se pencha et lui saisit la main.

— Je pense surtout que le problème te concernant demeure entier. Que vas-tu faire maintenant que tu as quitté Lord Thorngrafton ?

Elle hocha la tête. Entendre Lucy utiliser le titre de Tristan lui facilitait les choses. Car c'était Tristan qu'elle aimait et non ce Lord Thorngrafton dont le dernier regard lui revenait chaque fois qu'elle fermait les yeux : froid et impitoyable. Mais l'avait-il jamais vraiment vue ? Ne saisissait-il que le reflet de Suzanne chaque fois qu'il la regardait ? Elle n'avait tellement rien à voir avec Suzanne que l'association probable de Tristan la blessait profondément.

— Je pensais reprendre tout simplement ma vie d'avant, répondit-elle.

— Tu es mariée, Lottie. Il peut y avoir des conséquences.

Elle fit voler sa main à sa bouche.

— Je n'avais pas pensé aux bébés.

— Tu devrais.

— Lucy ! Je n'ai jamais...

Celle-ci posa calmement les mains sur ses genoux.

— Autant conserver l'esprit pratique, Lottie. Ne sommes-nous pas deux femmes mariées à présent ? Ne sais-tu pas comme moi ce qui se passe derrière les portes fermées des chambres à coucher ?

Lottie hocha la tête. Devenir mère et tenir l'enfant de Tristan dans ses bras lui plairait. Un courant chaud la traversa... mais disparut presque aussitôt. Elle avait cessé de rêver. Attendre un enfant en ce moment aurait été ce qui pouvait lui arriver de pire. Tristan aurait tous les droits sur lui et elle n'aurait rien, situation tellement injuste que les larmes lui montèrent de nouveau aux yeux. Mais, de nouveau, elle les repoussa.

— Le temps venu, je saurai passer cet obstacle.

— Si c'est ainsi que tu le sens..., dit Lucy en se penchant pour l'embrasser sur la joue.

— Pour autant, la question que tu as posée est juste : Que vais-je faire, maintenant ?

— Es-tu absolument résolue à ne pas retourner auprès de Lord Thorngrafton ?

— Quel intérêt y aurait-il ? Il ne me respecte même pas.

Lottie avait du mal à garder son calme. Elle poursuivit néanmoins en s'y appliquant :

— J'ai découvert qu'il me demandait sans cesse bien plus que lui-même n'était prêt à me donner. Notre relation est vide de sens. Je mérite mieux.

— Si tu es tout à fait déterminée, tu peux bien sûr rester ici pour le moment. Une femme seule dans la maison de ta mère ne serait pas convenable.

— Je suis d'autant plus déterminée que je ne porte aucune responsabilité dans cette histoire. Je n'ai rien à me reprocher ni dont me sentir coupable.

— Bien. Dans ce cas, tu vas m'accompagner aux *Journées chez soi*. Tu as toujours apprécié ce genre d'activité.

Lottie secoua la tête.

— Non, pas encore. C'est trop tôt. Accorde-moi quelques jours. J'ai besoin de repos après mon voyage.

— C'est vrai, tu m'as dit que tu étais fatiguée. Je te donnerai le temps qu'il faudra pour réintégrer peu à peu la société. Quant à tes amies, elles continueront à t'entourer comme je le fais, moi.

Lottie tourna la tête en essayant de ne pas penser à ce

qu'aurait pu être ce beau paysage aux verts reflets ondoyants qui miroitait non loin mais hors de sa portée...

Insupportable quatrième conversation sur le temps... Lottie réprima le nouveau bâillement qui menaçait. Jamais elle n'aurait dû accepter d'escorter Lucy à cette *Journée chez soi*. Il leur restait encore deux visites à faire, dont celle chez Emma Stanton qui organisait sa première *Journée* depuis qu'elle était rentrée d'Italie avec son mari.

— J'ai appris que vous vous étiez mariée, Lottie, dit Mrs Fletcher, l'une des matrones les plus influentes de Newcastle en s'avançant vers elle, lourdement appuyée sur sa canne.

— De manière très subite.

Mrs Fletcher jeta un regard autour d'elle.

— Et votre mari, il n'est pas avec vous ? Si je comprends bien, vous effectuez vos premières visites de femme mariée.

— En effet, dit Lottie en avançant vers elle et en repoussant de nouveau la vague d'ennui qui s'emparait d'elle. Mais assez parlé de moi. Dites-moi comment va votre jambe. Mieux ? La gouvernante de mon mari ne jure que par un onguent qui...

Mrs Fletcher se lança aussitôt dans une longue explication qui permit à Lottie de mieux respirer. Demain, elle écrirait à Mrs Elton et révélerait ensuite la recette du fameux baume à Mrs Fletcher. Cela l'occuperait. À part cela, heureusement qu'elle avait des amies qui se souciaient d'elle avec gentillesse car les autres femmes passaient plutôt leur temps à commenter sans bienveillance l'absence de son mari.

— Vous savez, ma chère...

Mrs Fletcher avait terminé son histoire.

— Je n'avais encore jamais réalisé à quel point vous écoutiez bien.

— J'aime les gens. Quand ils rencontrent des problèmes,

j'ai donc à cœur de les aider à trouver des solutions. C'est l'un de mes défauts.

— Nous ne qualifierons pas cela de défaut. Et puis, le temps qui passe saura émousser vos élans. Je veux vous avoir à dîner, vous et votre mari. Vous me rappelez la jeune femme que j'étais juste après mon mariage.

— Ce sera avec plaisir, répondit Lottie en plaquant un sourire sur ses lèvres. Je vais en parler à Tristan.

— Et que fait Mr Dyvelston ?

— Elle veut dire *Lord Thorngrafton*, dit la plus jeune fille de Mrs Fletcher qui venait de rejoindre les deux femmes. Lucy vient de m'apprendre que vous aviez épousé un lord !

— Lady Thorngrafton, dit alors Mrs Fletcher en inclinant la tête, vous êtes un vrai pur-sang ! J'espère vivement mieux vous connaître et crains de vous avoir méjugée. Vous devez traverser une période si extatique en ce moment !

— Mon bonheur est total, renchérit-elle en forçant les mots à franchir ses lèvres. Tous mes rêves de jeune fille se sont réalisés. Que demander de plus ?

— Je verrai votre mari au bal d'été, Lady Thorngrafton.

La plus jeune Miss Fletcher eut un sourire pointu.

— J'ai tellement hâte de rencontrer l'homme qui a ensorcelé l'incomparable Lottie Charlton.

Lottie eut du mal à trouver sa respiration. Elle qui avait espéré éviter de devoir parler de Tristan... Que répondre ?

— Lottie n'a encore aucune idée du moment où Lord Thorngrafton pourra se dégager de ses affaires en cours.

Comme le bras de Lucy s'enroulait autour de ses épaules, elle regretta toutes les pensées cruelles qu'elle avait pu avoir envers sa belle-sœur. Lucy était une bonne personne et Henry avait de la chance de l'avoir épousée. Car l'affection que lui portait Lucy était authentique.

Mais l'affection suffisait-elle ? Avait-elle tort d'espérer davantage que ce sentiment un peu tiède ?

— N'est-ce pas, Lottie ?

Lucy la considérait d'un air un peu narquois.

— À propos du bal..., poursuivit-elle patiemment sans paraître lui reprocher son air perdu.

— Oui, tout à fait ! Cela va être merveilleux ! s'écria Lottie avant de revenir en hâte à Mrs Fletcher et au temps qu'il ferait sûrement ces prochains jours.

— Penses-tu que je puisse m'épargner les prochaines visites, Lucy ? s'enquit-elle quand elles furent seules. J'ai un mal de tête... !

— J'ai cru que tu ne le dirais jamais, répondit sa belle-sœur en pénétrant dans la calèche. Tu ne sembles pas t'être beaucoup amusée. Ne m'avais-tu pourtant pas écrit combien tu adorais ces visites quand tu es arrivée à Haydon Bridge ?

— C'est une autre Lottie dont tu parles..., répondit-elle en serrant les doigts autour du bras de Lucy. T'ai-je récemment dit combien tu m'étais chère ? Et combien j'appréciais ce que tu faisais en ce moment pour moi ?

Le rose qui gagna les joues de Lucy la rendit presque belle. À présent, Lottie comprenait pourquoi son frère l'avait épousée et pourquoi c'était lui qui avait eu de la chance et non le contraire.

— Lady Thorngrafton, je déclare solennellement que le mariage vous réussit ! Si tu es assez reposée pour participer au bal de ce soir, Henry a promis qu'il serait de retour de Durham à temps.

— Je vous tiendrai compagnie, moi, Lottie, respectable matrone.

— Et moi, j'espère plutôt te voir danser !

— Ça, je n'en suis pas sûre...

Comment danser, en effet, sans penser à Tristan et à leur dernière valse ? Au cours de la journée, elle chercherait et trouverait une excuse pour ne pas se rendre à ce bal. Pas question de lire la pitié sur le visage des invités ni de se sentir mise à l'écart à chaque nouvelle danse parce que son mari n'était pas là. Et surtout, elle n'était pas prête à affronter le vide de son propre cœur.

— Nous pouvons aller voir les Stanton tout de suite si tu veux, dit Lucy. Je sais qu'Emma et Mr Stanton ont tous deux hâte de te voir.

— J'ai du mal à le croire, repartit-elle. J'ose juste espérer qu'Emma m'a pardonné mes anciens commentaires inopportuns.

— Emma et Mr Stanton sont très amoureux. J'ai moi-même révisé mon opinion sur eux.

— Très bien. Dépêchons-nous, alors.

La foule qui se pressait devant la maison des Stanton était encore plus importante que Lottie ne l'avait pensé. Tout ce que Newcastle comptait de gens importants semblait s'être donné rendez-vous à la *Journée chez soi* d'Emma et Jack Stanton. Lottie fronça les sourcils. De fait, tout le monde allait savoir qu'elle rendait des visites sans son mari.

Lottie dut admettre une nouvelle fois s'être trompée sur Emma. Celle-ci semblait si jolie et si heureuse auprès de son mari aimant qu'elle en éprouva même une véritable envie. Oui, peu lui importaient les persiflages concernant l'absence de Tristan. C'était *pour elle* qu'elle aurait voulu qu'il soit là. Pour qu'il la regarde comme Jack regardait sa femme et qu'il la prenne par la taille, que la chaleur émane de son regard et la bonne humeur de tout son être. Mais il ne fallait pas y compter. Cela faisait maintenant plus d'une semaine qu'elle résidait chez Lucy, que Tristan lui manquait de plus en plus et que, de son côté, il ne lui avait même pas envoyé un mot.

En sortant soudain de son champ de vision, une dame dodue laissa apparaître, à sa place, une solide carrure dans une redingote bien ajustée. Lottie se frotta les yeux. Si elle se mettait à voir des choses… Tristan ici ? Non-sens.

— Je voulais vous dire combien j'étais navrée de mon

éclat après le patinage, dit-elle tout bas à Emma. J'ai eu tort. Aujourd'hui, je comprends comment ces choses peuvent arriver.

— Au contraire. Je vous en suis reconnaissante puisque Jack et moi nous sommes mariés et avons résolu nos différends. Ce mariage a changé ma vie. N'y pensez plus, ajouta Emma avec un sourire. Si j'ai bien compris, vous êtes maintenant une lady ?

— C'est exact. J'ai épousé Tristan Dyvelston, Lord Thorngrafton il y a quelques semaines. Lucy a dû vous raconter dans quelles circonstances.

Elle se tut, attendant l'inévitable question : *Mais… où est votre mari ?*

— D'après Jack, Thorngrafton est un homme bon et capable. Oui, mon mari l'estime beaucoup. Je vous souhaite beaucoup de bonheur. Vous avez changé. Quelque chose de nouveau brille en vous que vous n'aviez pas avant.

— Merci, dit Lottie, la gorge soudain serrée. Et où a…

— Vous voilà, Lottie ! Je vous découvre enfin…

La voix de Tristan… *Impossible.* Osant à peine respirer, Lottie se retourna et le reconnut. Tristan dans cette pièce… C'était inconcevable. Jamais il ne se serait rendu à une *Journée chez soi* ! Encore moins en sachant qu'il l'y retrouverait. Cela dépassait l'entendement ! Il la saisit par le bras. Elle ne rêvait pas.

— Tristan.

— Lottie est partie avant que j'aie eu le temps de l'accompagner, expliqua-t-il à Emma. Je suis si content que mon intuition se soit avérée et que vous m'ayez gentiment permis de rester attendre ma femme ici.

— La gentillesse ou la politesse n'ont rien à voir et il ne s'agissait pas d'une permission. Votre présence a permis à Jack et à mon père d'avoir quelqu'un avec qui parler. Jack déteste ce genre de réunions, mais comme il reconnaît l'importance de la première *Journée chez soi* pour une jeune mariée, il a désiré assister à celle-ci.

Ultime sourire d'Emma avant qu'elle s'esquive vers de nouveaux invités. Lottie demeura, maladroite et déroutée, face à Tristan.

Elle le détailla, lui trouvant les lèvres un peu pincées et les yeux creusés. Mais cela pouvait être dû à n'importe quoi.

— Vous êtes partie sans dire au revoir.

— J'ai dit au revoir, mais vous aviez laissé le hall vide.

— Cela ne compte pas, Lottie. Vous auriez dû me dire au revoir en face.

— Je n'ai pas envie de subir une autre de vos scènes, Lord Thorngrafton, riposta-t-elle sur un ton glacial.

Pour toute réponse, Tristan serra les lèvres. Le silence tomba entre eux.

— J'ai raconté à tout le monde que vos affaires vous retenaient ailleurs, dit-elle pour recréer le contact.

— Quel mari ferait une chose pareille à sa femme juste après le mariage ? répliqua-t-il en posant sur elle un regard chaleureux.

Pour la galerie, forcément...

Mais soudain, il ajouta plus bas :

— Vous avez oublié votre alliance.

Comme il la lui tendait, elle sentit son cœur faire un raté. Sans elle, son annulaire était si léger, si vide. Mais non... Leurs motifs de désaccord étaient trop nombreux.

— Gardez-la. Cet anneau est un mensonge.

— Comme vous voudrez... Je la garde... Pour le moment.

D'un air impassible, il remit l'anneau dans sa poche.

— Pourquoi être venu ici ? l'interrogea-t-elle sans détour.

Car enfin, Tristan se trouvait à Newcastle depuis plusieurs heures et il se permettait de venir directement à cette *Journée chez soi* sans avoir pris soin de la contacter avant.

Quelques matrones tournèrent la tête dans leur direction. Avait-elle haussé la voix sans s'en rendre compte ?

— Vous avez l'intention de me faire une scène ? demanda Tristan à voix presque basse, cette fois.

— Et vous de recommencer à me retourner les reproches que je vous fais ?

— Je n'ai pas l'intention de vous humilier, je vous le promets.

— Or vous tenez toujours vos promesses...

Les yeux de Tristan se plissèrent.

— Toujours. Vous disiez que la première *Journée chez soi* d'une femme les jours suivant son mariage était l'une de ses plus importantes.

Lottie ne dit rien. L'explication ne l'intéressait pas. C'était pour *elle* qu'elle voulait que Tristan soit venu.

Ce fut à cet instant qu'elle reçut un choc, comme un coup dans le ventre. En fait, sans même essayer de la trouver, Tristan s'était directement rendu à la *Journée chez soi* chez Jack Stanton et y était resté bien plus longtemps que la bienséance le prévoyait. C'était Jack Stanton, l'associé de Tristan, la clé de tout ! C'était pour lui que Tristan était venu, pas pour elle ! Du reste, nul besoin d'être un génie pour réaliser qui Tristan prenait soin de ne pas offenser et par quelle catégorie de la société il avait envie de se faire adopter. L'ironie de la situation aurait presque pu la faire rire.

— Avez-vous eu du mal à me trouver ? demanda-t-elle.

— *À vous trouver ?*

Tristan haussa un sourcil.

— Pas particulièrement. Je me doutais que vous seriez ici.

— Ah, Thorngrafton, je vois que votre femme est arrivée !

Jack Stanton s'approchait de Tristan. Il lui tapa dans le dos.

— Bien, bien... Emma va être soulagée. Elle était un peu inquiète quand vous êtes arrivé seul tout à l'heure.

— En effet, Stanton, Lottie a fini par arriver. Mais vous savez comment sont les femmes : têtues et insistantes.

— Sûrement, mais Emma vous dirait sans doute que c'est moi qui suis le plus têtu.

Jack Stanton inclina la tête.

— Il faudrait que nous regardions nos notes ensemble tout à l'heure.

— J'ai hâte de m'y mettre.

Jack Stanton s'éloigna pour saluer des arrivants, Lottie attendit qu'il soit hors de portée de voix pour demander :

— Est-il l'un de vos proches associés ?

— Associé et ami depuis plus de temps que je ne voudrais m'en souvenir. Nous partageons un intérêt commun pour les chemins de fer et le progrès en général.

Sur ces mots, Tristan attrapa Lottie par le bras et l'entraîna légèrement à distance des invités les plus proches. Elle sentit son cœur faire un bond dans sa poitrine quand leurs corps se touchèrent.

— Jack s'est montré très amusé d'apprendre notre mariage et la manière dont il s'était conclu.

— *Amusé*, répéta-t-elle, mal à l'aise.

— Il a dit quelque chose à propos de l'hôpital qui se moquait de la charité ou quelque chose comme ça.

— Je me suis expliquée à ce sujet, répondit-elle en ôtant son gant. Une erreur de jugement de ma part. Mais lorsque j'ai présenté mes regrets à Emma, elle a juste souri.

— Elle va bien avec Jack. Je ne me rappelle pas avoir jamais vu mon ami aussi heureux.

Lottie se mordit la lèvre inférieure. Sa douleur devenait insupportable.

— Mon temps est presque écoulé.

— Votre temps ? Nous venons à peine d'arriver.

— Le temps imparti par visite est de quinze minutes. Suffisant pour une tasse de thé et deux échanges sur le temps qu'il fait.

Elle inclina la tête sur le côté.

— Je n'ai pas envie de forcer l'hospitalité des Stanton.

— Je vous ramène à la maison.

À la maison. Les trois mots s'infiltrèrent en elle, conjurant tant de souvenirs. Mais elle savait impossible de rentrer avec Tristan. Ils n'avaient rien réglé et elle refusait de se retrouver à Gortner Hall au même point que quand elle l'avait quitté. Ce qu'elle éprouvait pour Tristan n'était qu'un engouement qui passerait avec le temps.

— Je suis venue avec Lucy.

Le regard de Tristan s'obscurcit, puis s'éclaira.

— Je comprends, dit-il sans s'éloigner.

— Oh ! Lottie, Lady Thorngrafton ! Lord Thorngrafton ! Finalement, votre prédiction de l'été dernier s'est réalisée !

Martha Irons approchait en pouffant et Lottie se demanda si le meurtre était une option envisageable.

— Avez-vous bien compris que c'est vous qui mèneriez le quadrille au bal de ce soir ? reprit Martha Irons. Que ressent-on à voir ses rêves et toutes ses prédictions se réaliser ?

— Je suis comblée et j'ai hâte que sonne l'heure du bal, récita Lottie tout en se préparant à une effrayante migraine.

Comme Martha Irons s'éloignait en pouffant de plus belle, Tristan arqua un sourcil.

— Nous allons au bal, ce soir ?

Avait-il envie de s'y rendre ? Lottie hésita. La tentation de valser une nouvelle fois avec lui était grande. Au point qu'il lui fut impossible d'y résister.

— Apparemment, répondit-elle avec économie. Tout le monde y sera.

— J'ai le sentiment très net qu'on ne parle que de ce bal à cette *Journée chez soi*...

Elle réfléchit très vite. Maintenant qu'elle était une lady, l'étiquette était différente et elle allait devoir veiller à bien la respecter. Et Tristan ? Elle aurait tant voulu qu'il veuille valser avec elle par envie et non par devoir.

— Les bals excitent toujours beaucoup les ragots.

— Vous excitent-ils, Lottie ?

— Parfois, dit-elle en baissant les yeux vers son réticule.

Puis elle les releva, regarda Tristan en face, lui trouva une expression méfiante et dit quand même :

— En fin de compte, je pense que ce bal va me plaire…

— Je vous y mènerai avec ma voiture. Inutile d'alimenter les bavardages.

— Si vous voulez…

— J'y tiens absolument.

Sur cette assertion, Tristan lui prit la main et la porta à ses lèvres. Celles-ci trouvèrent immédiatement le petit espace où elles purent frôler un minuscule carré de peau nue.

Comme elle laissait échapper un léger soupir, Tristan lui jeta un regard ardent.

— Je ne vous suis donc pas indifférent, Lottie…

— Lucy me fait signe, je dois y aller, repartit-elle en maudissant son imprévisible réaction physique. Je vous dis *adieu*, Tristan.

Lottie s'obligea à poser un pied devant l'autre jusqu'au véhicule de Lucy qui l'attendait, et ne se retourna pas.

16

— Pourquoi a-t-il fait cela ?

Lottie fronça les sourcils tandis qu'elles arrivaient en vue de la Maison Charlton. Le véhicule au blason bien visible trônait au milieu du chemin.

— Fait quoi ? s'enquit Lucy avec un petit sourire satisfait.

— Pourquoi Tristan a-t-il envoyé la voiture si tôt ?

— Oh ! je me doutais qu'il agirait ainsi… C'est pour apaiser votre querelle. Elles sont si fréquentes au début des mariages…

— Je vois… Et c'est pour cette même raison que tu nous as fait faire un détour par le magasin de la modiste…

Lottie comprenait soudain que Lucy s'était s'ingérée dans son différend avec Tristan dans l'espoir de tout arranger. De son côté, pour ne pas ennuyer sa délicieuse belle-sœur, elle s'était gardée de lui expliquer qu'en fait un véritable gouffre s'était ouvert entre elle et Tristan. En conséquence de quoi, pensant qu'il ne s'agissait que d'une prise de bec, Lucy avait d'abord poussé Tristan à se rendre chez les Stanton, puis à se présenter tôt ici. Mais le problème était beaucoup plus profond. Tristan la considérait comme une matière modelable à sa guise. Ce en quoi il se trompait.

— Je voulais, certes, que nous regardions les chapeaux mais aussi donner du temps à ton mari pour qu'il soit là à notre retour. Je suis heureuse de voir qu'il m'avait comprise.

Lucy la regarda et lui prit gentiment la main.

— N'as-tu pas passé assez de temps à te cacher dans ta chambre, Lottie ? Même Henry l'a remarqué avant-hier.

— Tu veux dire qu'il l'a crié sur les toits, corrigea Lottie en plissant les yeux pour repérer où se trouvait Tristan et de quelle humeur il était. Un éléphant aurait manifesté plus de tact et de subtilité…

Quittant la voiture, Lucy riposta :

— Tu ne rends pas service à ton frère en parlant ainsi de lui. Henry pense juste que tu aurais dû donner à ton mariage plus de chances et il s'inquiète vraiment pour toi. Du reste, si tel est ton souhait, il te trouvera un endroit où vivre.

— Je suis sûre que c'est toi qui es à l'origine de cela…, repartit-elle en embrassant sa belle-sœur avec chaleur. À ta manière tranquille, tu déplacerais des montagnes. Je n'avais jamais reconnu à sa juste valeur comme tu t'y prends bien avec Henry.

Lucy lui redressa légèrement son chapeau.

— Assez parlé de cela. Tu as un mari qui t'attend.

— Tu ne restes pas avec moi ? demanda-t-elle, nerveuse, en se demandant ce que Tristan pourrait lui dire de plus.

— Il vaut mieux que tu lui parles en privé avant le bal.

— Il y a si peu à dire… Juste que notre mariage est fini.

— Est-ce ce que tu veux ou préfères-tu te battre ?

— Se battre pour un mariage ? Drôle d'idée.

— Ah, Lottie. Vous êtes enfin de retour !

Tristan se portait à sa rencontre. Il lui posa la main sur l'épaule. Comme sa belle-sœur disparaissait, elle contrôla sa voix avant de répondre :

— Attendez-vous depuis longtemps ?

— J'ai décidé de m'incliner devant votre expérience des *Journées chez soi* avant de m'en retourner.

— Demeurez-vous quelque part à Newcastle ?

Son cœur se serra. À l'évidence, Tristan avait décidé de ne

plus poursuivre leur vie commune. Ils vivraient chacun de leur côté comme le faisaient tant de membres de l'aristocratie.

— Prévoyez-vous de rester longtemps à Newcastle ?

— Tout dépendra du temps que mes affaires ici prendront, répondit Tristan en serrant les mâchoires avant d'ajouter : Nous devrons donner à notre couple une apparence normale, Lottie. La société réclame ce genre de choses.

— Loin de moi l'idée de vous éviter, Lord Thorngrafton. Nous sommes mariés et je n'ai pas envie de causer un scandale qui rejaillirait, de plus, sur ma famille.

— Vous me soulagez à un point que vous n'imaginez pas. À présent, poursuivons-nous cette discussion sur le trottoir ou préférez-vous faire un tour dans ma calèche ?

La tête de Lottie se mit à battre. Un tour, seule avec Tristan ? Elle n'y était pas prête. Cela lui rappelait déjà trop leur voyage à Gretna Green.

— Je suis fatiguée, Tristan. Tout ce que vous pouvez avoir à me dire pourra l'être dans le salon de Lucy et Henry.

— Si tel est votre souhait..., répondit-il en inclinant la tête.

— Tout à fait. Notre mariage me préoccupe au plus haut point. Il faut décider de la conduite à tenir à partir de maintenant.

— En effet. Et, apparemment, vous refusez que quiconque soupçonne le moindre problème entre nous..., dit-il en admirant la perfection absolue de sa mise.

On l'aurait dite intouchable. Pourtant, il devait y avoir un moyen de l'atteindre, de lui faire comprendre qu'il ne lui avait jamais voulu de mal !

— Tout le monde se fie aux apparences, dit-elle alors. Quand bien même seraient-elles trompeuses...

Un muscle battit dans la joue de Tristan comme si la pique de Lottie le touchait. Lui qui espérait lui avoir manqué et que cela se verrait sur elle d'une manière ou d'une autre... Avait-il tout détruit entre eux sans s'en rendre compte ?

Lottie ouvrit la voie vers un salon regorgeant de bibelots et de pelotes à épingles. Bon goût, sensibilité et confort.

— Votre belle-sœur a su créer un intérieur chaleureux, dit-il tandis que Lottie tendait manteau et chapeau au majordome.

— Henry et Lucy en sont fiers. Pour moi, c'est un peu encombré, dit-elle en déplaçant une figurine et un coussin.

— Vous changerez la décoration ?

— Je verrai le temps venu. Et alors... Peut-être développerai-je une brusque affinité avec les peintures de coquillages et les... pelotes à épingles.

Comme Tristan hésitait à répondre, elle ajouta :

— Mais, sachant qu'il y a peu de chance pour que j'aie mon propre chez-moi, cela ne risque pas grand-chose.

— Il y a Gortner Hall, énonça Tristan sur un ton calme.

Et il attendit.

— Le domaine *vous* appartient, répondit-elle. Vous pouvez y habiter si vous le désirez.

— Mais vous êtes ma femme et je serais heureux que vous le décoriez pour en faire un foyer chaleureux.

Tout en parlant, il se dirigea vers la porte pour la fermer. Lottie leva la main.

— Laissez la porte ouverte, s'il vous plaît.

Pas si indifférente qu'elle voulait le prétendre. Il avait de la matière avec quoi travailler.

— En qui n'avez-vous pas confiance, Lottie ? En vous ou en moi ?

— Ce genre de question est trop facile, Tristan. Et indigne de vous.

Il avança d'un pas, envahissant son espace. Elle l'avait appelé *Tristan*. De toutes ses forces, il se raccrocha à cette minuscule parcelle d'espoir.

— Vous avez refusé une promenade dans ma voiture et maintenant, vous demandez que la porte demeure ouverte.

— Je n'aimerais pas que quelqu'un vous pense en train de profiter de la situation.

— Je vous promets ne pas être venu avec l'intention d'abuser de vous.

Il avait pris son air le plus innocent. Pas ici. Pas avant de l'avoir pour lui tout seul sans craindre qu'on les dérange. Pas avant de lui avoir révélé que son intention était de lui vouer à jamais son existence.

— Pourquoi êtes-vous venu ? demanda Lottie en jouant avec un bibelot.

— Parce que notre conversation chez les Stanton m'a paru parfaitement insatisfaisante, dit-il en tentant de songer à autre chose qu'à ses lèvres tentatrices.

Elle lui avait manqué comme il n'aurait jamais cru possible que quelqu'un lui manque. Mais c'était comme si, en revanche, il ne lui avait pas manqué du tout.

— Je voulais vous parler d'autre chose que de la pluie et du beau temps.

Elle inclina la tête sur le côté, apparemment plus concentrée sur les bibelots de porcelaine que sur lui.

— La matinée qui vient de passer m'a beaucoup éclairée.

— Vraiment ?

— Oui, j'ai compris pourquoi nous nous étions mariés.

— Alors, éclairez-moi à mon tour, Lottie, dit-il en s'appuyant contre la porte, les bras croisés.

Qu'avait-elle deviné exactement ?

— Pourquoi donc vous ai-je épousée ? Dites-moi cela.

— D'abord parce que vous êtes associé à Jack Stanton. Ensuite, parce que vous n'aviez pas envie de rester un exclu de la société. Tout cela est bien peu subtil, Tristan.

— Et vous êtes bien aveugle, riposta-t-il en éprouvant le plus grand mal à conserver son calme.

Comment Lottie osait-elle penser cela de lui ?

— Au contraire, rétorqua-t-elle, glaciale. J'ai cessé de l'être en cessant de croire aux contes de fées.

Il la considéra, stupéfait. Lui qui pensait lui avoir fait comprendre qu'il parcourait la moitié du chemin menant à leur réconciliation... Rien ne se passait comme prévu.

— Votre décision est-elle irrévocable ?

— Oui. Maintenant, je comprends aussi pourquoi vous voulez faire passer notre mariage pour un succès et pourquoi vous êtes venu ici, à Newcastle.

— Et vous êtes prête à accepter un mariage pareil...

— Oui, répondit-elle dans un murmure. C'est la seule solution. Une annulation n'est plus possible.

Il se sentit subitement un tout petit peu plus léger. Lottie désirait rester mariée. C'était une étincelle d'espoir. Ne pas la forcer et se montrer patient. C'est ce qu'il devait faire malgré son désir pour elle. Pour qu'elle lui pardonne.

— Je ne suis plus une jeune fille et n'ai aucune envie d'aller m'enterrer dans un coin reculé de la campagne.

— Je vois cela.

— Nous mènerons des existences discrètement séparées.

— Si tel est votre désir..., dit-il en refoulant son envie de crier tant ils s'enlisaient à chaque phrase. Je vois aussi que n'avons plus rien dont discuter. Vous avez déjà décidé de tout toute seule.

— Ce résultat n'est pas de mon fait. Je n'y puis rien.

Glissant la main dans sa poche, il en sortit une petite boîte.

— Même si vous ne voulez pas porter mon alliance, je vous demanderai de porter les perles Dyvelston. C'est à l'épouse Dyvelston qu'elles sont toujours revenues. Je les ai rachetées aux usuriers de Peter.

— Elles ne semblent pas avoir porté chance à votre famille, lui fit-elle remarquer en attrapant la boîte entre deux doigts.

— Portez-les malgré tout, dit-il en posant son chapeau sur

sa tête. Je vous escorterai au bal et, de là, nous déciderons les arrangements à prendre concernant la suite de notre mariage.

Lottie toucha du bout des doigts les perles qui luisaient autour de son cou. Le premier quadrille du bal d'été allait commencer. Malgré son peu d'enthousiasme, elle avait tout de même décidé d'arborer le collier pour bien tenir son rôle. Le rose de sa robe mettait joliment les perles en valeur, mais elle s'était tout de même assurée que son décolleté la rapproche davantage de la matrone que de la débutante.

Son ventre se serra tandis qu'elle s'efforçait de se remémorer les pas de la danse. Ouvrir le bal avait longtemps été pour elle symbole de la victoire suprême. Mais aujourd'hui, ce n'était plus qu'une vaine supercherie.

— Qu'êtes-vous venu faire à Newcastle, Tristan ?

— Attendre, à côté de ma femme, que le quadrille démarre.

Elle rit malgré elle, tâchant d'ignorer cet homme dont la simple présence la fascinait.

— Allons..., avant que Martha y fasse allusion, vous ignoriez l'existence du bal de ce soir.

— Vous vous trompez. Dès hier, je savais tout de lui. À présent, concentrons-nous sur ce quadrille qui va démarrer.

Lottie se tendit. Chaque seconde qui passait rendait la mascarade plus difficile. La chaleur était étouffante. Le tout Newcastle semblait présent et chaque regard était rivé sur elle et sur Tristan. Autour d'elle se dégageait tant de fausseté qu'elle eut envie de partir en courant. La vraie vie n'était pas cela. Et elle ne se déroulait certainement pas ici !

Lorsque le quadrille commença, elle apprécia que certains pas de danse l'éloignent de Tristan. Car plus elle le voyait, plus son cœur se serrait et plus elle imaginait des châteaux dans les nuages.

— Vous ai-je manqué ? lui demanda-t-il lorsque leurs mains se joignirent de nouveau.

— Comment quelqu'un que je ne connais pas aurait-il pu me manquer ? Lord Thorngrafton est pour moi un inconnu. Il ne m'a d'ailleurs jamais été formellement présenté.

Tristan rata un pas, ce qui ne déplut pas à Lottie. Mais le masque de son mari resta parfaitement à sa place.

— Je vous ai demandé de m'appeler *Tristan*, dit-il.

— Désagréable de s'entendre nommer d'une manière qui ne vous convient pas, n'est-ce pas… ? Du reste, qui êtes-vous, finalement ? Lord Thorngrafton ou Tristan ?

— Je suis votre mari.

La danse les sépara de nouveau. Lottie échangea une banalité avec le deuxième danseur.

Lorsque le quadrille fut terminé, elle s'apprêtait à accomplir le long chemin qui la conduirait de l'autre côté de la pièce, vers les matrones, quand la main de Tristan lui encercla le poignet.

— Le quadrille d'ouverture est terminé, dit-elle en tentant de se libérer.

— Mais la *valse des nouveaux mariés* va commencer, remarqua Tristan avec un petit sourire. Je me suis renseigné et l'on m'a tout très bien expliqué. Jack et Emma Stanton sont déjà sur la piste. Vous ne voudriez pas provoquer plus de commentaires…

Lottie serra les lèvres, se rappelant combien elle avait souvent rêvé de faire l'envie des femmes non mariées en dansant, le jour venu, la première valse avec son mari. Ce soir, néanmoins, tout cela lui semblait très enfantin… Les titres et l'argent ne comptaient pas. Sans eux, elle aurait quand même voulu être près de Tristan.

S'humectant les lèvres, elle dégagea la tête. Relever ce défi lui était parfaitement possible. Oui, elle pourrait valser avec Tristan sans songer à ce que signifiait être dans ses bras.

— S'il faut sauver les apparences, je le ferai.

Elle attrapa la main de Tristan tandis qu'il la prenait par la taille, mais se sentit chanceler. C'était une chose d'interpréter un quadrille à plusieurs, mais une autre bien différente de s'attaquer à une danse plus intime comme la valse. La musique s'éleva, enveloppante. Lottie sentit ses poumons se vider. Curieusement, son corset ne l'empêcha pas d'inspirer à fond pour les remplir de nouveau. Coïncidence... Il ne pouvait en être autrement.

Dès les premières mesures, elle remarqua que l'orchestre s'était lancé dans la même valse de Strauss que celle qu'ils avaient dansée la première fois.

— Aimez-vous cette musique ? s'enquit Tristan.

— La mélodie est belle.

— Elle est devenue l'une de mes préférées..., commença-t-il.

Et il lui serra la taille avant d'ajouter :

— Depuis cette soirée au Shaw's Hotel...

— Saviez-vous que l'orchestre l'interpréterait ce soir ?

— On m'a consulté, reconnut-il avec un petit sourire.

Son cœur s'accéléra. On avait consulté Tristan et il avait choisi cette valse *devenue l'une de ses préférées* ? À quoi jouait-il exactement ? À lui donner une autre leçon ? Il valait mieux pour lui qu'il n'en fût rien.

À moins qu'il n'agît ainsi parce qu'il tenait à elle ? C'est l'espoir qu'elle aurait voulu entretenir, mais sa peur était devenue terrible. Le cynisme avec lequel Tristan l'avait traitée avait laissé trop de traces. Pas question de s'y exposer de nouveau !

Tournoyant encore dans les bras de Tristan, il lui sembla entendre des applaudissements au loin. Elle s'évertua à poursuivre son effort, mais cela lui devenait de plus en plus difficile. Au moment où elle se sentait prête à défaillir, le morceau prit fin. Et ce fut à cet instant qu'elle comprit qu'un mariage sans amour lui serait à jamais insupportable. Qu'elle n'était pas faite pour les simulacres.

Échappant aux bras de Tristan, elle prit alors la fuite,

indifférente aux murmures incrédules ou choqués qui s'élevèrent dans l'assistance.

Une fois dans le couloir, elle se faufila parmi d'autres invités, et poussa en toute hâte la porte d'une salle réservée aux parties de cartes des fins de soirée. Vide ! Refermant très vite, elle se laissa choir dans un fauteuil et enfouit la tête dans ses mains. Tout était fini. Ses rêves étaient détruits. Jamais elle ne trouverait l'amour car l'homme qu'elle aimait ne l'aimait pas. Elle laissa ses larmes couler sur sa robe sans les retenir.

— Lottie ?

La silhouette de Tristan se dirigeait vers elle.

— Vous sentez-vous mal ?

— Je ne peux pas continuer ainsi, dit-elle en levant vers lui un visage noyé de larmes. J'ai essayé mais je n'y arrive pas. Autour de nous, tout n'est que fatuité et illusion. En dehors de la musique et du scintillement des chandeliers, il n'est rien ce soir qui ait du sens.

— Vous aviez dit aimer tout cela.

— Plus maintenant ! Tous les invités qui applaudissent et moi qui prétends être heureuse alors que je me sens malheureuse ! Atrocement malheureuse !

Comme Tristan lui passait le bras autour des épaules, elle s'autorisa à se laisser aller contre lui, à lui voler quelques forces. En fermant les yeux, elle pourrait même prétendre que… Non, elle ne voulait plus prétendre ! Elle allait exprimer sincèrement à Tristan ce qu'elle ressentait pour lui.

— Laissez-moi m'occuper de vous, dit-il en lui prenant les mains. C'est à moi que ce rôle incombe. Après tout, peut-être attendez-vous mon enfant ?

— Il est beaucoup trop tôt pour le savoir, répondit-elle en retirant ses mains avec l'impression d'être soudain prise dans un étau de glace.

En fait, Tristan ne s'occupait d'elle que parce qu'elle portait peut-être son enfant. Son héritier... Pourquoi n'y avait-elle pas songé tout de suite ?

— Si c'est le cas, je vous le ferai savoir. Je devine que vous devez avoir très envie d'un héritier.

— Je ne suis pas mon oncle, Lottie. Avoir un héritier était devenu pour lui une obsession qui a fini par le détruire et je n'ai pas l'intention de suivre ses traces. Je veux vivre ma propre vie, suivre mon propre chemin.

Elle ferma les yeux.

— Et que se passera-t-il si je suis enceinte ?

— J'espère pour ma part que vous ne l'êtes pas... encore, se rattrapa-t-il avec un sourire.

Décidément, il voulait que tout s'arrête entre eux. Finalement, une rupture ne serait-elle pas plus souhaitable ?

— Avez-vous trouvé le moyen de mettre un terme à notre mariage sans que cela crée un scandale ? demanda-t-elle.

Tristan s'agenouilla près d'elle.

— Avant d'avoir des enfants avec vous, je voudrais passer plus de temps en votre compagnie et apprendre à vous connaître beaucoup mieux.

— Tout à l'heure, ne proposiez-vous pas que nous simulions un mariage heureux ?

— C'est vous qui le vouliez et j'ai dit oui car c'était la seule façon de ne pas vous perdre tout à fait.

Il lui dégagea le front de quelques mèches rebelles tandis qu'elle sentait l'espoir revenir. Tristan tenait-il vraiment à elle ? Nourrissait-il de vraies ambitions pour leur mariage ?

— Ce soir, Lottie, mon intention était de vous montrer que j'avais besoin de vous dans mon existence.

— Vous tenez donc à moi ?

Tristan la serra tendrement contre lui. Il se dégageait de lui une vulnérabilité qu'elle ne lui avait jamais vue.

— Je vous aime, Lottie. Je vous veux dans mon existence, je vous veux pour l'épouse que vous êtes et je refuse que vous jouiez le rôle de quelqu'un que vous n'êtes pas. Vous êtes ma vie et j'ai besoin de vous près de moi pour me sentir comblé.

— Que racontez-vous ? demanda-t-elle, le souffle presque coupé, affolée à l'idée que tout ceci ne fût peut-être que le fruit d'un songe cruel.

— J'ai eu tort, Lottie, reprit Tristan avec humilité. Complètement tort. Et je n'ai aucune excuse. Voilà pourquoi je suis venu vous rejoindre à Newcastle et ce soir ici. Pour vous supplier de me pardonner et de bien vouloir recommencer à zéro avec moi. En aurez-vous l'envie ? La force ?

— Tristan...

Elle tremblait de tous ses membres. Son cœur cognait comme un fou dans sa poitrine. Tristan la *suppliait* de lui pardonner ? Elle ?

— Mais pourquoi ? Pourquoi avez-vous fait cela ?

Tristan glissa la main dans sa poche et en ressortit un petit objet ovale qu'il lui tendit.

— Ceci pourrait vous permettre de mieux comprendre.

— Mon miroir noir ! Comment l'avez... Quand avez-vous... ?

Elle le fixait, stupéfaite.

— Pourquoi me le remettez-vous maintenant ?

— Parce que c'est la seule explication que je puisse vous donner.

— L'explication de quoi ?

— J'ai trouvé votre miroir noir après notre première rencontre, une fois que vous avez eu quitté le cimetière, Ce jour-là, je vous avais accusée de contempler la vie à travers un miroir au lieu de la vivre, mais...

Il marqua une très légère pause.

— Ce n'était pas vous qui agissiez ainsi, c'était moi.

— Vous ?

— Oui. Je faisais tout pour me suffire à moi-même. Dans le but illusoire que personne ne me fasse plus souffrir.

Comme Tristan reculait d'un pas, elle lut la douleur gravée sur son visage.

— Mais c'était une erreur. En fait, seule mon arrogance me permettait de me croire vivant et mieux savant que les autres sur l'art de vivre. Et, même si j'avais décidé de ne pas répéter les erreurs de mon oncle, peu à peu, sans m'en rendre compte, je devenais exactement comme lui. Amer et aigri, je ne pensais plus qu'à moi tout le temps.

— Je crois que vous êtes trop dur envers vous-même car, en ce qui me concerne, je n'ai jamais oublié l'homme que j'ai rencontré à Haydon Bridge.

Ce disant, elle fit un pas vers Tristan. *Le premier pas*, celui qui prouverait qu'elle tenait à lui.

— Vous entretenez une trop haute opinion de moi, Lottie, repartit-il en lui frôlant la joue du bout des doigts. Si j'ai commencé à revivre, c'est grâce à vous. En constatant votre désarroi devant l'état de la tombe de mes parents.

— J'ai eu tort de vous en faire le reproche, dit-elle en lui prenant la main.

— Vous aviez au contraire cent fois raison. Ensuite, quand je vous ai revue au Shaw's Hotel, j'ai compris que je ne pourrais pas vous laisser en épouser un autre, que vous étiez la femme qu'il me fallait.

— Vous avez fait cela pour me sauver de Sir Geoffrey Lea. Pour ne pas me voir liée à un homme âgé comme Suzanne l'avait été à votre oncle.

— Avez-vous si peu confiance en moi pour penser que je n'avais d'autre raison de vous épouser que celle d'échapper à des souvenirs révolus depuis déjà longtemps ?

Avec un petit rire, il la prit par la taille et l'attira à lui. Posant la tête sur son épaule, elle se concentra sur les battements si réguliers de son cœur.

— C'est pour moi-même que j'ai voulu vous mettre en

sécurité, poursuivit-il. Pour ne plus avoir à craindre qu'un autre vous entraîne loin de moi.

— Est-ce pour la même raison que vous vous êtes marié avec moi ? demanda-t-elle dans un murmure, incapable de croire ce qu'elle entendait.

Tristan l'aurait donc épousée parce qu'il la voulait, elle et personne d'autre ?

— Oui. Et, toujours par égoïsme, je voulais que, de votre côté, vous teniez à moi et non juste à mon titre ou à ma richesse.

Quand il lui souleva le menton du bout de l'index, elle pénétra dans ses grands yeux noirs au regard intense et emplis d'un désir qu'elle n'y avait encore jamais lu.

— Le pouvez-vous ? Et pouvez-vous me pardonner ce que je vous ai fait ?

— Il n'y a plus rien à pardonner, répondit-elle en sachant qu'elle lui disait la vérité.

À présent, elle comprenait pourquoi Tristan avait agi ainsi. Parce qu'elle savait qu'il l'aimait et que, comme elle, il avait souffert, elle acceptait de lui pardonner ses maladresses et son emportement.

— Je veux passer le reste de ma vie à me faire pardonner.

La voix de Tristan contenait une humilité qu'elle ne reconnut pas quand il demanda :

— S'il vous plaît, dites-moi qu'il y a une petite partie de votre vie que vous voulez partager avec moi ! Que pour vous tout ceci ne relève pas entièrement du devoir. Et, s'il vous plaît, reprenez votre alliance.

Elle sourit :

— Avec plaisir. Elle manque beaucoup à mon annulaire.

Tristan lui ôta aussitôt son gant pour lui glisser l'anneau à l'annulaire.

Elle poussa un petit soupir de contentement en sentant l'anneau de fer cercler de nouveau son doigt.

— Je vous aime, Lord Thorngrafton.

La réponse de Tristan fut un regard ardent et des lèvres exigeantes qui réclamèrent les siennes. Elle se lova contre le corps de son mari, savourant chaque seconde de cet instant précieux. Elle le voulait. Elle l'exigeait. Ici et maintenant.

Il y eut un petit déclic à la porte. Lottie recula vivement, tentant de remettre en hâte de l'ordre dans sa tenue. Mais elle savait que l'expression de son visage et son regard la trahissaient. Quant à Tristan, il s'était déjà glissé devant elle pour la dissimuler.

— Excusez-nous...

La voix musicale d'Emma Stanton venait de leur parvenir du pas de la porte.

— Nous pensions trouver une pièce tranquille mais je vois que celle-ci est occupée. Nous allons donc nous retirer.

— Merci pour votre discrétion, dit Tristan en reprenant Lottie contre lui.

— Et ne vous inquiétez pas, Lady Thorngrafton, continua Emma, nos lèvres sont scellées.

Le rire de Jack Stanton s'éleva derrière elle tandis que la porte se refermait.

— Tristan..., murmura Lottie.

— Heureusement que nous sommes mariés, remarqua-t-il avec un sourire. Autrement, c'en était vraiment fini de votre réputation.

— C'est vrai, dit-elle en riant et en se pressant de nouveau contre lui. De toute façon, ils ont compris depuis longtemps que nous étions un cas désespéré.

— Si nous retournions au bal ? lui proposa-t-il à l'oreille. Cette pièce n'est pas sûre et je n'ai pas envie que nous soyons encore dérangés.

— J'espérais un peu plus...

— Je peux vous raccompagner...

Lottie baissa la tête, incapable de s'imaginer emmener

Tristan chez Henry et Lucy. Il lui serait impossible de supporter cette situation.

— J'ai une petite confession à vous faire, déclara-t-il alors. J'ai pensé que la suite du Royal Hotel nous conviendrait très bien pour ce soir.

— Et plus tard ?

— Si vous le désirez, nous pourrons nous installer à Newcastle. Sachez que je possède en outre une maison à Londres, à Paris et à Rome.

Paris, Rome, Londres... Que des villes dont elle avait rêvé et où elle voulait se vanter d'avoir été vue un jour. Mais, aujourd'hui, ces mêmes endroits l'intéressaient à peine. Le seul où elle voulait se trouver était les bras de Tristan.

— Et le domaine ? demanda-t-elle en se rappelant à quel point Tristan y tenait. Je pense aussi à Mrs Elton, aux servantes et aux serviteurs. Avez-vous réellement l'intention de restaurer Gortner Hall ou s'agissait-il, quand vous me l'avez affirmé, de l'une de vos ruses ?

— Je le restaurerai le temps venu. Mais nous vivrons où vous voudrez vivre.

— Retournons à Gortner Hall, Tristan. Dès demain. Je me sens lasse de me montrer en société et pressée de recouvrer mon lit. Avec mon mari dedans.

— Marché conclu !

Leurs rires mêlés s'élevèrent entre les murs de la petite pièce. Lottie sourit à son mari en sachant qu'à présent, malgré les mauvaises interprétations que chacun avait pu se faire du comportement de l'autre, ses rêves étaient tous devenus réalité.

Les Historiques
HISTOIRE. AVENTURE. DÉSIR

MICHELLE STYLES

Leçon pour une débutante

Angleterre, 1847

Tristan Dyvelston l'a trahie. Lottie peine à réaliser que son époux se soit joué d'elle. Lui qui l'a abandonnée dans une cour à attelages le jour de leurs noces et l'a conduite dans une auberge douteuse pour y partager leur première nuit d'amour est en fait le nouveau Lord de Thorngrafton… Un nanti qui l'a mise à l'épreuve en la croyant intéressée par son titre et sa position sociale alors qu'elle l'aimait simplement. Un monstre qui a ruiné sa réputation en la demandant en mariage avant sa première Saison et qu'il lui faut quitter au plus vite.

ROMAN RÉÉDITÉ - 7,70 €
1er janvier 2025
9 782280 515436
62.2121.8
HARLEQUIN
www.harlequin.fr